느리게 마이너노트로

느리게 마이너노트로

느리게 마이너노트로

マイナーノートで

우에노 지즈코 지음
上野千鶴子

은혜 옮김

차례

일러두기

- 대괄호([ ])와 각주는 옮긴이의 첨언이다.
- 단행본, 정기간행물 등에는 겹낫표(『 』)를, 소제목, 논문 제목 등에는 홑낫표(「 」)를, 영화·연극·노래 등에는 홑화살괄호(〈 〉)를 사용했다.
- 책 제목은 일본어 원제를 충실히 따랐으며, 국내 번역본의 제목이 원제와 다를 경우 각주에 병기해 두었다.

I

바소 콘티누오

아버지의 딸로서

독불장군에 욱하는 성미의 아버지가 의사로서 환자분들에게 얼마나 신뢰받고 있었는지를 알게 된 것은 아버지의 장례식에서였다. 고령이 되어 지역의사회에 개업신고서를 반납하고도 오랜 시간이 흘렀지만, 평생 아버지를 신뢰하며 떠나지 않았던 몇몇 분이 장례식에 참석해 주셨다. 환자들의 몸 상태, 지병, 노화 등 심신의 변화를 속속들이 알고 있던 아버지 곁에 남아, 의원을 폐업한 후에도 일이 있을 때마다 전화를 걸어 상담을 받았다고 한다. 마지막까지 아버지 곁을 떠나지 않은 환자분들은 모두 식견이 높고 훌륭한 분들이었다. 그래, 이런 분들에게 아버지가 선택받았던 거구나, 고개가 끄덕여졌다. 직업인職人으로서 아버지는 의술에 통달한 신뢰받는 전문가였다.

그러고 보니 지난날 기억의 단편들이 퍼즐처럼 맞춰졌다. 일인당 진료 시간이 30분이 넘었던 탓에 대기하는 환자들의 원성을 샀던 진료. 아직 사전 동의 같은 개념이 없던 시절부터 환자가 요구하지 않아도 약의 이름과 부작용을 꼼

꼼히 설명하며 했던 처방. 그것도 사흘치까지만 지어 주고 매번 환자에게 효과와 부작용을 꼬치꼬치 캐묻던 세심한 대응까지. 공부에 열심이셔서 진료 후에는 항상 서재에서 최신 정보가 담긴 의학 잡지를 읽으셨다. 70대가 되어서도 최신 내과학 도서를 거금을 들여 구입하려 하자 어머니는 '낼모레 관 뚜껑 덮을 나이에 무슨 공부라니' 하면서 이해를 못 하셨지만 그래도 나는 아버지에게 마음이 갔다.

그러고 보니 또 생각나는 게 있다. 두 아들에게는 의사 외에 다른 길을 허락하지 않으셨지만 내게는 사회학이라는 종잡을 수 없는 극도極道*를 허락해 주셨다. 오로지 모라토리엄을 연장하고 싶다는 불순한 동기로 대학원에 진학했을 때에도 전혀 반대하지 않으셨다. 붙임성이 없던 아버지도 실은 임상의보다 연구의가 되고 싶었을지 모른다. 일흔이 넘으셔서는, 결혼도 하지 않고 계속 일만 하는 딸을 보며 '여자가 일을 하는 것도 좋은 일이야'라고 나직이 중얼거리

* 본래 불교 용어로 '불법佛法의 길을 극한까지 닦은 사람'을 뜻하는 긍정적인 의미였으나, 현재는 조직폭력배들이 '쓸모없음'을 뜻하는 '야쿠자' 대신 협객의 이미지를 담아 스스로를 칭하는 표현으로 주로 쓰인다. 저자는 이 책 전반에 걸쳐 지배 질서를 거스르는 불온함과 지배 질서에 기여하지 않는 무용함을 추구했던 자신의 삶을 '극도'의 길이라 말하고 있다(이 책 51쪽도 참조할 것).

셨다.

그리고 지금 나는 사회학자라는 연구직을 아티스트artist가 아니라 직업인artisan이라 느끼고 있다. 그렇게 거스르며 맞섰건만 결국 '아버지의 딸'이었던 걸까.

배교자

크리스마스날, 미국 친구로부터 영상 카드가 도착했다. 그 친구라면 어렸을 때 분명 이랬겠구나 싶은 얼굴을 한 금발의 미소녀가 크리스마스이브를 노래하는 캐럴 영상이었다. 기억이 순식간에 어린 시절로 되돌아갔다.

호쿠리쿠 지역의 한 소도시에 살던 어린 시절, 크리스마스이브가 되면 매년 캐럴 부대가 집 현관 앞까지 찾아와 눈 속에서 찬송가를 불렀다. 우리 가족은 모두 현관으로 나와 캐럴 부대가 부르는 찬송가를 엄숙한 마음으로 들었다. 저 사람들은 교회에서부터 눈 속을 걸어온 걸까? 추웠을 텐데. 신도들의 집을 다 찾아갔을 리는 없을 테니, 아버지가 교회 장로 같은 걸 하셨던 걸까? 아니면 헌금 액수가 컸던 걸까? 어린 나는 아무것도 몰랐다. 소복소복 내리는 눈 속에서 노래하는 사람들의 모습이 아련한 추억과 함께 떠오를 뿐이다.

아버지는 일본 인구의 1퍼센트에 불과한 기독교인, 그것도 개신교 신자였다. 그러고 보니 통일교[현 세계평화통일가정연합]의 헌금 문제가 터졌을 때* 어머니가 불평하던 모습이 생각난다. 젊은 시절 아버지가 수입의 10퍼센트를 교회에 헌금했었다는 푸념이었다. 어렸을 때는 "하늘에 계신 우리 아버지"로 시작하는 「주기도문」을 외운 적도 있다. 우리 형제는 교회 주일학교를 다녔다. 젊은 시절에는 어머니 아버지 모두 주일학교 교사로 봉사를 했다는 이야기도 들었다. 나는 그 주일학교에서 그림책이라는 그림책은 다 읽었다. 하지만 열세 살에 교회를 떠났고, 우리 형제들 중 누구도 기독교인이 되지 않았다.

내가 기독교인이 되지 않은 것은 아버지가 기독교인이었기 때문이라고 말해 왔다. 아버지는 말과 행동 사이에 괴리가 있었다. 머리는 이상주의로 가득 차 있었을지 모르지만, 목 아래 몸은 호쿠리쿠의 마마보이 장남에, 독불장군 가부장이었다. 그 세대에서는 보기 드문 연애결혼 커플이었음에도 부부 사이는 좋지 않았다. 남편을 일찍 여의고 무

■ 1954년 한국에서 문선명 총재가 일으킨 신흥종교로 1959년부터 일본에서도 포교를 시작했다. 영험한 물건을 구매해 조상의 원한과 죄를 풀어 줘야 후손이 잘된다는 교리를 명목으로 신도들에게 거액의 헌금을 요구해 꾸준히 논란이 되어 왔다. 특히 지난 2022년 7월 아베 신조 전 총리의 총격 살해범이 "어머니가 통일교에 거액을 기부해 가정이 엉망이 됐다"고 범행 배경을 밝히면서 일본 법원은 2025년 3월, 해산을 명령했다.

서울 것 없던 기 센 시어머니는 아들이 데려온 며느리가 탐탁지 않았고, 상투적인 고부 갈등이 벌어지곤 했다. 이를 못마땅한 눈으로 지켜보며 자란 손녀가 커서 페미니스트가 되기에 더할 나위 없이 좋은 성장 환경이었던 것이다.

할머니는 독실한 정토진종 신도였다. 혼간지本願寺[정토진종의 본산] 모임에 손녀인 나를 편하게 데리고 갔다. 사찰 음식이 나왔는데 맛있었다. 승방의 여승들과도 친하게 지냈는데, 아마 내가 그 공덕을 입은 게 아닐까 싶다.

지금 생각해 보면, 아버지는 호쿠리쿠의 진흙탕 같은 혈연과 지연의 세계에서 머리 하나만이라도 빠져 나와 전혀 다른 세계로 가고 싶었던 것 같다. 나중에야 일본 종교 중 정토진종의 교리가 특히 일신교와 친화성이 높다는 것을 알게 되었다. 메이지 세대 정토진종 신도 할머니, 다이쇼 세대 기독교인 아버지, 그리고 교회를 떠난 쇼와 세대 배교자 딸…… 돌이켜 보니 '과연 근대 일본 3대에 걸친, 참으로 진부한 가족 종교사구나' 싶다.

성장 과정에 대한 질문을 받을 때마다 '나고 자란 가정에서 일본의 가부장제를 배웠습니다'라며 아버지를 헐뜯곤 했다. 하지만 아버지 안에 있던 그 이상주의는 무엇이었을까?

가가와 도요히코賀川豊彦*가 호쿠리쿠의 교회를 방문했

을 때 악수한 손을 씻지 말아야지 생각했다고, 그 결벽증자가 말한 적이 있다. 루소의 『에밀』을 읽고 감격해 껴안고 잤다고도 했다. 『에밀』은 지금도 참조되는 교육서의 고전이다. 아이에겐 스스로 성장하는 자발성이 있으며 그것을 해치지 않게끔 키워야 한다는 리버럴한 교육법이 담겨 있지만, 그가 실천한 교육은 그렇게 보이지 않았다. 아버지가 감동받은 책이라고 해서 읽어 봤는데 끝까지 읽고 실망했다. "상술한 내용은 여자아이에게는 해당되지 않는다"라고 적혀 있었기 때문이다. 여자아이는 모름지기 남성을 받드는 존재로 키워야 한다는 것이었다.

'그래? 그럼 내 인생은 남자 운동부의 여자 매니저 역할이라는 건데 난 그딴 거 못 해' 하는 생각이 들었다. 아버지는 내게 아들들에게 하듯 기대를 걸지는 않았다. 대학이나 대학원 진학, '극도'라고 할 법한 사회학 전공 등에 대해서도 한 번도 반대한 적이 없었다. 혹시 『에밀』의 영향이었을까?

기독교인이라는 존재는 말과 행동에 이렇게 간극이

■ 기독교 사회주의자로 빈민 운동과 노동운동, 협동조합 운동과 반전운동 등 다양한 활동을 했다. 간디, 슈바이처와 함께 당대 3대 성인으로 추앙받았고 노벨평화상 후보에 오를 만큼 영향력이 컸다.

있는 건가, 라고 생각하며 자란 딸에게 아버지는 경멸의 대
상일지언정 존경의 대상은 아니었다. 기독교인 중에는 존
경할 만한 부모로 인해 기독교인이 된 자녀들도 있을 것이
다. 이런 이야기를 들으면, 불행히도 아버지가 문제 있는 기
독교인이어서 내가 교회를 떠난 것뿐이라고 해석할지도 모
르겠다.

하지만 아무리 믿음이 얕은 기독교인이라도 아버지에
게 맞서기는 쉽지 않았다. 왜냐하면 그의 뒤에는 하나님이
함께하고 있었기 때문이다. 하나님을 거역하고 교회를 떠
나려면 어린 나이에도 이론으로 무장해야 했다.

어느 순간부터 나는 하나님을 '아버지'라 부르지 않기
로 했다. 왜 '어머니'가 아니라 '아버지'일까 하는 단순한 의
문이 생겼기 때문이다. 대신 나만의 이름을 붙였다. 고베 아
동 연쇄살인 사건의 범인인 소년 A가 자신의 신에게 '바모
이도오키 신'이라는 이름을 붙여 준 것처럼 말이다.

내가 맨 처음 찾은 종교는 천주교였다. 으리으리한 제
단이나 의례에 얽매인 미사 같은 것에 기가 질렸지만, 가볍
고 격식 없는 개신교보다는 뭔가 진짜 같은 느낌이었다. 그
러고 보니 노년에 기독교로 개종하는 지식인들은 대부분 개
신교가 아닌 천주교를 택하던데 그 이유는 뭘까? 나중에 무
교회주의*라는 개신교 종파가 있음을 알게 되었지만, 하나

님과 자신 사이에 교회를 전혀 개입시키지 않고서 그 엄중한 대면을 견딜 수 있는 사람은 그리 많지 않을 것이다.

가톨릭 신부와 친해져서 어느 날 아버지에게 세례를 받고 싶다고 했더니 반대했다. 세례 같은 걸 받으면 나중에 결혼 상대에 제약이 생길 수 있다는 세속적인 이유에서였다. '뭐야, 이 양반의 신앙도 겨우 이 정도였어?' 싶었다.

동아리 선배 중에 절집 아들이 있었다. 지식에 굶주려 있던 나를 열심히 계몽하며 불교 서적을 하나씩 읽혔다. 그중에 나카무라 하지메中村元의 『원시불전』原始仏典[••]이 있었다. 제자들이 경전을 완성하기 전에 부처의 말씀을 충실하게 기록한 가장 초기의 불전이다. 그것을 탐독하고서 원시불교가 정토진종과 닮은 듯하나 다른 것임을 알게 되었다. 부처는 '전수염불'專修念仏, '타력본원'他力本願 같은 말은[•••] 결

<hr>

[•] 우치무라 간조内村鑑三에 의해 제창된 일본 특유의 기독교 신앙 형태로 지도자나 체계화된 신학, 세례와 성찬, 예배당의 필요성을 인정하지 않고 대자연을 예배 장소로 삼는 전복적이고 급진적인 기독교 운동이다.

[••] 국내에는 『최초의 불교는 어떠했을까』(원영 옮김, 문예출판사, 2016)로 소개됐다.

[•••] 모두 정토진종의 핵심 교리다. 전수염불은 오로지 아미타불만을 부르는 일을 뜻하며, 타력본원은 다른 사람의 힘을 빌려 자신의 소원을 이룬다는 뜻으로 아미타여래가

코 한 적이 없다. 오히려 '내가 나의 주인이니 어찌 남을 주인으로 삼으랴'라고 선언하며 자신도 우러러 받들지 말라고 했다.

나의 종교 편력은 이후 선종으로 향했다. 선종에는 초월적인 요소가 전혀 없다. 오직 자기를 다스리는 수행만 있다. 결국 내게는 신앙이 없었던 것이다. 지금도 난 초월성과 영성이 어렵다. 'spirituality'(영성) 같은 소릴 들으면 도망가고 싶어진다.

어려움에 처했을 때나 고통받는 사람을 눈앞에 두었을 때 '함께 기도합시다'라든가, '함께 염불을 외워 봅시다'라고 말할 수 있다면 얼마나 좋을까 싶기도 하지만 나는 스스로 기도를 금해 왔다. 내세도 피안도 믿지 않는다. 극락도 천국도 없다고 생각한다. 영혼의 존재를 믿지 않으며, 설령 존재한다 해도 그것이 현세를 떠도는 건 민폐일 것 같다. 다시 태어나는 것 따위는 사양한다. 인생은 한 번으로 족하다. 배교자에게는 배교자의 긍지가 있다.

이런 나는 결국 구원받지 못할 존재인 걸까?

중생을 구하려고 세운 발원發願에 절대 의지해 성불을 구하는 것을 말한다.

강아지파

강아지파냐 고양이파냐 묻는다면 나는 강아지파다.

세상에는 고양이파가 많아서 고양이 굿즈가 넘쳐 난다. 고양이 일러스트나 굿즈를 귀여워서 자꾸 사들이다 보니 우리 집에는 고양이 굿즈가 여기저기 널려 있지만, 사실 나는 고양이보다 개를 더 좋아한다. 그 동그란 눈망울로 빤히 올려다보면 당해 낼 재간이 없다.

우리 집 고양이 굿즈로는 실물 크기의 페르시아고양이 목각 인형, 지브리 애니메이션에 나오는 검은 고양이 봉제 인형, 고양이 무늬 안주 접시, 심지어 고양이 무늬 컵받침도 있다. 집에 놀러 온 사람들이 다양한 고양이 굿즈를 보고 "고양이 좋아하세요?"라고 물을 때마다 "네, 밥도 안 먹고 똥도 안 싸고 오줌도 안 싸는 고양이를 좋아해요"라고 대답한다. 살아 있는 고양이는 한 번도 키워 본 적이 없다.

강아지파라고 했다가 다나카 미쓰田中美津 씨한테서 "어쩐지 남자를 좋아하더라. 둘 다 꼬리를 치며 다가오잖아"라는 말을 들었다. 참고로 다나카 씨는 고양이파로 집에서 고양이를 키우고 있었다.

　노후엔 대왕소나무를 심은 정원이 있는 집에서 개를 키우며 살고 싶다는 소망이 있었다. 그런 변변찮은 소망조차 이루지 못한 채 나이를 먹었다. 아파트 생활에서는 기껏해야 고양이를 기르는 것이 고작이고, 실제로 혼자 사는 친구들 중에는 고양이를 키우는 사람이 많다. 여러 마리를 키우며 방 하나를 고양이 방으로 쓰는 여성도 있다. 지금 살고 있는 아파트는 반려동물을 키울 수 있는 곳인데, 여기 사는 개들은 모두 인공 번식을 반복해 왜소해진 실내견이다. 봉제 인형 같은 작은 생명은 보는 것만으로도 고통스러워 소형견은 키우고 싶지 않다. 키운다면 늠름하고 영리한 일본 토종견들 같은 중형견이나, 성격 좋은 래브라도리트리버 같은 대형견이 좋을 것 같다. 하지만 그런 개를 키울 수 있는 조건이 지금 내 삶에는 전혀 갖춰져 있지 않다. 내가 죽으면 노후에 개를 키우고 싶다는 변변찮은 소망조차 이루지 못한 불쌍한 인생이었구나, 가여워 해주길 바랄 정도다.

　어릴 적부터 집에 개가 있었다. 정확히 말하면, 어린 내가 키우고 싶다고 떼를 써서 키우게 되었다. 개를 만지면 반드시 손을 씻으라고 닦달하시던 결벽증 의사 아버지가 용케도 허락해 주었구나 싶다. 그만큼 딸에게는 물렁한 분이었다. 키울 거면 네가 돌봐야 한다고 강조하셨지만, 역시나

개를 돌보는 건 어머니 몫이 되었다. 어머니는 동물을 좋아했다. 집에는 항상 개와 새가 있었다. 작은 십자매들은 번식을 거듭해 점점 늘어났고, 카나리아는 예쁜 목소리로 지저귀었다. 배설물을 치우고 먹이 주는 일은 모두 어머니가 하셨던 건지 나는 손을 댄 기억이 없다.

개를 산책시키는 것만 내 역할이었다. 오빠도 남동생도 있었지만 개는 언제나 '내 개'였다.

책과 개만이 친구였던 외로운 소녀 시절, 개가 얼마나 큰 위로가 되었는지 모른다. 어릴 때부터 책만 읽었다는 사람을 만나면, 당신도 현실에서 벗어나고 싶어 책에 빠져 있었군요, 라고 말하고 싶어진다. 책은 언제나 이곳이 아닌 다른 곳, 또 다른 현실로 날 데려다 주었다.

반면, 개는 나를 집 밖으로 데리고 나갔다. 개를 데리고 꽤 멀리까지 다녀오곤 했다. 아니, 개가 나를 멀리까지 데리고 다녀 주었다. 집에서 꽤 먼 곳도, 수풀 속도, 낯선 논길도 개와 함께라면 왠지 무섭지 않았다. 모르는 길도 성큼성큼 들어가서는 온몸에 냉이나 강아지풀 씨를 잔뜩 묻히고 개와 함께 집으로 돌아오곤 했다.

자녀가 은둔형 외톨이거나 등교를 거부해 고민인 부모를 만나면 개를 키워 보면 어떠냐고 조언할 때가 있다. 개는 '반려'동물이라고 불릴 정도로 인간에겐 친구 같은 존재다. 게다가 고양이와 달리, 개는 주인을 억지로라도 밖으로 나가게 만든다. 개 산책은 비가 오나 눈이 오나 365일 쉬지 않는다.

초등학교 때부터 대학 진학으로 집을 떠날 때까지 십 년 남짓한 기간 동안 세 마리의 개를 키웠다. 개가 바뀔 때마다 크기는 점점 더 커져서 마지막에 키운 개는 잉글리시 세터라는 사냥개였다. 몸을 쭉 뻗어 내 얼굴을 할짝할짝 핥기 시작하면 앞발이 어깨에 닿을 정도로 컸다. 지금의 나는 대형견의 무게를 버텨 낼 체력이 없고, 개가 목줄을 당기면 그 힘에 넘어질지도 모른다. 실제로 개와 산책하다가 넘어져 어깨뼈가 탈구된 동년배 친구도 있다.

대형견은 성격이 온순하다. 아니 소심한 쪽에 가깝다. 산책 중에 다른 개를 만나면, 신경질적인 소형견이 앙칼지게 짖기 전에 먼저 주저앉아 꼬리를 흔든다. 장난꾸러기에 말을 잘 안 듣긴 하지만, 누구에게나 친근하게 다가가며 절대 공격하지 않는다.

당시에는 아직 목줄을 착용하고 산책하는 것이 필수가 아니었다. 목줄을 풀어 주면 앞서거니 뒤서거니 하며 어디까지고 따라왔다. 풀숲을 발견하면 기쁨에 겨워 펄쩍 뛰어들었다. 사이강犀川 둔치로 데려가면 죽은 새를 입에 물고 오는 바람에 질색하곤 했다. 사냥개의 본능이 남아 있었던 걸까?

　이름은 허니. 영어로 연인을 부르는 애칭이라는 것은 알고 있었다. 사촌네 개가 달링이어서 비슷한 이름을 찾았다. 교외의 단독주택에 살았기 때문에 저녁에 줄을 풀어 주면 신이 나서 밖으로 달려 나갔는데, 어머니는 개를 불러들일 때마다 "허니! 허니!" 하고 부르는 게 이웃들 보기 민망하다고 투덜거렸다.

　등교할 때는 버스 정류장까지 따라왔다. 버스가 달리기 시작하면 전속력으로 버스를 쫓아왔다. 그러던 어느 날, 허니가 행방불명됐다. 버스를 쫓아가다 돌아오지 못한 걸까? 나는 얼굴이 새파랗게 질려 필사적으로 찾아다녔다. 희귀한 품종의 대형견이라 목격자가 있을 거라는 생각에 광고를 냈더니 사이강 건너편에 있는 집에서 "개를 보호하고 있습니다"라고 연락이 왔다. 그렇게 멀리까지 버스를 쫓아간 것이었다. 연락을 받자마자 부리나케 데리러 갔는데 그때 얼마나 기뻤는지 모른다.

　그러던 어느 날 같이 산책을 나갔는데, 추수가 끝난 논에 뿌려 놓은 맹수 퇴치용 독약 같은 걸 허니가 먹었다. 내 눈앞에서 빙빙 돌며 고통스럽게 죽어 갔다. 충격으로 망연자실해 사흘 밤낮을 울며 지새웠다. 왜 반려동물의 죽음에는 상고 결석이 불가능한 걸까 생각했다. 그때 어머니는 "네가 죽인 거야"라고 말했다.

대학 입학이 결정돼 집을 떠날 예정이었다. 허니는 내가 자기를 두고 떠날 걸 알고 있었던 걸까? 아니면 내게 더 이상 부담을 주고 싶지 않아 때를 봐서 물러난 것일까?

반려동물을 잃는 것만큼 슬픈 일은 없다. 부모를 여의었을 때보다 더 슬플 정도다. 누구보다 친한 친구이고, 틈틈이 푸념이나 한탄을 들어주던 상대이기 때문이다. 슬픈 건 죽은 개보다 그 개를 잃은 내 자신이 불쌍해서다. 극한의 자기애가 아닐 수 없다.

혼자 사는 친구나 장애인 중에는 반려동물을 소중히 여기는 사람이 많다. 여러 마리를 키우는 사람도 있다. 개를 위해 단독주택만 전전하는 사람도 있다. 반려동물은 인간을 미모나 장애 유무, 사회적 지위로 차별하지 않으며 절대적인 신뢰를 보낸다. 반려동물은 가족 이상의 존재다. 오히려 뜻대로 되지 않는 가족보다 더 내 곁을 지켜 주는 존재다.

이를 잘 알고 있기에 개를 키우고 싶은 마음이 들 때마다 억눌러 왔다. 내 생활 패턴상 개를 키울 여건이 안 된다는 점도 물론 잘 알고 있다. 그러다 어느새 개를 키우기엔 너무 나이가 들어 버렸다는 사실을 깨달았다. 개의 수명이 인간의 수명보다 짧다지만, 나는 이미 개의 마지막 순간을 책임질 수 없는 나이가 되어 버린 것이다. 유기견을 연결해

주는 단체에서도 70세가 넘는 사람에게는 입양을 허락하지 않는다고 한다. 그렇다면 생후 2개월에서 10개월 정도만 시각장애인 안내견 후보를 키우는 퍼피워커가 되어 볼까 생각도 했다. 퍼피워커가 해야 할 일은, 개가 인간에 대한 절대적 신뢰를 가질 수 있도록 사랑을 주는 것이다. 개를 사랑하고 예뻐하는 일이라면 자신 있다. 내가 키운 강아지가 안내견이 되지 못할 수도 있다. 훈련을 받아도 안내견으로 채용되지 못하는 경우가 있다. 그런데 경험자의 이야기를 들어 보면, 훈련사에게 개를 넘겨줄 때 그렇게 괴로울 수가 없다고 한다. 게다가 성견이 될 때까지 활발하게 돌아다닐 강아지를 키울 체력이 이제는 없다. 그렇다면 안내견에서 은퇴한 노견을 입양하는 것은 어떨까? 요즘은 반려견도 간병의 필요성이 커져 반려견용 기저귀까지 있다. 그럼 노인에게 어울리는 노노老老 돌봄이 되려나? 그마저도 마음이 놓이지 않는다.

아무래도 개를 키우고 싶다는 소원은 실현되기 힘들 것 같다.

위생 관념

입안에서 불편함이 느껴졌다. 혀로 더듬어 보니 구내염이었다. 3년 만이었다. 한동안 겪지 않았지만, 그리고 겪고 싶을 리 만무하지만, 그리운 친구를 만난 듯한 기분이 들었다.

얼마 전까지만 해도 피곤이 쌓이면 그때마다 구내염에 시달렸다. 구내염은 상태가 안 좋을 때마다 몸이 보내는 위험신호, 즉 일을 줄이라는 메시지였다. 생각해 보니 매년 일정한 시기가 되면 감기에 걸려 열이 났다. 그래 봤자 상비약을 복용하고서 이불을 뒤집어쓰고 자는 게 전부다. 그런데 일을 하고 있을 때는 감기에 걸리지 않다가 '자, 내일부터 쉬는 날'이라고 하면 꼭 열이 나는 것이 궁상도 이런 궁상이 없다. 그래서 모처럼의 휴가가 엉망이 되었다. 초긴장 상태일 때는 정신력으로 버티다 긴장이 풀리면 저항력도 떨어지는 모양이다.

그런데 코로나 팬데믹 기간인 지난 3년간 감기 한 번 안 걸렸다. 코로나도 피해 갔다. 노인을 돌보고 있던 터라 더 주의한 것도 있지만, 외출할 때는 마스크를 착용하고 집에 돌아와서는 손 씻기와 가글을 철저히 했기 때문이다. 코로나를 비롯한 모든 감염증 예방의 기본은 가글과 손 씻기다. 그 효과가 있었던 것 같다. 평소 위생에 신경을 쓰면 코로나도 걸리지 않는다는 사실을 입증한 셈이다.

집에 돌아오자마자 손을 씻고 가글을 할 때마다 쓴웃음을 지으며 아버지를 떠올렸다. 아빠, 아빠가 말한 대로 하고 있어요. 내과 의사였던 아버지는 외출했다 돌아온 우리 형제들에게 엄격했다. 가글과 손 씻기는 물론 발도 씻게 했다. 화장실에 따라와 다 씻을 때까지 감시했다. 친구들 사이에서는 가르르 소리를 내며 입을 헹구는 것이 나의 트레이드마크가 되었고, 친구네 집에 가서 그러면 친구들은 "아, 우에노 소리다" 하며 웃었다.

아버지의 위생관은 바깥은 불결하고 안은 청결하다는 단순한 것이었다. 타인은 불결하고 내 가족은 청결하다고 바꿔 말해도 될 정도였다. 그래서 남의 손으로 만든 주먹밥 같은 건 절대 먹지 않았다. 아내가 만든 주먹밥이면 되었다. 초밥집 카운터 같은 곳은 생각조차 못했고, 생선회도 반드시 익혀 먹었다. 어머니와 나는 아버지의 눈을 피해 초밥을 좋아하는 친구네 부모님과 몰래 초밥집에 가곤 했다.

공공연히 남을 불결하게 여기는 아버지에게 가족들은 진절머리가 나있었다. 어머니는 유독 반항적이었다. 여행

중 이런 일이 있었다. 티켓 자판기에 넣으려던 동전이 제대로 들어가지 않고 짤랑하며 바닥을 굴렀다. 어머니가 얼른 허리를 굽혀 주우려 하자 아버지가 크게 역정을 내며 말렸다. "더러워. 지저분하다고. 그런 거 줍지 마." 어머니가 지지 않고 맞받아쳤다. "떨어뜨린 게 1000엔짜리 지폐였으면 어떡할 건데?" 아버지는 마지못해 답했다. "주워야지." 우리 집만의 웃긴 일화다.

내가 그 후로 아무거나 먹고 아무 데나 앉고 물병의 물을 다른 사람과 돌려 마시는 생존형 인간이 된 것은, 아버지의 위생 관념에 대한 반발심에서 비롯된 것 같다. '봐요, 아빠. 이래도 난 배도 안 아프고 병에 걸리지도 않아요. 아무렇지 않잖아요'라고 혼잣말하는 기분이었다. 아버지가 금지했던 군것질이나 먼지투성이 노점 음식도 왜 이런 별것 아닌 게 맛있을까 하며 먹었는데, 금기 때문에 더 꿀맛이었던 것 같다.

코로나19로 세상이 바뀌면서 아버지의 방식이 '노멀'이 되었다. 살아 계셨다면 뭐라고 하셨을까? '아빠 말이 맞았지' 하며 싱긋 웃으실까? 아버지는 대중교통을 탈 때면 누가 만졌는지 모를 손잡이나 문을 만지는 게 싫어서 비닐봉지를 들고 다녔다. 봉지에 손을 넣어 손잡이를 잡았다. 지금은 딱 달라붙는 일회용 라텍스 장갑이 있다. 나는 요추 골절을 겪은 후로 계단을 오르내리거나 에스컬레이터를 탈 때 반드시 난간을 잡게 되었는데, 그 때문에 장갑을 끼고 다닌다. 물론 라텍스 장갑은 기괴해 보일 것 같아 안 하지만. 그러고 보니 목목이 난간이 있다는 사실을 발견한 것은 낙상을 겪은 덕분이었다. 이런 곳에도 난간이 있었네, 싶게 거리 구석구석에 배려가 자리하고 있었다.

위생에 주의를 기울이고 집에 머물며 외출을 하지 않은 덕분에 팬데믹 기간 동안 감기에 걸리지 않았다. 그런데 3년 만에 구내염이 톡 터져 버린 것이다. 브레이크를 걸고 일의 속도를 늦추라는 노란불 같은 것이리라.

요즘 병원을 자주 찾고 있다. 치과, 안과, 정형외과, 내과 등 나보다 나이 많은 언니들이 마치 카드 게임을 하듯 온갖 진료 카드를 들고 다니는 걸 봐왔는데, 이제 내 카드 지갑도 비슷한 상황이 되고 말았다. 신체 기관의 수명보다 인간의 수명이 길어진 시대다. 뒤집어 말하면 수명이 다하기 전에 신체 기관이 고장 난다.

우리는 치아, 눈, 무릎, 심지어 장기까지 살살 달래 가며 수명에 맞춰 오래 사용하고 있다. 경우에 따라 신체 기관을 인공물로 교체하기도 하니 인간은 이미 사이보그가 된 건지도 모른다.

나는 올해 후기 고령자가 된다.* 아직 경험해 보지 못한 영역이다.

▪ 일본에서는 65세부터를 전기 고령자, 75세 이상을 후기 고령자로 본다. 우에노 지즈코는 1948년생으로 2차 세계대전 직후 태어난 1차 베이비붐 세대, 즉 '단카이 세대'(1947~49년생)다. 1960~70년대 학생운동과 1970~80년대 고도성장을 주도한 단카이 세대가 정년을 맞던 2006년에는 고령자 고용안정법이 개정돼 정년이 60세에서 65세로 늘어나기도 했다. 단카이 세대 전체가 75세 이상이 되어 나타나는 문제를 '2025년 문제'라고도 한다. 일본의 경우 2024년 65세 이상의 비중이 29.3%를 기록했다. 같은 해 한국도 65세 이상이 20퍼센트를 넘어서면서 UN 기준 초고령 사회로 진입했다.

스승의 디엔에이

학교가 싫었다. 등교를 거부하는 아이까진 아니었지만 학교에서는 잠만 잤다. 방과 후만이 삶의 낙이었다.

대학은 갔지만 여학생에게는 공무원이 되거나 교사가 되는 것밖에 선택지가 없던 시절 '정 안되면 교사'でもしか教師[*]라는 퇴로를 차단하기 위해 교원자격증은 취득하지 않았다. 실은 교직 이수 학점 따는 것이나 교생실습 가는 것이 귀찮기만 했던 게으름뱅이였기 때문이지만.

그랬던 내가 대학 교원이 되었다. 대학 교원은 교원자격증이 없어도 될 수 있다. 하물며 무학이어도 된다. 건축가 안도 다다오 씨는 고졸 출신 도쿄대 교수로 유명하다.

20대 중반의 어느 날, 먹고살기 힘든 대학원생이었던 나는 지역 신문의 구인란을 보고 있었다. 펼친 면의 5분의 4는 '남자만', 나머지는 '남녀 무관'이거나 '여자'였다. 남녀

[*] 선생님'이라도'でも 될까, 선생님'밖에'しか 못 된다, 에서 유래한 조어다.

고용기회균등법*이 시행되기 십여 년 전, 남녀 구분 채용이 당당히 통용되던 시절의 일이다. '남녀 무관'에는 '파친코 가게, 부부 함께 숙식 가능', '여자'에는 '여자 사무원, 주산 3급 이상, 부기 경험자'라고 적혀 있었다. 주산도 부기도 못하는 나는 해당 사항이 없었다. 그 외에는 '호스티스 모집'이 있었는데, 이쪽은 '수려한 외모'라는 조건과 나이 제한이 있었다. 당시 나는 이미 한물간 상황이었다.

난 재주도 능력도 없구나, 그렇게 펼쳐진 신문을 앞에 두고 나 자신을 뼈저리게 자각했다. 일자리는 없었지만 그렇다고 운명을 탓하진 않았다. 내가 이 세상에도 사람들에게도 아무런 도움이 되지 못하는 존재니 세상의 부름이 없는 것은 당연하다고 생각했다. 오히려 나도 세상도 서로를 부르고 있지 않으니 비긴 셈이라고 생각하는 오만불손한 젊은이였다.

그런데 주변을 둘러보니 나 못지않게 '재주도 능력도 없는' 동기들이 남자라는 이유만으로 대학에 취직해 있었다(당시에는 석사만 마쳐도 대학에 자리를 잡을 수 있었다). 아, 어쩌면 내가 직업이 없는 건 여자여서일 수도 있겠구나, 하고 뒤늦

* 1986년 4월부터 시행되기 시작했다. 처음에는 권고 사항이었다가 1997년 개정으로 의무화됐다.

게 깨달았다. 성차별에 대해 그 정도로 어둡고 둔한 아가씨
였다.

그때부터 엉덩이에 불이 붙었다. '그래, 대학원을 직업
훈련의 장으로 생각하는 거야. 어차피 대학원생이 취업할
수 있는 곳은 한정돼 있다. 대학 교원이 거의 유일한 길이라
면 우물쭈물하지 말고 구직에 나서자' 마음먹은 것이다. 남
자 대학원생에게 취업을 알선해 주던 지도 교수는 내게 눈
길도 주지 않았기 때문에 내 힘으로 공개 채용에 지원하는
수밖에 없었다. 이력서를 미친 듯이 써내면서 '긍정적인 답
변을 드리지 못해 유감입니다'라는 답장을 수없이 받았고,
스물세 통 만에 겨우 따낸 것이 전문대 교원 자리였다.

학교를 싫어하던 내가 교사가 된 것에 대해 스스로에
게 변명할 수 있었던 것은, 대학이라는 곳이 학교 가운데 유
일하게 학생이 선생을 고르는 곳이기 때문이었다. 대학생
은 이미 성인이니 싫으면 선택하지 않으면 된다. 그런데도
굳이 나를 선생으로 선택해 준 학생들과는 최선을 다해 잘
지내 봐야겠다고 생각했다.

사립대학을 전전하다 도쿄대로 옮겼다. 어떻게 도쿄
대 교수 자리를 얻었냐는 질문을 받곤 하는데, 내가 지원한
것은 아니었다. 도쿄대에서 제의가 왔다. 전혀 예상하지 못
한 일이었다. 도쿄대 연구실 인사는 지금도 대부분이 비공

개로 진행된다. '어떻게 도쿄대 교수가 되었나요?'라는 질문은 뽑힌 쪽이 아니라 뽑은 쪽에 물어야 할 것이다. 궁핍한 사립대 교원에서, 일본에서 가장 안 망할 것 같은 거대 종합 대학의 교원이 되고 보니 동료 선생님들에게 '교육 서비스 업자'로서의 자각이 없다는 점에 놀랐다. 경영 기반이 취약한 작은 사립대에 근무하던 시절에는, 학생들이 낸 수업료만큼의 값어치는 꼭 해야겠다는 선생으로서의 사명감에 불타올랐다.

대학원생들은 연구자가 되기 위한 교육은 받지만 교육자가 되기 위한 교육은 거의 받지 않는다. 장래에 교단에 서는 것이 자기 밥줄이 될 거라는 생각도 별로 하지 않는다. 교육과 연구가 일치해야 한다고들 하지만 축복받은 일부 명문대에서나 가능한 이야기다. 게다가 훌륭한 연구자가 꼭 훌륭한 선생인 것은 아니며, 그 반대의 경우도 마찬가지다. 선생으로서의 노하우는 현장 훈련을 통해 물에 빠진 개처럼 필사적으로 익혔다. 학생들은 고객이기 때문에 공부할 의지가 없는 친구들의 주의를 돌리기 위해 애썼다. 단 한 가지 스스로 마음에 새긴 것은, 나한테 재미없는 것을 학생들에게 전달한들 학생들이 재미있어 할 리 없다는 점이었다. 그래서인지 내 수업을 들은 학생들은 이런 소감을 남기곤 했다.

"선생님이 수업을 제일 재미있어 하시네요."

아, 그랬구나. 그러고 보니 마음에 짚이는 것이 있었다.

스승의 디엔에이란 무서운 것이다. 내 평생 스승이라고 부를 수 있는 사람은 단 한 명, 사회학자 요시다 다미토吉田民人 선생님이다. 내가 교토대를 다닐 때 요시다 선생님이 오사카대에서 학생들을 가르치고 있어서 대학원은 오사카대로 진학할까 생각했을 정도였다. 선생님께 의논 드렸더니 이듬해 교토대로 옮길 예정이라고 하셔서, 그대로 교토대 대학원에 진학해 요시다 세미나에 들어갔다. 요시다 선생님은 교양과정 조교수였기 때문에 요시다 세미나에 드나드는 건 내가 속한 대학원 교수들에게 밉보이는 짓이었지만, 그런 건 아무래도 좋았다. 그런데 금방 도쿄대로 떠나버리셨다. 오사카대→교토대→도쿄대로 이어지는 이른바 '홉-스텝-점프' 인사였다. 나중에 교토대 출신인 내가 도쿄대로 적을 옮겼을 때 요시다 선생님의 후임이 아니냐는 소문이 돌았지만 그런 일은 있을 수 없다. 도쿄대에는 퇴직 교원이 다음 인사에 절대 개입하지 않는다는 훌륭한 관례가 있기 때문이다.

요시다 선생님은 노트도 메모도 없이 빈손으로 들어와 90분간 폭격을 퍼붓듯 말을 쏟아 냈다. 학생들은 따라잡기 바빴지만 본인은 즐거워서 어쩔 줄 모르는 표정이었다. 학생이 의문을 제기하면 논리로 제압했다. 추상도가 높은 이론을 설명할 때면 반드시 비근한 예를 들었다.

　요시다 선생님이 강의실에서 무슨 말을 했는지, 무엇이 그토록 자극이 되었는지, 기억력이 나쁜 나는 거의 생각나는 게 없다. 제자라면서 요시다 선생님의 전공이었던 이론 사회학, 그중에서도 구조기능주의는 조금도 계승하지 못했다. 그렇지만 요시다 선생님이 이야기한 메시지가 아니라 그것을 전하는 방식, 즉 메타 메시지만큼은 확실히 각인되었다. 마치 목숨을 건 도박꾼처럼 자신의 모든 것을 걸고 이론에 임하는 자세에서도 많은 것을 배웠다. 겉모습은 학자라기보다는 중소기업 사장님 같았다.

　'즐겁지 않으면 학문이 아니다' '독창적이지 않으면 연구자라고 할 수 없다' '경험을 설명하지 못하면 이론이라고 할 수 없다', 이런 점들만큼은 확실히 각인되었다고 생각한다.

　도쿄대에서 퇴직한 후, 오랜 기간 쌓아 온 우에노 세미나의 노하우를 담은 『정보 생산자가 되다』情報 生産者になる(ちくま新書, 2018)▪를 출간했다. 하지만 본인이 나는 이렇다고 스스로 말하는 것과 실제 행동 사이에는 반드시 간극이 있기 마련이며, 자기 미화가 있을 수밖에 없다. 그렇다면 서비스

▪ 국내에는 『논문 쓰기의 기술: 정보 생산자를 위한 글쓰기 매뉴얼』(한주희 옮김, 동녘, 2020)로 소개됐다.

를 받은 사람(만족한 고객이건 불만인 고객이건)에게 검증을 받아야 하는 법. 그 일환으로 우에노 세미나의 졸업생들이 『정보 생산자가 되어 보았다』情報生産者になってみた(ちくま新書, 2021)라는 책을 냈다. 그 책을 읽고서 웃고 말았다. 우에노 세미나 졸업생들의 디엔에이에도 그 스승의 스승의 디엔에이가 이어져 내려오고 있음이 보였기 때문이다.

거기에는 교토대 교양과정 사회심리학과 조교수였던 기노시타 도미오木下冨雄 선생님의 디엔에이도 있다. 이해해 주는 사람이 없어서 우울했던 대학원생 시절, 내 연구를 지도해 줄 선생님이 없다고 털어놓았을 때의 일이다. 기노시타 선생님은 이렇게 일갈했다. "자기 연구를 지도해 줄 선생은 이 세상에 없다고 생각하게. 만약 있다면 그 연구는 할 가치가 없는 거라 봐야 해." 이 말은 나 역시 누누이 강조했던 터라 내 학생들의 머릿속에도 깊이 새겨져 있었다. 훗날 기노시타 선생님께 말씀드렸더니 본인은 기억이 안 난다고 하신다. 하지만 이렇게 스승의 디엔에이는 제자와 제자의 제자 세대로 똑똑히 계승되고 있다.

후회투성이 인생

열여덟 살부터 서른 살까지 12년간 대학을 다녔다. 배운 것
도 좋은 일도 거의 없었기 때문에 '청춘을 돌려다오!' 하고
싶지만 자업자득이니 어쩔 수 없다.

학원 투쟁(나는 이를 '학원 분쟁'이라고 부르지 않는다)▪이 패배
로 끝나면서 갈 곳을 잃었다. 예전으로 회귀한 캠퍼스로 돌
아갈 마음이 생기지 않아 필수 이수 학점을 다 채우지 못하
면서 1년을 더 다니게 되었다. 졸업을 앞둔 동기들은 갑자기
스탠드칼라가 달린 학생복을 입고 구직 활동에 열중했다(당

▪ 1968년, 니혼대 이사장의 비자금 사건을 계기로
전학공투회의全學共鬪會議(이하 '전공투')가 결성되며
시작된 학생운동을 말한다. 기존의 운동 조직이나 정당과는
거리를 두면서 지도부 없이 조직을 운영하며 대학 개혁을
요구했다. 도쿄대 의학부 인턴제 반대 농성과 맞물리며
전국적 투쟁으로 확산했으나 1969년 야스다 강당 점거
농성이 경찰의 최루탄 공세로 해체되고 당파 싸움으로 내부
분열이 심화하면서 소멸의 길을 걸었다. 이후 투쟁을
주도했던 단카이 세대는 대부분 '기업 전사'가 되었다.

시에는 학생복이 대학생의 정장이었다). 그런 모습의 동기를 교토 거리에서 마주치면, 상대는 머쓱해하며 허둥지둥 자리를 피했다. 나는 구직 활동을 할 의욕도 기운도 없이 앞날이 전혀 보이지 않는 인생을 살고 있었다.

이대로 가다가는 생활비가 끊기고 고향에 계신 부모님이 나를 불러들이실 텐데 그것만은 싫었다. 그런 생각을 하다 보니 눈앞에 대학원이 있었다. "공부를 좀 더 하고 싶어서 대학원에 진학하고 싶어요." 부모님을 속이는 건 쉬웠다.

향상심向上心도 향학심向学心도 없었다. 그저 취업에서 벗어나고 싶은 '모라토리엄 진학'이었다. 교토대 대학원은 경쟁률이 높을 것 같았고 어디라도 어떻게든 합격해야 하는 상황이었기 때문에 도쿄대 대학원에도 지원했다. 도쿄대에 합격했지만 가지 않았다. 교토대 대학원에 합격했기 때문이다. 교토를 떠나고 싶지 않았다. 나중에 스승인 요시다 다미토 선생님이 "왜 도쿄대를 지원했나?"라고 물으실 때 "떨어질 걸 대비한 거였어요"라고 답했더니 폭소를 터뜨리며 "나한테는 괜찮지만 도쿄대 선생님들에게는 말하지 않는 게 좋을 거야"라고 충고해 주셨다.

당시 대학원생들은 대학원 진학을 '입원 생활'이라고 불렀다. 입원 생활이 길어지면 사회 복귀가 어려워진다고도 했다. 우선 석사과정에 진학했다. 합격 소식을 전하기 위해 신세를 진 선생님을 찾아 뵀는데, "자네, 석사과정을 수료하면 어떻게 할 건가?" 물으셨다. "그게 말이죠, 선생님. 저, 아무 생각이 없어요"라고 솔직하게 말씀드렸더니 "그게 좋지. 여자라면 그게 좋아" 하는 반응이 돌아왔다. 여자는 '크리스마스 케이크'라고, 스물네 살까지는 팔리지만 스물다섯이 넘으면 가격이 폭락한다는 말을 듣던 시절이었다. 대학원에 진학한 여자 선배들을 봐도 취업이 보장되지 않는다는 것은 잘 알 수 있었다.

대학원 재학 중 자퇴를 생각한 적이 세 번 있다. 대학원을 다니는 것에 아무런 의미도 느끼지 못해서였다. 그때마다 마음을 고쳐먹은 것은 장학금이 나왔기 때문이다. 당시 대학원은 문이 좁았고 대학 교원 양성 과정의 성격을 띠고 있었기 때문에, 대학원생 중 과반수가 장학금을 받을 수 있었다. 그 장학금은 대학 교원으로 근무하면 상환이 면제되었다. 대학 진학률이 높아지고 학부가 속속 신설되면서 동기들은 순조롭게 대학 교원이 되었다. 남성에 한해서였지만.

학교를 떠나면 장학금이 끊긴다. 부모님이 주는 돈은 조건부다. 장학금은 조건 없는 고마운 돈이었다. 물론 그것만으로는 충분하지 않아 가정교사나 학원 강사 외에도 점원이나 웨이트리스 등 온갖 아르바이트를 했다.

그중에 싱크탱크 연구원 아르바이트가 있었다. 교토에는 교토학파 선생님들이 주축이 되어 만든, 알 만한 사람은 다 아는 '커뮤니케이션 디자인 연구소'Communication Design Institute, CDI라는 작은 민간 싱크탱크가 있다. 1970년대, 고도성장은 주춤한 상태였으나 '문화산업'의 시대가 도래하면서 기업들은 부가가치를 추구하기 시작했다. CDI에서는 매년 교토대 사회학과의 추천을 받아 대학원생을 스카우트하곤 했고, 나도 그중 한 명이었다.

CDI에는 『발상법』発想法(中公新書, 1967)을 쓰신 가와키타 지로川喜田二郎 선생님과 『지적 생산의 기술』知的生産の技術(岩波新書, 1969)을 쓰신 우메사오 다다오梅棹忠夫 선생님 등이 있었다.* 연구원이 보고서를 발표하는 자리에 이런 학자들과 고마쓰 사쿄 선생님, 가와조에 노보루 선생님 등 쟁쟁한 인사들이 함께했다. 생각해 보면 이곳이 내게 대학이었던 것 같다. 가와키타 지로 선생님이 고안한 KJ법**을 철저히 익혔

* 각각 국내에 『정보화 시대의 발상법』(김욱·신현중 옮김, 세경멀티뱅크, 1998), 『지식 생산의 기술: 어떻게 읽고, 어떻게 쓰고, 어떻게 생각할 것인가』(김욱 옮김, 북포스, 2009)로 소개됐다.
** 문화인류학자 가와키타 지로가 현지조사에서 수집한 방대한 정보를 정리하기 위해 고안한 방법으로, 본인

다. 우메사오 다다오 선생님이 발명한 교토대식 카드*도 알
차게 써먹었다. 오늘날 내가 연구자로서 살아갈 수 있는 노
하우를 익히게 된 것은 이 싱크탱크에서의 경험 덕분이다.
그래서 나는 대학 교원이 되고 나서도 학생들에게 교토대식
정보처리 기술과 KJ법을 가르쳤다.

학원 투쟁이 끝나고 캠퍼스에 정적이 찾아온 시대였
다. 학원 투쟁을 통해 더 많은 것을 배운 쪽은 학생이 아니라
대학이었다. 관리는 엄격해졌고, 대학은 아무 일도 없었다
는 듯 예전으로 돌아갔다. 정말 갈 곳이 없었다. 전망도 없었
고 먹고살 길조차 막막했다. 투쟁에 참여했던 이들 중에는
취직하지 않고 사설 학원을 운영하는 사람도 있었고, 대학
을 중퇴하고 트럭 운전사가 된 사람도 있었다. 암담했다.

그 무렵 다카쿠라 켄이 주연을 맡은 임협 영화**를 정액

이름의 이니셜을 딴 것이다. 단편적인 정보를 하나씩
카드에 적은 뒤 관련성이 있어 보이는 것들끼리 모아
봄으로써 창의적인 아이디어를 도출하거나 문제 해결의
실마리를 찾는다.
* 카드형 데이터베이스 구축에 사용되는 B6판형의
인덱스카드를 가리킨다. 인덱스카드는 원래 존재했지만
연구에 가장 유용한 판형으로 B6를 채택한 것은 우메사오
다다오의 아이디어였다. 카드 한 장에 하나의 주제, 인상
깊은 문장, 키워드, 인용구 등을 적어 놓고 재배열하거나
조합하면서 생각을 정리하는 방법이다.

냄새 나는 동시상영관에서 봤다. 격투 신이 한창일 때 관객이 "켄 씨, 뒤쪽이 위험해요!"라고 소리쳤다는 전설이 전해지던 시대였다. 여자는? 여자는 건달 영화 속에서도 설 자리가 없었다. 후지 스미코가 연기한 여인은 사지로 걸어 들어가는 남자 주인공을 붙잡지도 못하고 기둥 뒤에 숨어 옷소매를 입에 문 채 가만히 기다릴 뿐이었다. 운동권 친구들 사이에서는 건달 영화의 대사를 흉내 내며 "오른쪽도 왼쪽도 칠흑 같은 어둠뿐이옵니다"라고 말하는 게 유행이었다.

알바를 같이 하던 선배는 도시공학 전공자였다. 그 역시 학원 투쟁의 패배자였다. 우리는 점심을 함께 먹으며 이런저런 이야기를 나누었다. 그중에는 뿔뿔이 흩어진 친구들의 소식도 있었다. 한 친구는 이렇게 말했다고 한다. "하루이틀 빈둥거릴 수는 있어도 1년을 허비할 순 없잖아." 그러고는 지방대 의대에 재입학했다는데, 어떤 의사가 되었을까?

■■ 야쿠자는 세력을 확장하며 스스로를 임협(닌쿄)任俠(의리 있고 정의감 넘치는 사람), 극도, 협객 등으로 불렀다. '임협 영화'는 이런 야쿠자들을 주인공으로 한 장르 영화로 1963~72년 사이 크게 유행했다. 대부분이 조직에 대한 의리와 약자에 대한 인정人情 사이에서 고민하다 최후에는 자기희생을 아끼지 않는 주인공을 통해 야쿠자를 미화하는 내용이었다.

앞날에 대한 전망 같은 건 없었다. 예측도 불가능했다. 동거 중인 남자가 있었지만 1년 뒤에도 이 남자와 함께일지는 확신할 수 없었고, 1년은커녕 석 달 앞도 내다볼 수 없던 시절이었다. "그날그날을 버티는 것만으로도 벅차네요." "정말 그래요." 그와 내가 그렇게 맞장구를 치고 있을 때였다.

그 자리에 함께 있던 젊은 친구가 갑자기 화를 냈다. "당신들, 그래 가지고 되겠습니까!"라고.

"저는요, 몇 살이 되면 이렇게 되고 싶다 목표를 세우고 그걸 기준으로 지금 뭘 해야 할지 역산해서 계획에 따라 움직이고 있어요. 그런 거잖아요, 인생이란……."

선배와 나는 망연자실한 얼굴로 서로를 바라보았다. 이 사람한테는 무슨 말을 해도 통하지 않겠구나 하는 표정으로.

생각지도 못 한 때 프랭크 시나트라가 부르는 〈마이 웨이〉를 들었다. 영어였다. 그러고 보니 일본어 버전으로만 들어 봤던 터라 가사에 귀를 기울였다.

Regrets, I've had a few

처음엔 'Regrets, I've had few'로 들렸다. '후회는 거의 없어'라고 말이다. 어떻게 이렇게 말할 수 있나 싶어 나중에 가사를 확인해 보니 'few'가 아니라 'a few'였다. 엄청난 차이다. '후회가 조금 있다'는 뜻인데, 나의 경우는 조금이 아니라 한가득이다.

그다음 이어지는 가사는 이렇다.

I planned each charted course
Each careful step along the byway
......
I did what I had to do

가야 할 길을 하나하나 계획하고 차근차근 한걸음씩 내딛어 결국 해야 할 일을 해냈노라 힘차게 노래하는 것이다.

이제 안되겠다. 더 들어줄 수가 없다. 이런 노래일 줄이야. 이 노래에 자아도취되어 눈물을 글썽이고 박수갈채를 보내는 청중도 있다.

나는 이 사람들과 아예 종자부터 다른 걸까?

이제 산 날보다 살날을 세는 게 더 빠른 나이가 되어 다시 생각해 본다. "부끄러움과 후회로 가득 찬 인생이었다." 이것도 임협 영화 속 대사였던가.

쓸모에 대하여

선생이 되고 싶었던 건 아니다. 하지만 막상 되고 보니 선생은 좋은 직업이었다. 남녀노소를 불문하고 눈앞에서 사람이 성장하는 모습을 지켜보는 것은 기쁨이었다. 아이가 없어서 자식 키우는 기쁨은 모르지만, 친부모는 아이가 신체적으로 성장하는 모습은 볼 수 있어도 죽순이 껍질을 벗듯 지적으로 쑥쑥 성장하는 모습을 볼 일은 없을 것이다. '교육은 어느 정도 세뇌 장치'라는 생각으로 학생들을 가르쳤다. '남의 자식을 꾀어내는' 기분이라 하멜른의 피리 부는 여인이 된 것 같았다.

연구자는 되고 싶었다.

커서 뭐가 될 거니? 현대 어린이를 괴롭히는 이 질문에, 열세 살 때는 '고고학자'라고 대답할 요량이었다. 역사적인 무덤을 파는 사람, 이미 죽어 없어진 사람들의 흔적을 찾아 모래를 파헤치는 사람 말이다. 교토대 인문과학연구소라는 곳에서 서역 교류사를 연구한다는 소리를 듣고는 그 연구소의 연구원이 되고 싶다는 막연한 꿈을 품었다.

커서 뭐가 될 거니? 어느 해 설날, 온 가족이 모인 자리에서 아버지가 오빠에게 물었다. 자유로운 대답 같은 건 허용되지 않았다.

"첫째는 말야, 건축가가 되렴. 집 때문에 어려움을 겪는 사람들이 많으니까, 그런 사람들을 도와주는 거야."

다음으로 둘째인 내게 차례가 오기를 기다렸지만, 나를 건너뛰어 남동생에게로 갔다.

"욧짱(동생은 이렇게 불렀다)은 말이지, 엔지니어가 되렴. 티브이 같은 멋진 기술을 계속 만들어 내야지."

아버지는 의사였다. 티브이가 처음 집에 들어왔을 때 하루 종일 브라운관 화면을 바라보면서 "정말 굉장하네. 굉장한 기술이야. 이런 걸 발명하는 사람은 정말 대단해" 하며 연신 감탄하던 이공계 뇌의 소유자다. 쓸모없는 기술은 기술이 아니며, 사람에게 도움이 되는지 아닌지가 판단 기준이었다.

차례를 기다리다 지친 내가 먼저 아버지에게 물었다.

"지코짱은? 커서 뭐가 될까?"

아버지는 '이런, 너 거기 있었니?' 하는 표정으로 이렇게 말했다.

"지코짱은 말야, 참한 새색시가 돼야지."

그런 시대였다. 중산층 가정의 딸에게 일을 한다는 선

택지는 없었고, 졸업 후에는 '집안일을 거들면서' 결혼을 기다리는 것이 당연했다. 아버지의 한마디로 나는 기대받지 못하는 아이임을 깨달았다. 여자라는 이유로 말이다.

언젠가 고고학자가 되고 싶다는 말을 툭 던졌을 때 아버지의 반응은 이랬다.

"그런 게 무슨 쓸모가 있어?"

그렇다. 나는 쓸모없는 인생을 살고 싶었다. 열세 살 아이치고는 너무 비뚤어진 생각이었을까? 지금 생각해 보면, 모든 걸 '쓸모'로만 평가했던 아버지에게 최대한 반항하려던 걸지도 모르겠다.

죽은 것, 사라진 것, 사람들이 거들떠보지도 않는 것으로 시선이 향했다. 도서관에 틀어박혀 고대 유적 사진집을 열심히 들여다보았다. 스벤 헤딘Sven Hedin의 서역 탐험기와 가와구치 에카이河口慧海의 서장(티베트) 탐험기를 탐독했다. 고등학생 때는 우에노에 있는 도쿄 국립박물관에서 투탕카멘 전시회가 열렸다. 투탕카멘 왕의 황금 마스크가 일본에 처음 온다는 소식에 도저히 참을 수가 없어서 부모님을 졸라 전시회에 갔다. 딸에게 그 정도는 해주는 자상한 부모님이셨다.

도서관에 틀어박힌 건 보고 싶지 않은 현실로부터의 도피였는지도 모른다. 도서관은 환상의 보고였다. 크고 묵직한 사진집을 펼치면 내 마음은 곧장 고대의 아시리아, 그리스, 이집트로 날아갔다. 누구에게도 쓸모 있고 싶지 않아. 대신 방해도 되지 않을 테니 날 좀 내버려두면 안 될까? 어린 나의 소박한 바람이었다. 훗날 은둔형 외톨이 아이들이 등장했을 때 그 심정을 알 것 같은 느낌이었던 건 그 때문이었을까? 그런 내게 일어난 통한의 이변은, 내가 쓸모 있는 삶을 살아 버렸다는 것이다. ☺

그렇다고 해서 연구자가 반드시 사회나 다른 사람들에게 쓸모가 있다고는 생각하지 않는다. 바로 얼마 전, 중견 연구자가 젊은 연구자들에게 쓴소리를 하는 에세이를 읽었다. 젊은 사람들이 자기만의 좁은 세계에 갇혀 연구 주제를 고르는 경향이 강해져 전체를 조망하면서 공익을 위해 지금 무엇을 연구해야 할지 고민하는 모습이 사라졌다는 비판이었다. '공익'이라고 하니 언뜻 좋은 말 같지만, 실상은 '학문 분야에서 여기가 공백이고 앞으로는 여기에 니즈가 생겨서 연구 주제로 발전할 가능성이 있다'는 판단으로 마케팅 수법이나 매한가지다. 주제가 사람을 고르는 것이 아니라 사람이 주제를 고르는 것이다. 반면, 나는 내 연구는 '사리사욕을 위한 것!'이라고 공공연히 말하고 다닌다. 학생들에게도 '자신을 사로잡고 놓아주지 않는 문제'에 천착하라고 조언한다. '당사자 연구'▪ 같은 것이 대표적이다. 일견 소소한 상황의 소소한 문제가 주제로 선정되는 듯 보일 테지만, 페미니즘의 표어대로 '개인적인 것이 정치적'인 것이다.

연구에는 품도, 시간도, 돈도 든다. 그렇기 때문에 자신에게 절실한 물음이 아니면 계속 이어 갈 마음이 생기지 않는다. 얻을 수 있는 성과는 아주 조금일지도 모른다. 당신의 연구는 다른 사람에게도 쓸모가 있는 보편성을 획득할 수도 있고, 그러지 못할 수도 있다. '설령 당신의 연구를 아무도 평가해 주지 않는다 해도 그 문제를 선택한 것이 당신 자신이라면 그것을 풀었을 때 스스로 보상받을 수 있고 그거면 된 거 아닐까?' 생각한다.

'알게 되었다' '이해가 되었다' '납득이 간다'…… 그러면 세상을 보는 눈이 달라진다. 연구자에게는 그것이 가장 큰 보상이다. 이공계 기초 연구자에게 "당신의 연구는 대체 어떤 쓸모가 있나요?"라고 질문을 던지면 대부분 할 말을 잃는다. 그런데 연구 자체로 된 거 아닌가? 인간의 호기심은 끝이 없고 세계는 미지의 것으로 넘쳐 난다. 호기심이 동하는 대로 좋아하는 일을 하는 게 뭐가 나쁜가.

▪ 예를 들면, 정신장애인 스스로가 (전문가의 개입에서 벗어나기 위해) 자신의 병을 분석한다거나 자기민족지처럼 스스로를 분석의 대상으로 삼는 경우를 말한다.

그래서 나는 연구는 궁극의 극도라고 말해 왔다. 객원 교수로 있는 어느 대학의 입학생 모집 팸플릿에 그렇게 썼더니 사무국에서 불만을 제기했다. '극도'는 야쿠자들이 쓰는 말이니 바꿔 주시면 안 되냐고 말이다. "'극도'에는 '도道를 다하다極'라는 뜻도 있습니다"라고 주장해 그대로 두었다. 그러고 보니 '극도자'極道者는 야쿠자모노ゃくざもの(불량배)를 뜻한다. 야쿠자모노는 한자로 '無能者'(무능자)로 쓰기도 한다. 세상에 쓸모가 없는 사람을 일컫는 것이라면, 연구자 역시 극도자라 불러도 좋을 것이다.

굳이 이렇게 말하는 것은, 연구자가 다른 극도자인 음악가나 화가에 비해 조금도 위대하다고 생각하지 않기 때문이다. 코로나19를 겪으며 아티스트와 뮤지션들은 '무슨 쓸모가 있냐'는 질문을 받았다. 신종 코로나 백신을 만든 것은 분명 연구자들이지만, 그 역시도 당장 쓸모가 있을지 알 수 없는 방대한 기초 연구가 축적돼 있었기에 가능했던 것이다. 한때 '문학부 무용론'이 제기된 적이 있었는데, 이를 반박할 때 '문학은 쓸모가 있다'고 강변하는 대신 쓸모없는 것을 허용하는 사회가 더 풍요롭다고 말하면 될 일이다. '쓸모 있는' 것들로 넘쳐 나는 속세를 떠나 수도원에 들어간 것이 연구자의 유래였다. 연구자를 의미하는 스칼라scholar의 어원은 라틴어 스콜라schola로, '여가'라는 뜻[을 가진 그리스어 스콜레σχολή]에서 유래했다. 품과 시간이 드는 연구야말로 여가 시간을 때우기에 제격이었던 것이다.

나는 어린 시절의 소망을 이룬 건지도 모르겠다.

버리지 못하는 이유

옷차림이 바뀌는 철이 되면, 넘칠 정도로 옷장을 메우고 있는 옷을 보며 한숨을 쉰다.

단샤리斷捨離*를 해볼까? 정리정돈 요령에는 "한 시즌 동안 입지 않은 옷은 버리세요"라거나 "한 벌 사면 한 벌은 처분하세요"라는 내용이 적혀 있다.

하지만 모든 옷에는 추억이 있다. '미나 페르호넨'의 디자이너 미나가와 아키라 씨의 전시를 보러 갔는데, 전시 마지막 섹션에 미나가와 씨의 옷을 애용해 온 사람들이 직접 입었던 낡은 옷과 거기 얽힌 사연들이 전시되어 있었다. 옷 하나하나에 그것을 입었던 사람들의 가족과 인생이 담겨 있었다. 자녀의 초등학교 입학식 때 입었던 옷. 딸이 "그 치

* 불필요한 것을 사지 않고斷 기존 물건을 버리고捨 물건에 대한 집착에서 벗어나離 생활을 가볍게 만드는 일본식 정리 철학. 요가의 '단행·사행·이행'에서 유래했으며, 야마시타 히데코에 의해 대중화되었다.

마, 나한테 줘"라고 조르던 옷. 사별한 남편과 함께 여행 갔을 때 입었던 옷. 미나가와 씨의 옷은 유행을 좇지 않고 체형도 따지지 않는다. 세월이 흘러도 낡아 보이지 않는다.

내 옷장 속을 봐도, 뉴욕의 벼룩시장에서 산 헌 옷, 파리의 어느 길목에서 충동구매한 옷, 어느 여름 더블린에서 부들부들 추위에 떨며 구입한 애런 스웨터 등 하나하나 그 시절의 정경이 떠오른다.

그중에서도 선물로 받은 것은 버릴 수가 없다.

약간 시크해 보이는 베이지색 스웨터가 특히 그렇다. 유행이 지났지만 버려지지가 않는다. 당시 유행하던 어깨 패드를 제거해 라인이 딱 떨어지지가 않는데도 버릴 수가 없다. 어머니가 돌아가시고 고령의 아버지가 나를 보러 오셨을 때 교토의 패션 중심지인 기타야마 거리의 한 부티크에서 사주신 옷이다. 아버지에게 이런 패션 감각이 있을 거라고는 생각지 못한 세련된 디자인이었는데, 내가 몸에 대보았더니 "마음에 들면 사려무나" 하셨다. 어머니와 내가 새 옷을 살 때마다 "몸은 하나인데 옷을 왜 여러 개 갖고 싶어 하는 건지, 원……" 하시던 아버지였다. 그럴 때면 어머니는 "어머, 여자는 원래 그래"라며 공동전선을 펴주셨다.

선물 받은 것 중에는 마음에 드는 것도 있고 마음에 들지 않는 것도 있다. 그래서 누가 뭔가를 사주겠다고 하면 그 사람과 함께 가서 직접 마음에 드는 걸 고른다. 내가 사달라고 해서 사주는 경우도 있고, 상대방이 선물로 사주는 경우도 있다. 마음먹으면 충분히 살 수 있지만 그래도 다른 누군가가 뭔가를 사준다는 건 기쁜 일이다. 남자 친구와 둘이 쇼핑을 가서는 서로가 고른 물건을 선물로 주고받을 때도 있다. 내 것을 살 때는 상대방 카드를, 상대방의 것을 살 때는 내 카드를 쓴다. "어머, 사주는 거야? 고마워" 하며 주고받는 모습을 점원이 미소 지으며 바라본다. 집에 가서는 포장을 열고 "와, 멋지다. 센스 있어. 내 취향을 어떻게 안 거야?!"라며 보란 듯이 과장을 섞어 기뻐한다. 내가 직접 고른 것이니 당연한 일이지만. 그런 식으로 사달라고 해서 받은 물건이 여러 개다. 그때그때가 떠오르니 버릴 수가 없다.

생일이 가까워지면 갖고 싶은 걸 미리 골라 놓기도 한다. 여행지에서 눈에 띈 물건을 사가지고 돌아와서는 "정말 멋진 선물을 찾아 줘서 고마워" 하면서 다짜고짜 상대방에게 청구서를 건네고, 사후에 받은 선물로 치는 경우도 있다. 상대방은 '어쩔 수 없군' 하는 표정으로 쓴웃음을 짓는다. 사달라고 해서 받은 물건에는 그런 관계의 기억이 깃들어 있다. 그래서 역시 버릴 수가 없다.

가난했던 젊은 시절에는 망설이다 사지 못하는 경우가 더러 있었다. 돈이 부족해 하나만 골라야 해서 고민이 될 때면 '으음, 결정을 못 하겠어' 하며 탄식했다. 주머니 사정이 좋으면 둘 다 사기도 했지만 역시 고민 끝에 겨우 결정한 물건에 더 애착이 간다.

여자 친구들과 쇼핑을 가면 엄격하게 판정해 준다.

"이거 좋다"라고 하면, 바로 "기각"이라고 단호하게 말하는 친구가 있었다. 긴자에 있는 직장을 다니는, 패션 감각이 탁월한 여성이었다.

그랬던 그녀가 드물게 "허락할게"라고 말해 준 코트가 있다. 터무니없는 가격의 막스마라 코트였다. 하지만 유행에 관계없이 영원히 입을 수 있을 것 같았다. 그 코트를 입을 때마다 지금은 이 세상에 없는 그녀가 생각난다.

여자 친구들은 내가 걸친 것을 보고 "어머, 예쁘다"라고 말해 준다. "그거 좀 줘"라고 거리낌 없이 말하는 사람도 있다. "잠깐 쓸게. 잠깐 돌려쓰자"라고 말이다. 나도 지지 않는다. "아직 한창 입을 때라 안 돼" 하든가 "어머, 마음에 들었구나. 그럼 내가 죽을 때까지 기다려"라고 답한다. 유품으로 남겨 주겠다고 말이다.

브로치나 목걸이 같은 건 "마음에 들면 줄게" 하면서 그 자리에서 끌러 건넨 적도 있다. 좋아하는 사람이 받아 주는 건 행복한 일이니 말이다. 반대로 내가 "멋지네요"라고 말하자마자 액세서리를 그 자리에서 바로 끌러 준 사람도 있다. 처음 만난 사람이어서 이름도 기억나지 않는다. 강연장 화장실 안이었다. 이것도 잊을 수 없는 기억이다. 그때의 정경이 생생하게 떠오른다. 그래서 버릴 수가 없다.

여자 친구들과 함께 산 것도 있다. 오랜만에 만난 외국에서 온 친구가 그날 내가 착용한 산뜻한 목걸이를 칭찬해줬다. 저렴한 목걸이였다. '줄게'라는 말이 목구멍까지 올라왔는데, 그때 같이 목걸이를 샀던 친구들의 얼굴이 떠올랐다. 그래서 말을 삼켰다. 나중에 그녀에게 주지 않은 것을 후회했다. 언제 또 만날 수 있을지 알 수 없는 친구였다.

'버리지 않는/버릴 수 없는 이유'는 끝이 없다. 노인이 사는 곳이 쓰레기집이 되고, 가족들이 마음대로 물건을 버리면 화를 내는 것도 무리는 아니다. 물건에는 모두 사연이 있어서 쉽게 버릴 수가 없는 것이다.

단샤리 같은 거 하지 않아도 된다고 말한 사람이 이쓰키 히로유키五木寬之 씨던가? 어차피 내가 사라지면 물건도 사연도 함께 사라진다. 그렇게 되면 물건은 모두 쓰레기가 된다. 죽은 후 유품 정리는 누군가가 해줄 것이다. 단샤리는 제3자에게 맡기는 게 제일 좋다.

불요불급

코로나19가 한 해를 넘겼다. 봄 여름 가을 겨울 사계절을 지나 다시 봄이 왔다.

지난 1년이 길었던가, 짧았던가? 눈 깜짝할 사이에 지나가 버렸다고 말하는 사람도 있다. 하지만 내게는 짧았다고 생각되지 않는다. 코로나19 직전인 2020년 1월, 간신히 성사된 300명 규모의 항의 집회('개호보험 후퇴를 절대 용납하지 않겠다!'), 휴교령이 떨어지기 직전에 다녀온 온천 여행, 긴급사태 선언 전 여자들끼리 모여 먹었던 오리전골 요리…… 돌이켜 보니, 그런 게 가능했던 시절도 있었나 싶을 만큼 모든 게 10년도 더 된 일처럼 느껴진다.

원격 근무로 인해 출퇴근이 필요 없어졌기 때문에, 거리두기를 위해 도쿄도를 떠나 야쓰가타케난로쿠八ヶ岳南麓 산장으로 갔다. '코로나 전쟁', '코로나 소개령', '자숙 경찰'自肅警察* 등 전시 상황을 연상시키는 뒤숭숭한 말들이 들려온다. 지방에서는 코로나 감염자의 사적인 인간관계가 낱낱이 드러난다. 자살자도 나왔다고 들었다.

코로나 소개령은 '자가 격리'를 위한 것이었다. '3밀密'
을 피하려면 서로 거리를 두는 수밖에 없다. 이런 날이 올 것
을 예견해서는 아니었지만 산장을 지어 두길 정말 잘했다.

주변이 숲으로 둘러싸인 산장에서는 계절의 변화를
체감할 수 있다. 해가 뜨고 지는 모습, 햇볕의 기울기, 낮의
길이에 몸이 적응해 간다. 목적지에 닿기 위해 서두르던 시
절에는 이런 것을 느낄 여유조차 없었음을 문득 떠올린다.

생각해 보니 이동하는 데만 시간을 얼마나 썼던 걸까.
이동이 공백의 시간이며 머리를 리셋하는 데 좋다고 말하는
사람도 있지만, 그 어떤 시간보다 불필요하게 버려지는 시
간이기도 했다.

산장은 서고를 겸한 작업실이다. 외쪽지붕에 층고가
높은 원룸 구조로 한쪽 벽면이 온통 책장이다. 집을 짓기 전
부터 60제곱미터짜리 원룸이 꿈이었다. 북유럽의 고령자
주택을 방문했을 때 고령자 한 명당 표준 면적이 60제곱미
터라는 것을 알게 되었다. 그때부터 나 자신을 위해 60제곱

▪ 코로나 팬데믹 시기 마스크 미착용자나 영업을 지속한
상점 등 정부의 자발적 자숙 요청에 응하지 않은
개인·상점을 사적으로 단속하고 공격했던 시민들을
가리키는 말이다.

미터의 공간을 확보하고 싶다는 생각을 해왔다. 땅값이 싼 땅이라면 그 정도 사치는 괜찮겠다는 생각이었다. 게다가 근무하던 대학에서 퇴직할 때 연구실의 장서를 모두 가지고 나가야 하는 상황이었다. 평당 몇 백만 엔씩 하는 도쿄 집에는 둘 곳도 없었다. 모두 산속 서고로 옮겼다.

그 도서관 같은 공간에 혼자 조용히 있는다. 음악도 필요 없다. 책에 둘러싸여 누구에게도 방해받지 않고 혼자 보내는 이 공간의 고요함이 정말 좋다. 혼자 있는 것이 힘들지 않고, 사람을 만나고 싶다는 생각도 들지 않는다.

미디어 인터뷰에서는 다양한 사람들이 나와 "코로나 격리 생활을 하면서 사람을 실제로 접하는 것이 얼마나 중요한지를 새삼 깨달았어요"라고 말한다. 문득 '정말 그럴까?' 생각하는 나를 발견한다.

생활은 간소해졌다. 화장도 하지 않고, 옷에도 신경 쓰지 않게 되었다. 형형색색의 액세서리가 한가득이지만 차고 나갈 일이 없다. 맨얼굴, 노브라, 유니클로 3종 세트가 기본. 홈쇼핑 카탈로그 잡지는 계속 오는데, 물욕도 줄었다. 살아가는 데 정말로 필요한 게 이렇게나 적다는 걸 뼈저리게 느낀다. 일이 계속 취소되면서 수입이 급감했지만, 대신 지출도 급감했다. 돈이 지갑에서 나가질 않는다. 쓸 곳이 없기 때문이다. 이러니 소비가 침체되는 것도 무리는 아니다.

손닿는 곳에 백화점 상품권이 있다. 그냥 종이일 뿐이다. 가만히 들여다보지만 쓸 데가 없다. 백화점에 가본 지 오래다. 가고 싶지도 않고, 애초에 시골에는 백화점 자체가 없다. 도시로 나가지 않으면 쓸 수 없다는 점에서는 상품권도 지폐도 그저 종이일 뿐이다. '이 종잇조각을 사용할 일이 있을까?' 하는 생각이 문득 든다. 전시의 군용 수표가 패전 후 그냥 종이가 된 것처럼, 상품권도 일본 은행 지폐도 그냥 휴지장이 될 날이 올지도 모른다. 불온한 상상이고 근거도 없지만, 그렇게 되어도 아무렇지 않을 것 같은 기분이다.

영어에 '~없이 살다'do without라는 표현이 있다. 가끔 인생의 재고 정리를 할 때면 이 표현을 사용해 본다. '저거 없이도 살겠어', '이거 없어도 살 수 있어'…… 빈칸에 여러 가지 물건과 일들을 잇달아 적어 넣다 보면 대부분이 들어가 있는 것을 발견한다. '저게 없으면 안 돼'라는 미련 가득한 물건이나 집착의 대상도 별로 없다. 거기에 인간관계도 적어 본다. 그 사람도, 이 사람도…… 계속하다 보면 중요하다고 생각했던 사람도 들어가 버릴지 몰라 멈칫하고 중도에 그만둔다. 무엇보다도 나 자신을 그 빈칸에 적어 넣을 것만 같다. 내 인생을 '불요불급'한˙ 것으로 여기며 체념해 버릴 것 같다.

지금껏 업무 스케줄로 시간을 채워 왔다. 이곳저곳 옮

겨 다니며 분주히 일하다 보면, "바쁘신 와중에 죄송합니다만……"이라는 말로 시작하는 연락을 받곤 했다. 소화해야 할 일들이 산더미처럼 쌓여 있었고, 하나하나 파도타기 하듯 넘어왔다. 그때마다 빠듯하게 쫓기고, 막다른 곳에 몰리고, 긴장이 높아졌다. 그리고 그 상태를 유쾌한 것으로 느꼈다.

그러지 않으면 따분함이 목구멍까지 차오를 테니, 따분함이 올라오지 않도록 뚜껑을 닫아 둔 것이라 생각했다. "너에게 일이 없는 인생이란 생각할 수 없어. 견딜 수 없을 거야"라는 말을 듣기도 했다.

하지만 코로나 격리 생활을 겪고 보니 의외로 아무렇지 않다.

그걸 입 밖에 내면 안 될 것 같다는 기분이 들기도 한다.

어린 시절 사람들에게 쓸모없는 인생을 살고 싶다고 생각했다. '세상 한구석에서 조용히 살면서 당신 인생을 방해하지 않을 테니 그 대신 내 인생도 방해하지 말아 줘'라고, 나 혼자 내버려 두면 좋겠다고 말이다.

그랬는데, 정말 혼자 있는 것이 권장되는 시대가 올 줄

▪ '필요하지도 급하지도 않다'는 뜻으로, 일본에서는 팬데믹 기간 동안 외출 자제를 촉구하는 표현('불요불급한 외출은 삼가 주십시오')으로 널리 사용되었다.

이야.

　내가 있든 없든 세상은 변하지 않을 것이다. 수천만 명의 인간이 죽어도 지구는 아무렇지 않을 것이다. 그것은 절망일까, 희망일까?

　내 앞에도 자연이 있고, 내 뒤에도 자연이 있으며, 나의 존재도 부재도 자연에 영향을 미치지 않는다는 것은 희망처럼 보인다. 그러나 '인류세'라고 불리는 시대에는 인간의 존재가 자연을 바꿔 놓는다고 한다. 인간은 신마저 두려워하지 않는 오만불손한 존재가 되어 버렸다.

　'코로나19가 영원히 계속되진 않을 거야'라고 별생각 없이 툭 내뱉는다. 그러다 곧 근거가 없다는 걸 깨닫는다. 그리고 '이 상태가 계속된다 해도 상관없어'라는 생각을 마음 한구석에 품고 있는 내 모습에 놀란다.

　'코로나19에서 살아남아 꼭 얼굴 봅시다'라고 메시지를 보낸다. '정말 그런 날이 올까?'라고 스스로 따져 묻는다. 두 번 다시 그런 기회가 오지 않는다 해도 그 나름대로 괜찮을 것 같은 기분이 든다.

　내가 '노후'라는, 인생에서 퇴각하는 시기에 들어섰기 때문일까? 하지만 난 젊은 시절부터 이런 노년의 정서에 친근함을 느꼈다. '노년'이라고 '성숙'한 것은 아니다. 나이와 성숙은 아무런 관계가 없다는 걸 지겹도록 경험했다. 하지만 한창때가 지난 것, 쇠퇴해 가는 것, 사라져 가는 것을 좋아한다. 쇠락은 사실 조금도 아름답지 않다. 그게 뭐가 문제란 말인가. 사람도, 사물도, 나라도, 도시도 태어나서 피고 지고 썩는다. '그걸로 됐지 않아?' 하는 목소리가 어디선가 들려온다.

코로나19가 지나가고 나면, 사람들은 다시 들떠서 맛집을 찾아다니고 과시적인 소비를 하며 허영과 쾌락을 좇게 될까? 코로나19를 겪으며 이렇게 적은 물건으로도 충분했음을 잊지 말자.

II

인테르메조

초콜릿 중독

어느 누구 못지않은 초콜릿 중독자다. 남들은 모르지만 가방 속에 항상 초콜릿이 들어 있다.

오후 네 시. 아침부터 쌓인 피로로 졸음이 몰려와 눈꺼풀이 천근만근이다. 그때 조그만 초콜릿 한 조각. 강의에 들어가기 전에도 기운을 돋우기 위해 초콜릿 한입. 강연을 마친 후에도 촉촉이 입안에 퍼지는 초콜릿. 신칸센을 탈 때도 가방에는 늘 초콜릿이 있다.

회의가 길어질 때도 역시 약간의 초콜릿. 다른 간식은 테이블에 꺼내 놓기 어려운데, 어쩐지 초콜릿만큼은 교수회 도중에 꺼내 먹어도 괜찮은 것 같은 기분이 든다. 최근 들어 회의 중에 담배를 피는 사람들이 사라지긴 했지만, '담배가 괜찮은 곳에서 초콜릿 정도야'라며 스스로에게 멋대로 허락했다. 담배든 초콜릿이든 어른들의 기호품이라는 평계가 있어서인 것 같다. 다만 그럴 때 혼자서 즐기는 건 꺼려져서 주변 사람들에게 권하게 된다. 은근히 공범을 만들려는 의도도 있다. 대개는 '아이고' 하는 얼굴로 초콜릿 상자를 들여다보다가 '그럼 하나만' 하며 미소 띤 얼굴로 집어 든다. 회의 분위기를 부드럽게 만드는 효과도 있다.

초콜릿을 담는 용도로 조그만 상자를 휴대하고 다닌다. 초콜릿을 다 먹고 남은 상자일 때도 있고, 작은 캔이나 소형 밀폐 용기일 때도 있다. 판초코의 경우 조각내 여기에 넣는다. 트러플 초콜릿도 몇 개씩 넣어 둔다. 초콜릿 상자는 귀여운 것들이 많아서 버릴 수가 없다.

초여름부터 초가을까지, 휴대한 초콜릿이 녹아내리는 계절이 되면 곤란해진다. 가을바람이 불고 초콜릿이 녹지 않는 계절이 오면 안심이 되지만, 한겨울에도 난방이 잘되는 전철 안에서는 무심결에 녹아 버리는 경우도 있다. 최근에는 바닥 난방이 되는 집이 있기 때문에 방심하면 안 된다. 가방을 바닥에 내려놓았을 뿐인데 안에 넣어 둔 초콜릿이 처참하게 일그러진 모습을 마주하게 된다. 녹아서 엉망이 된 초콜릿이라도 역시 먹는다. 이 지경이 되도록 몰랐다니 한심하구만, 하면서.

이렇게 초콜릿 중독인데도 브랜드에는 거의 구애받지 않는다. 대형 제과업체의 판초코부터 유명 파티시에의 수제 명품 초콜릿까지 상관없다. 선물로 받는 것이 많기 때문에 좋고 싫음 없이 뭐든 먹는다. 술꾼이 술맛 같은 것에 구애받지 않는 것처럼, 초콜릿 중독도 초콜릿이기만 하면 되는 것이다. 하지만 맛있는 것과 그렇지 않은 것은 구별할 줄 안다. 맛있는 초콜릿은 혼자서 독차지하고 천천히 먹는다. 맛없는 초콜릿이라도 초콜릿이면 역시 먹지만.

떨어지는 게 겁나서 반드시 냉장고에 여분을 준비해 둔다. 금단증상이 무섭다는 점도 다른 중독과 비슷할 수 있겠다. 재고가 있는 것을 확인하면 빙긋 웃게 된다. 계속 보관해 둔 채로 유통기한이 한참 지났어도 먹는다. 남극 대륙에서 조난당한 탐험가가 남긴 초콜릿이라 생각하고 먹는다.

어린 시절부터 초콜릿은 특별한 음식이었다. 메이지의 판초코는 궁극의 맛. 카카오의 비율이 점점 높아지면서 '어른의 맛'에 가까워졌지만, 다양한 맛을 시도해 본 결과 마일드한 밀크 초콜릿이 제일이다. 하지만 편의점 앞에서 신제품 초콜릿을 발견하면 먹어 보지 않고는 못 배긴다. 초콜릿 봉봉이나 견과류 과일 같은 디테일이 가미된 수제 초콜릿도 늘어났지만, 단순하면서도 깊은 맛이 나는 가나슈가 최고다. 화이트 초콜릿은 이름은 초콜릿이지만 전혀 다르다. 역시 초콜릿은 초코색이어야 한다. 한 조각에 몇백 엔씩 하는 예술품 같은 초콜릿도 있지만, 결국 초콜릿은 초콜릿. 입안에서 허무하게 녹아내리는 운명은 똑같다. 구스타 에리코楠田枝里子 씨처럼 초콜릿 연구가가 될 생각은 없다. 초콜릿에 귀천은 없다.

오후에 마시는 커피에 초콜릿만큼 잘 어울리는 조합은 없다. 홍차에도 어울리고 내가 좋아하는 보이차에도 어울린다. 위스키나 와인과도 궁합이 좋다. 풀코스 프랑스 요리를 배불리 먹은 후에도 초콜릿 한 조각은 반갑다. 전골 요리를 죽까지 만들어 배부르게 먹은 뒤라도 초콜릿 한 조각이 먹고 싶다. 잠자리에 들기 전에도 술 한 잔 대신 초콜릿. 그대로 양치질을 하면 에도시대 여자들처럼 이가 새까매진다.* 그래도 역시 초콜릿. 결국 언제든 초콜릿인 것이다.

중세 유럽에서 초콜릿은 최음제 역할을 하는 귀한 물건이었다고 한다. 초콜릿을 쉽게 구할 수 있는 이토록 진화한 시대에 살아서 정말 다행이다!

* 메이지 시대 이전의 일본이나 중국 남동부·동남아시아에 존재했던 풍습으로 주로 결혼한 여성들이 이를 검게 물들이는 화장을 했다.

초밥이 먹고 싶다……!

코로나19로 인한 자가 격리 기간 동안 물욕도 외식에 대한 욕구도 줄어들었다. '아주 가끔은 밖에서 맛있는 걸 먹어 줘야지' 하는 생각도 사라졌다. 하와이 음식도 이탈리아 음식도 없어도 된다. 하지만 딱 하나, 없어서 쓸쓸한 생각이 드는 건 초밥이다. 그러고 보니 코로나 팬데믹 동안 1년 반 넘게 초밥집 카운터에 앉지 못했다. 마트에서 사오는 모듬 초밥은 비슷해 보여도 엄연히 다른 것. 먹으면 오히려 초라해진다.

비상사태 선언이 해제되고 웬일로 감염자 수가 급감해 다시 거리에 사람이 많아졌을 때였다. '이제 괜찮겠지' 하는 기분으로 초밥집에 갔다. 그 후로 일주일에 한 번 정도 초밥집을 찾았다. 이후 다시 전파력이 강한 신종 코로나바이러스가 등장하는 바람에 초밥집에 가는 것도 자제했다. 이렇게 금방 발길을 끊는 내 모습에 '코로나 앞에서 음식점은 버텨 낼 재간이 없겠구나' 하는 안쓰러운 마음이 들었다.

바다에 접해 있는 호쿠리쿠 지방에서 자랐지만, 어린

시절에는 고기와 생선을 먹지 못하는 편식 아동이었다. 고기는 정육점에 갔을 때 지육枝肉이 매달려 있는 것을 본 이후로 못 먹게 되었다. 생선은 방금 전까지 헤엄치던 걸 갈라 먹는다는 생각이 들어 젓가락을 대지 못했다. 예민한 아이였던 거다. ☺ 그 대신 단백질 공급원으로 먹었던 것은 어묵과 달걀. 생선살을 으깨 만든 가마보코는 생선의 원형이 남아 있지 않기 때문에 먹을 수 있었다. 다행히 내가 자란 곳은 가마보코 왕국이었고 지금도 가마보코를 좋아한다.

열여덟 살이 되던 해에 집을 떠났다. 여행 중 묵은 숙소에서 태어나 처음으로 새끼 방어('마레미') 회를 먹고는 세상에 이런 맛있는 음식이 있다니, 경탄했다. 아끼는 자식일수록 여행을 시키라는 격언은 정말 맞는 말이다. 그 여행 덕에 먹어 보지도 않고 음식을 가리는 버릇이 사라졌다. 그때부터 희귀한 음식이 눈앞에 있으면 무엇이든 입으로 가져가게 되었다. 그러다 해외로 나갈 기회가 많아지면서, 본 적도 들은 적도 없는 음식이 나오면 타고난 호기심으로 단번에 입에 넣게 되었다. 무엇이든 입에 넣어서 확인하는 아기처럼. 물론 설사를 하거나 복통에 시달리기도 했다. 설사를 하면서도 역시나 계속 먹었다. 동네 식당에서 옆자리 손님이 먹고 있는 것을 보면 '저도 같은 걸로'라고 말하게 되었고, 다른 집에 초대를 받으면 내준 음식을 남기지 않고 먹는 것이 예의가 되었다. 그러다 보니 괴식이라 부를 법한 것도 뭐든 먹게 되었다. 너무 아무거나 먹어서 인류학자인 친구가 '사회학자로 두기엔 아깝다'고 말할 정도였다. 중국인은 네 발 달린 건 책상 빼고 다 먹는다고들 하는데, 난 두 발 달린 것도 먹는다. 레스토랑에서 "못 드시는 게 있나요?"라는 질문을 받으면 "뭐든 먹습니다, 사람도 먹으니까요" 하며 웃어 보인다.

지방에 갈 때면 현지 초밥집을 찾아 근해에서 잡은 재료로 만든 초밥을 먹는 것이 즐거움이 되었다. 강연이 끝나고 열리는 뒤풀이 회식 같은 건 고맙지만 사양한다. 선술집이나 스탠딩 파티 같은 데서는 맛있는 음식이 나온 적이 없다. 그 정도라면 혼자 다니게 내버려 두면 좋겠다. 현지 초밥집에 가서 '여자 혼자 초밥'에 도전하는 편이 나으니까.

유야마 레이코湯山玲子 씨의 『여자 혼자 초밥』女ひとり寿司(幻冬舍文庫, 2009)은 유명 초밥집 카운터를 제패한 명저다. 혼밥이 트렌드가 되었지만, 그럼에도 여자 혼자 앉기에 가장 문턱이 높은 곳이 바로 초밥집 카운터다. 지갑이 두둑한 아저씨가 젊은 여자에게 식견을 뽐내는 성역이기도 하다. 미지의 세계는 히말라야나 아마존에만 있는 게 아니라 도시 한가운데에도 있다. 이런 생각으로 그 세계를 본격적으로 탐험하고 나선 것이 바로 이 책이다. 참고로 '혼밥'은 외식

업계에서 1인 식사가 늘어나면서 생겨난 말이다. 나의 책 『싱글의 노후』おひとりさまの老後(文春文庫, 2011)*는 유야마 씨의 『여자 혼자 초밥』에 자극을 받아 쓴 책이다.

현지인들에게 평판이 좋은 초밥집을 가면 재료도 신선하고 가격도 적당한데, 되직한 와사비가 나와서 아쉬울 때가 있다. 한번은 생와사비를 들고 가서 카운터 너머로 "사장님, 이걸로 해주세요"라고 부탁한 적이 있는데 아마 싫어했겠지. 남은 와사비는 다른 손님들도 드시라고 놓고 왔다. 그리고 지역에 따라 간장 맛이 다르다. 서일본이나 규슈에 가면 간장이 달다. 재료는 좋은데 이렇게 달달한 간장에 찍어 먹는 게 아쉽다는 생각이 든다. 규슈 사람들은 달지 않으면 간장 느낌이 나지 않는다고 한다. 반면 간토 지방에서는 새카만 타마리 간장**이 나오는 경우가 있다. 구로시오해류가 흐르는 해역은 과연 다랑어 문화권. 생선살의 기름기를 잡아 주는 진한 간장이 어울릴 것이다.

간사이 지방에서 오래 산 내게 생선은 역시 도미와 광

* 국내에는 『싱글, 행복하면 그만이다』(나일등 옮김, 이덴슬리벨, 2011)로 소개됐다.
** 밀을 사용하지 않거나 소량만 사용해 만든 간장으로 진간장보다 맛이 강하고 색과 농도가 진하다.

어. 참치를 좋아하는 사람에게는 '용궁을 헤엄치는 건 도미나 광어지 참치가 아니잖아' 하며 핀잔을 준다. 참치가 용궁 주변을 재빠르게 헤엄치는 모습은 아무래도 상상하기 어렵다.* 흰 살에 어울리는 간장은 투명도가 높고 붉은 빛이 도는 보라색이다. 남쪽 지방의 초밥집에 갈 때는 내 간장을 가지고 갈까, 하는 생각이 들 정도다. 소금이어도 된다. 규슈에는 메뉴마다 각기 다른 종류의 소금과 감귤의 산미로만 초밥을 먹을 수 있는 유명한 곳이 있었다. 아, 한 번 더 가보고 싶다.

태평양 쪽에서 배운 것은 등푸른 생선의 맛이다. 보소 반도**를 돌 때 현지 초밥집에서 먹은 정어리 초밥이 일품이었다. 큼직한 정어리 반쪽이 쏟아질 정도로 넘치게 얹혀 있어서 떡하니 입을 크게 벌려 먹으면 입안 가득 기름진 맛이 퍼지는데 과하지 않고 산뜻하다. 전갱이도 고등어도 맛있다. 대중적인 생선이라고 깔봐서는 안 된다.

나이가 들면서 회귀본능인 건지 호쿠리쿠 인근 바다

* 일본의 전래 동화 『우라시마 타로』를 바탕으로 한 동요에 "도미와 광어의 춤"이라는 소절이 있어서 일본인들은 용궁을 묘사할 때 자연스럽게 도미와 광어를 떠올린다.
** 간토 지방 동남쪽에 돌출된 반도로 지바현의 대부분을 차지한다.

에서 나는 생선이 좋아졌다. 방어('하마치')는 자라면서 이름이 바뀌는 물고기. 자라면 '부리'가 된다. 방어는 겨울이 최고다. 요리사에게 간 무와 와사비를 듬뿍 달라고 부탁하면 '오, 드실 줄 아는군요' 하는 표정을 짓는다. 간 무와 와사비를 거의 같은 양으로 하고 여기에 간장을 넣어 생선살에 묻혀 먹는다. 무는 매운 무가 아니라 겨울철에 나는 달달한 무가 좋다. 생선살 위에 듬뿍 얹기도 하고 생선살 전체를 푹 담그기도 하면서 얼마든지 먹을 수 있다.

이 방법은 사실 다른 사람에게 알려 주고 싶지 않다. ☺

일본에서 인구당 다시마 소비량이 가장 많은 도야마에서는 곰부시메*가 나온다. 도미, 넙치, 대구, 삼치 등 무엇이든 곰부시메로 만든다. 단새우로도 한다. 다시마에 잘은 가스새우*ガス海老*를 한가득 채워 넣은 곰부시메를 먹었을 때 여기에 들어간 품과 시간을 떠올리며 감동했다. 그냥 먹어도 맛있는 걸 더 맛있게 만들다니, 대체 누가 이런 생각을 한 걸까? 우리 어머니는 동네 생선 가게에 곰부시메를 주문하러 갈 때면 미리 사놓은 라우스*羅臼*산 다시마 한 줄을 꼭 가져가셨다. 따로 말을 하지 않으면 가게에 있는 다시마를

* 해산물을 다시마로 감싸 두는 조리법. 수분을 적당히 제거해 식감을 높이고 감칠맛을 더한다.

써서 맛이 좀 떨어지기 때문이다. 곰부시메에 쓴 다시마는 물론 버리지 않고 냉동해 두었다 국이나 찌개에 사용한다.

　해산물 중에서 좋아하는 것은 연어알, 성게, 멸치, 아귀간 등 콜레스테롤 수치가 올라가는 것투성이다. 사실 혈액검사상 콜레스테롤 수치가 경계 수준에 도달했지만 좋아하는 건 어쩔 수 없다. 게도 전복도 내장이 좋다. 가나자와의 오미초 시장에서 사람 수에 맞춰 털게 4인분을 사왔을 때 세 명이 게 내장을 못 먹는다고 해서 고맙게도 혼자 4인분의 내장을 다 먹은 것이 내 역사상 최고 기록이다. 1층에서는 생선을 팔고 2층에서는 요리를 파는 현지 식당에 갔을 때, 종업원이 다른 손님에게 내가는 전복에 내장이 없는 걸 눈치 채고 "내장은 어떻게 된 건가요?"라고 물었더니 "좋아하지 않는 분도 계셔서요"라는 대답이 돌아왔다. "남은 거 있으면 저한테 주시겠어요"라고 부탁하니 그릇 한가득 나와 모조리 먹어 치웠다. 음식에 관한 추억은 언제나 식욕을 자극한다.

플라워 보이

오늘 아침 창가의 호접란 한 송이가 꽃을 피웠다.

대체 어느 틈에 꽃망울이 맺혀 어느 틈에 부풀어 오른 걸까? 꽃이 피면 항상 깜짝 놀란다. '어머, 너 여기 있었니? 완전히 잊고 있었네, 미안해.' 우리 집 호접란은 열세 살이다. 나이를 잊을 수 없는 것은 대지진이 일어난 2011년에 선물받은 것이기 때문이다. 계절도 같은 때였다. 그해 20년 가까이 근무한 도쿄대를 퇴직했다. 3월에 마지막 강의가 예정돼 있었다. 그 직전에 대지진이 일어났다. 도쿄 시내도 교통이 마비돼 모든 행사가 취소되었다.

그 후 내가 마지막 강의를 하지 못한 것을 아쉬워하던 졸업생들이 특별 공개 강의를 열어 주었다. 그사이 강의 제목이 '살아남기 위한 사상'으로 바뀌었다. 지진과 쓰나미, 원전 사고를 보도하는 티브이 화면을 망연히 바라보던 그 몇 주의 시간이 강의 제목을 바꿔 놓은 것이다. '도망쳐, 살아, 살아남아'逃げよ, 生きよ, 生き延びよ…… 라고 말이다.

호접란은 퇴직 축하 선물로 받은 것이다. 멋진 꽃이 달린 호접란 화분이 여러 개 도착했다. 나란히 놓으며 "파친코 신장개업 같네"라고 투덜거렸다. 축하라고 하면 호접란밖에 안 떠오르나 싶어 아쉬웠다. 이사 간 곳으로 가져가서 '그나저나 이걸 어떻게 키운담?' 고민에 빠졌다.

하지만 호접란은 기특하게도 계속 꽃을 피웠다. 난은 꽃이 오래 가는 식물이다. 꽃이 없는 시기에도 눈을 즐겁게 해준다.

세상에는 식물을 잘 키우는 사람과 못 키우는 사람이 있다. 가지 하나를 옮겨 심어 멋진 한 그루를 만들어 내는 사람이 있는가 하면, 아무리 화분을 사다 놔도 무참히 죽여 버리는 사람이 있다. 나는 후자 쪽에 속한다. 한때는 식물 애호가 이토 세이코 씨라도 된 양 '베란다 식집사'*를 자칭하며 아파트 베란다에 각종 화분을 가져다 놓고 내년에도 꽃을 피워 보겠다고 의욕을 불태우기도 했지만, 대부분은 다음 시즌이 오기 전에 시들어 버렸다. 방치한 것은 아니다. 아마도 물을 너무 많이 줘서 뿌리가 썩어 버린 것 같다. 방

---

* 소설가이기도 한 이토 세이코는 자신의 원예 일기를 바탕으로 『보태니컬 라이프』ボタニカル·ライフ와 『내 맘대로 베란다 원예』自己流園芸ベランダ派(김효진 옮김, 플레이타임, 2021)를 발표했으며, 이는 〈식물 남자 베란다〉植物男子ベランダ라는 드라마로도 만들어졌다.

치보다는 과보호 쪽에 가까웠다.

하지만 출장이 많은 독신인데다 해외로 나가는 일도 잦았다. 게다가 여름과 겨울의 장기 휴가까지 들쭉날쭉한 생활 속에서, 생각이 나면 물을 콸콸 주고 다른 데 정신이 팔리면 주의를 기울이지 못하는 변덕스러운 돌봄이었다. 식물을 돌볼 때면, 혹시라도 내가 부모가 되면 이런 식으로 아이를 대할지도 모른다는 생각에 소름이 돋았다.

난을 받고서 '좋았어, 내년에도 꽃을 피워 보자' 생각했다. 그런데 장기 휴가는 어떡하지?

대학 교원이 된 덕분에 평생 여름방학이 있는 삶을 맛볼 수 있었던 것은 뜻밖의 행운이었다. 하지만 한 달 이상 집을 비우는 생활은 식물을 키우기엔 적합하지 않았다.

친구 중에 베란다를 장미로 가득 채운 사진작가가 있다. 마쓰모토 미치코松本路子 씨다. 장미를 사랑해 장미를 찾아다니며 찍어서 『맑게 개면 장미 보기 좋은 날』晴れたらバラ日和(淡交社, 2005)이라는 멋진 포토 에세이집도 냈다.

"해외 취재도 자주 가는데 그동안은 어떻게 해?"라고 물으니, 자주 어울리는 친구들 중에 빈집을 봐줄 '플라워보이'가 있어 고용했다고 한다. 물론 그런 직업이 있는 것은 아니다. 사정을 속속들이 다 아는 동료 중에 마침 프리터로 지내는 청년이 있어서 열쇠를 맡기고 쓰레기를 내놓거나 식물에 물 주는 일을 부탁한다는 것이었다. 독신 여성이 부재 중인 집의 열쇠를 맡기는 것이니 상당한 신뢰가 있어야 한다. '그렇게 편리한 사람이 있다니' 감탄했지만 그런 사람을 만나는 건 쉽지 않은 일이다.

이사한 지역에 장기요양 서비스 업체가 있었다. 게다가 헬퍼[방문 요양보호사] 지명제를 채택하고 있는 독특한 업체였다. 헬퍼에게도 저마다 잘하는 분야가 있고 호불호와 궁합도 중요할 것이다. 인기 있는 헬퍼의 경우 지명제로 운영되면 지명료를 받을 수 있어 좋다는 게 평소 내 지론이었다. 어떤 자리에서 이런 이야기를 했더니 "실은 저희가 그렇게 하고 있습니다"라고 밝힌 분이 있었는데 그가 바로 그 업체, 그레이스케어기구의 야기모토 후미타카柳本文貴 씨였다. 홈페이지를 살펴보니 헬퍼의 얼굴 사진과 함께 마사지를 잘한다거나 중국어가 가능하다는 등 각자 잘하는 분야가 기재돼 있었다. 단연 인기는 정리 전문가. 마치 카바레의 호스티스 소개 페이지 같았지만, 카바레에서도 지명료를 받는데 장기요양에서도 지명료를 받으면 좋지 않은가.

어떤 사람들이 지명제 헬퍼를 이용하고 있는지 물으니 다양한 사례를 들려주었다.

한 젊은 여성 장애인은 잘생긴 남성 요양보호사를 지명해 침대에서 휠체어로 옮겨 줄 때 공주님처럼 안아 달라고 요청했다고 한다. 고향 가고시마에서 노모를 모셔 온 여성은 가고시마 출신 헬퍼를 지명해, 방문 기간 동안은 가고시마 방언으로 이야기를 해달라고 부탁하는 경우도 있었다. 또 정리 전문 헬퍼는 서로 데려가려 한다고 했다.

사람을 케어해 준다면, 우리 집 난도 케어 받을 수 있지 않을까?

야기모토 씨와 의논해 '독신 플랜'이라는 상품을 만들었다. 장기요양보험 외의 자비 부담 서비스 사업이다. 연간 일정 시수를 사용하는 것을 조건으로 계약을 맺는다. 그 이하로 사용해도 금액은 변하지 않는다. 한도를 초과하면 그만큼의 초과 요금을 지불한다. 시간당 금액은 장기요양보험의 자비 서비스 100퍼센트 부담에 해당한다. 저렴하지는 않다.

하지만 이것으로 장기 출장이나 휴가를 안심하고 다녀올 수 있게 되었다. 식물에 물 주는 것은 물론 부재중인 집에 도착한 택배를 받거나 보내는 일, 매일 우편함에 산더미처럼 쌓이는 우편물을 챙기는 일 등 부탁할 일이 여러 가지로 많았다. 열쇠를 맡겨 두었기 때문에 긴급 상황에도 대응할 수 있었다. 출장지에서 '아차, 그 가전제품 전원을 껐나?' 하는 생각이 들어 안절부절못할 때 긴급 전화 한 통이면 달려가 주었다. 내가 도저히 귀가할 수 없는 시간대에 친구가 나리타 공항에서 집으로 도착할 예정임을 알았을 때에는 역까지 마중을 나가 주었다. 미국인 친구여서 "영어는 할 줄 아세요?"라고 물으니 "어떻게든 해볼게요"라는 대답이 돌아왔고, 그의 말대로 어떻게든 되었다.

우리 집 난은 그 덕분에 13년째인 오늘도 무사히 꽃을 피웠다. 난을 받은 이듬해에도 예쁘게 꽃을 피웠고, 세 번째 해에도 피었다. 식물 키우기의 명수인 여자 친구들이 난을 보고 "흠, 이대로 유지하면 3년은 가겠네"라며 '저주'를 걸었지만, 그 '저주'도 이겨 내고 4년, 5년...... 매년 꽃눈이 돋아났고, 올해도 활짝 피었다. 칭찬해 주고 싶다. 나를? 아니, 이 난들을.

대신 난의 꽃가지는 마구잡이로 뻗어 통제가 안 된다. 보고 있으면 기특하게도 해가 드는 쪽으로 뻗어 간다. 그 방향이 내 눈에 띄는 쪽과 반대이기 때문에 꽃눈이 나온 것을 알아차리면 방향을 바꿔 준다. 그러면 다시 저항하며 해가 드는 방향으로 몸을 비튼다. 왠지 학대하는 것 같아서 기분이 찜찜하다.

파칭코 개업 축하냐는 푸념을 들었던 호접란들은 퇴직 후의 시간을 나와 함께하며 그 세월을 지켜본 소중한 반려가 되었다. 난을 주신 분들께는 죄송스럽게도 줄기는 어지럽게 흐트러져 있고, 꽃눈은 점점 작아지고, 수염뿌리는 제멋대로 아무렇게나 뻗어 있다. 나처럼 난도 나이를 먹어 가고 있는 것이라 생각한다. 그래도 철이 되면 성실히 꽃을 피운다. 그 꽃의 아름다움은 변함이 없다. 열세 살이 된 기념으로 이 아이들에게 이름을 지어 줄까?

연극이라는 극도

나 아닌 다른 사람은 되고 싶지 않다고 생각했던 젊은 시절, 무대 위에서 타인의 삶을 사는 연극 청년*들을 이해할 수 없었다. 애드리브도 안 되고 남이 쓴 각본대로 목소리를 내며 사람들 앞에서 자신을 적나라하게 드러내는 일. 수줍어하는 기색도 없이 어떻게 저러지, 싶었다.

장마 종료 선언은 나왔지만 코로나 종식 선언은 아직 나오지 않고 있다. 그럼에도 요즘 연극 관람에 취미를 붙였다. 뉴노멀은커녕 올드노멀 생활로 돌아간 듯한 기분을 느끼며 3밀 장소인 극장을 찾고 있다. 연극을 하고 싶지는 않지만 보는 것은 좋아한다. 아니, 무턱대고 싫어하던 연극이 좋아졌다.

* 기성 극단을 거부하고 언더그라운드('앙그라') 소극장 운동에 매진한 예술가들로, 역사적 정의와 사회 변화를 추구하는 운동권을 지칭하는 '정치 청년'과 더불어 1960, 70년대 일본 청년 문화의 한 축을 담당했다.

오랫동안 간사이 지방에 살았기 때문에, 1970년대에 일어난 소극장 3세대*로의 세대교체와는 인연이 없었다. 시위를 하러 야간열차를 타고 교토에서 도쿄로 가긴 했지만 연극은 보러 갈 마음도, 여유도 없었다. 1960년대 언더그라운드 연극, 가라 주로唐十郎의 극단 '상황극장'状況劇場과 데라야마 슈지寺山修司의 극단 '덴조사지키'天井桟敷에 대한 소문은 들었지만 먼 나라 이야기였다.** 참고로 같은 세대 사회학자 중에도 연극 청년들이 여럿 있다. 하시즈메 다이사부로橋爪大三郎 씨도 연극 청년이었고, 요시미 슌야吉見俊哉 씨도 그랬다. 요시미 씨가 훗날 '드라마투르기로서의 도시'론을 전개하게 되는 것은 원래 그 바탕이 있었기 때문인데, 학자 인생의 종막을 장식하는 그의 마지막 강의가 드라마 형식으로

* 1950년대에 태어나 1970년대 후반부터 본격적인 활동을 시작한 극작가와 연출가 세대를 말한다. 리얼리즘 계열의 기존 연극과 달리, 메타적 장치와 기교적이고 유희적인 극작술을 특징으로 하며 근미래나 가상 세계를 무대로 한 작품이 많다.
** 1960년대 일본 아방가르드 연극의 쌍벽을 이룬 극단이다. 상황극장의 경우 신주쿠 신사 경내에 붉은 텐트를 설치해 거리 공연을 시작했으며, 덴조사지키는 장애인을 무대에 세우거나 관객에게 티켓 대신 신주쿠 지도를 나눠 주고 도시를 떠돌게 하는 시가극 등을 실험했다.

진행된 것은 압권이었다.

1980년대 들어 일 때문에 도쿄와 교토를 자주 오가게 되면서부터 부지런히 극장을 찾게 되었다. 소극장 운동의 입장에서 보면 뒤늦게 온, 게다가 이미 더 이상 젊지 않은 관객이었다. 극단 '제3무대'의 고카미 쇼지鴻上尚史 씨와의 친분으로 그의 무대를 보고 충격을 받았다. '연극의 문법이 바뀌었구나!' 종전까지의 리얼리즘 연극과는 전혀 다른 무대 공간이 거기 있었다.

알아들을 수 없을 정도로 빠르게 쏟아지는 대사, 넌센스 개그와 언어유희, 공간과 시간의 자유로운 전환, 현실과 별세계의 넘나듦, 맥락 없이 갑자기 시작되는 노래와 춤, 숨 쉴 틈 없는 전개, 웃고 즐기다 마지막에 찡하게 다가오는 메시지. 전문 배우의 눈으로 보면, 발성도 엉망이고 대사는 국어책 읽듯 소리치는 게 전부여서 눈 뜨고 보기 힘든 수준일 테지만, 비전문 배우들이 무대를 종횡무진하며 날아다니는 모습에는 축제의 기쁨이 넘쳐흘렀다. 학교는 진즉에 졸업했어도 학교 축제의 즐거움은 생생한 것처럼. '우리의 학교 축제'라는 별칭에 값하는 무대였다.

그때부터 '제3무대'의 창작극은 거의 다 봤다. 고카미 씨가 나이를 먹으면서 어떻게 변해 갈지, 또 극작가이자 연출가인 그와 점점 나이 차이가 벌어지는 배우들의 관계는 어떻게 변해 갈지 궁금했기 때문이다.

'제3무대'뿐만 아니라 여성만으로 구성된 연극 집단 '파랑새'와의 인연도 오래되었다. 페미니스트 심리학자 오구라 지카코小倉千加子 씨가 젊은 시절 살다시피 했던 이 극단에는 원래부터 관심이 있었다. 출연자들끼리 시끌벅적 이야기를 나누며 하나의 무대를 만들어 나가는 방식 때문에 작가·연출 이름이 '이치도레이'市堂令ᵇ가 된 독특한 극단이다. 단원 교체 없이 모두가 한 살씩 나이를 먹어 가는데도, 극이 펼쳐지는 공간은 '영원한 소녀성'이라고 부를 법한 청량함으로 가득 차있었다.

여성 연극인이라고 하면 나가이 아이永井愛 씨의 무대도 거의 빼놓지 않고 보고 있다. 이 재능 넘치는 여성은 시사를 소재로 위트 넘치는 각본을 쓰는데다 남성 배우를 잘 다룬다. 극단을 이끌고 연출을 하는 입장이 되면 남자든 여자든 단원들을 잘 통솔해야 한다. 연극계는 여성이 리더가 되기 어려운 세계라는 말을 수없이 들었다. 극단 '오피스산

ᵇ '모두가 함께 절을 올린다'라는 뜻의 일동례一同礼를 동음이의 한자로 표기한 것이다. 단원 전원이 무대에 올라 인사를 하는 전통에서 유래한 것으로, 극단 파랑새의 집단 창작 정신을 상징하는 표현이다.

주마루'オフィス3○○ 대표 와타나베 에리渡辺えり 씨의 고생담을 들었는데, 상상을 초월하는 세계인 것 같다.

마흔넷의 나이로 요절한 전설적 여성 연극인 기사라기 고하루如月小春 씨의 무대는 끝내 놓치고 말았다. 같은 시기 교토를 기반으로 테크노 계열[테크노 음악과 미디어 아트를 결합한] 연극에 도전하던 '덤 타입'Dumb Type의 공연은 몇 번 보러 갔다. '덤 타입'을 이끌었던 후루하시 데이지古橋悌二 씨도 서른다섯의 젊은 나이로 세상을 떠났다. 그들이 살아 있다면 연극에서 어떤 혁신을 이뤄 냈을까? 운 좋게도 연극을 좋아하는 친구가 있어서 전위적인 연극을 하는 '포쓰도루'나 '부스카이*'의 무대도 따라가 보았다. 히라타 오리자平田オリザ 씨가 이끄는 '청년단'의 공연도 보았다. 젊은 연극인 세토야마 미사키瀨戸山美咲 씨의 무대도 보러 갔다. 원전 사고를 소재로 한 작품으로 주인공이 "내가 원전을 멈출 거야!"라고 외치는 장면에서는 '어이쿠' 싶었는데, 젊은 세대에게 그런 말을 하게 만든 책임감을 느꼈다.

학생 연극 집단 출신의 소극장 세대에게 가장 큰 영향을 끼친 노다 히데키野田秀樹 씨의 무대는 당시에도 이미 티켓 구하기가 하늘의 별 따기였지만, 이 공연도 노다 씨와의 친분으로 초대받는 행운을 누렸다.

연극 관람은 사치스러운 경험이다. 무대라는 공간과

배우의 살아 움직이는 신체, 그리고 극장을 가득 메운 관객들의 기운이나 웃음, 숨죽인 듯한 반응이 일으키는 스파크를 체감하는 것. 이것만은 티브이 중계나 디브이디로 대체할 수 없는 것이다. 그리고 연극은 언어와 신체, 빛과 미술, 음악과 춤이 어우러진 종합예술이다. 게다가 혼자서는 절대로 할 수 없다. 집단 속에서 시간을 들여 만들어진다. 한 사람 한 사람이 배역뿐 아니라 음향, 조명, 의상, 무대장치, 소품 등을 창의적으로 궁리하며, 그 모든 요소가 모여 교향곡과 같은 시간의 흐름을 창조한다. 정말 즐거울 수밖에 없는, 빠져들 수밖에 없는 일 아닌가.

상연은 그 순간 그 장소에만 한정되며, 재연을 해도 그것은 별개의 공연이 된다. 그때 그곳에 있지 않으면 맛볼 수 없는 현장감이다. 게다가 객석은 300석 남짓. 동시에 같은 경험을 할 수 있는 인원이 기껏해야 그 정도다. '소극장'이란 정말이지 절묘한 말이다. 도쿄에는 소극단과 소극장이 집중되어 있는데 도쿄에 살아서 좋다는 생각이 드는 건 이런 때다.

연극을 볼 때마다 공연을 마치고 끝없이 터지는 관객들의 박수에 볼이 달아오른 채 무대에 등장하는 배우들을 보면, '우리도 만족스러웠지만 연극을 가장 즐긴 건 당신들 아닐까?'라고 말하고 싶어진다. 이 이상의 극도는 없다는 느낌이 든다. '그런 게 무슨 쓸모가 있어?'라는 질문을 날려 버리는 듯하다. 연극도 예술도 인류 역사의 시초부터 없어서는 안 되는 것이었다. 학문도 극도의 일종임에 틀림없지만 결국 방 안에 틀어박혀 하는 '혼자 놀기'일 뿐, 도락道樂 치고는 보잘것없는 편이다.

극장을 찾는다. 극을 보는 사람에게도 에너지가 필요하다. 휠체어 생활을 하게 되면 그 가파른 계단석에 다다를 수 있을까?

산 타는 여자들의 어제와 오늘

지금으로부터 반세기도 더 된 일이다. 등산로 중간에서 여자들로만 이루어진 한 무리의 등산객들이 휴식을 취하고 있었다. 그 옆에는 남학생들이 많은 모 대학의 반더포겔Wander vogel부도 앉아 쉬고 있었다. 물도 마시고 간식도 먹던 여자 등산객들 중 한 명이 먹을 걸 다 먹고서 립스틱을 꺼내 화장을 고치기 시작했다. 그 모습을 반더포겔부의 남학생이 싱긋거리며 보고 있었다. 그걸 봐줄 수 없었다며, 반더포겔 부원이었던 여자가 분노를 담아 들려주던 에피소드를 잊을 수가 없다.

산에 와서까지 화장을 고치다니…… 그녀가 어이없어한 것은 그것만이 아니었다. 그 분노는 화장을 고치는 여자를 따뜻한 눈길로 바라보던 남자에게 향해 있었다. 거기에는 분노만이 아니라 원망, 속상함, 자신이 얻지 못한 것에 대한 애석함 등 다양한 감정이 소용돌이치고 있었을 테다.

산은 남자의 세계였다. "산에 갈 거면 '여자'라는 자각을 버리고 오라"고들 했다. "그러면 데려가 주겠다"면서.

“여자는 갈 수 없는 야리호타카•”라고 태연하게 말하기도
했다.

반세기 전, 나는 교토대 반더포겔부였다. 당시 여자는
세 학년 위에 한 명뿐이었고, 그 뒤로 내가 두 번째 여자 부
원이었다. 반더포겔부와 산악부의 차이는 눈(겨울 산행)과 바
위(암벽 등반)를 하느냐 안 하느냐에 있었다. 이 점은 산악부
에 들어간다고 하면 울면서 반대할 부모님께 얼버무릴 구실
이 되기도 했다.

합숙 훈련 때 여자는 나 혼자여서 내 이름으로 불리지
않고 ‘메첸’으로 불렀다. 반더포겔은 원래 독일어로 구제 고
등학교•• 시절의 전통을 이어받아 배낭(자크Sack)이나 침낭(슐
라프Schlaf) 같은 등산 장비를 독일어로 부르던 관습이 있었는
데, 소녀를 가리키는 독일어 Mädchen이 굳어진 것이다.
당시 등산 장비는 텐트를 비롯해 모든 게 무거웠다. 하나뿐

• 북알프스라 불리는 히다 산맥의 야리가타케槍ヶ岳와
호타카연봉穗高連峰을 합쳐 부르는 말. 아름다운 풍경과
다양한 고산식물, 험난한 등산로를 즐길 수 있어 일본
산악인들이 동경하는 곳이다.
•• 전후 교육개혁 이전에 존재하던 제도로 주로 엘리트
남학생들이 대학에 진학하기 전 교양과정 중심의 교육을
받던 곳이다. 전후 미국식 6-3-3-4 학제가 도입되며
폐지되었다.

인 '메첸'이라 다른 남자 부원보다 얼마간 짐을 덜어 주긴 했지만, 그래도 20킬로그램은 짊어졌던 것 같다. 가파른 오르막길에 발이 후들거리면 "힘내, 메첸" 하는 소리가 들려왔다. 수통에 입을 대고 물을 돌려 마시는 것도 배웠고, "후리카케네, 후리카케" 하면서 돌이 씹히는 반합 속 밥을 먹는 것도 배웠다.

밤이 되면 모닥불을 피워 놓고 고래고래 노래를 부르기 시작했다. 산노래에 등장하는 주인공은 남자들뿐이었다. 남자의 자아도취를 부추기는 나르시시즘적인 노래들. 그 레퍼토리 안에는 꼭 외설적인 노래가 있었다. 대체 얼마나 많은 외설적인 노래를 배웠던 걸까? 그리고 얼마나 많은 외설적인 노래를 남자들과 어울려 불렀던 걸까? 젊을 때 배운 노래는 잊히지 않는다.

그 자리에 나라는 여자가 있다는 사실 따위 그들은 잊고 있는 듯했다. 나는 여자의 범주에 들지 않았던 것이 틀림없다.

그들은 친절하고 상냥하고 신사적이었다. 하지만 그럼에도 불구하고 산의 문화는 완전히 동성사회적homosocial 남성 문화였다. 거기에 합류한 신참 여성들은 여자라는 흔적을 지우고 참여해야 했다.

여성성을 지우고 남자들에게 동조해 왔던 반더포겔녀

가 하필이면 등산로에서 '여성스러운' 퍼포먼스를 펼치고 있는 동성을 목격한 것이다. 게다가 자신에게는 여성스러움을 허용하지 않았던 남성 동료들의 태도가 바뀌었다. '이건 뭐지?' 하는 생각이 들어도 이상할 게 없었다. 훗날 남녀고용기회균등법이라는 것이 생겼을 때 '그렇구나, 이건 [남성 지배적인 환경에서 살아남아야 하는] 종합직 여자와 일반직 여자의 차이구나' 하고 그제야 이해가 되었다.•

그다음으로 나를 놀라게 한 것은, 북알프스의 어느 산장에서 아르바이트를 하는 여성이 분홍색 프릴 달린 앞치마를 입고 있는 것이었다. 그것도 '여장 코스프레'를 하고서 애교를 떠는 것도 아니고, 거리낌 없이 내가 좋아하는 걸 나좋은 대로 입는데 뭐가 잘못이냐, 하는 듯한 모습이었다.

산악남들은 산을 산 아래 인간세계와는 다른 성역으로 여겼다. 산에 인간세계의 풍속을 들이는 것은 금기였다. 그래서 남자도 여자도 금욕적인 복장을 해야 했고, 여자에

• 종합직은 기업의 전략적 업무를 담당하며 향후 관리직이나 임원까지 길이 열려 있는 핵심 인재인 반면, 일반직은 단순 사무 업무를 담당하는 보조 인력을 말한다. 1986년 남녀고용기회균등법이 통과되자 기업들은 이 같은 인사관리 제도를 도입해 남성과 소수의 여성은 종합직으로, 여성 대부분은 일반직으로 채용하며 사실상 성차별적 고용 관행을 이어 갔다.

게 그것은 '남장'을 의미했다. 그런데 프릴 달린 분홍색 옷이라니!

반감을 느낀 건 아니다. 시대가 바뀌었음을 뼈저리게 느꼈다. 산악녀가 늘어나면서 산은 더 이상 남자들만의 것이 아니게 되었다. 이들은 어느새 '산악-걸'로 불리고 있었다.

오늘날 등산 인구는 얼마나 될까? 젊은 사람들 사이에서 땀을 뻘뻘 흘리며 산을 오르는 것은 인기가 없는 것 같고, 등산 인구는 점점 고령화되고 있다. 그리고 확실히 여성의 비율이 증가하고 있다. 산악 가이드 친구의 말에 따르면 인솔 그룹 중 절반 이상은 중장년층 여성이라고 한다. 산악 가이드라고 해도 알프스처럼 가파른 험준한 봉우리는 아니다. '일본 100대 명산'이니 '꽃산 100선'이니 하는 가이드북이 늘어나면서 중장년층을 대상으로 한 낮은 산 트레킹이 인기를 끌고 있다. 여자는 건강하다. 체력도 있고, 시간도 여유도 있다. 높이나 속도를 겨루는 일 같은 건 하지 않는다.

게다가 등산용품이 경량화되고 세련돼졌다. 예전 텐트 무게를 생각하면 요즘 텐트의 가벼움과 간편함은 비교도 할 수 없을 정도다. 혼자서도 쉽게 설치할 수 있다. 등에 지면 게딱지처럼 보여서 과거 등산 매니아를 '꽃게족'이라 부르게 만들었던 가로폭이 긴 키슬링 배낭은 사라지고, 세로로 긴 배낭이 일반화되었다. 좁은 벼랑길 같은 곳을 키슬링을 메고 걷다 보면, 몸을 기울이다 옆벽에 부딪혀 반동으로 균형을 잃고 굴러떨어지는 경우도 있었다. 어깨 너비에 맞춘 세로로 긴 배낭은 원래 이런 위험을 피하기 위한 암벽등반용 배낭이었지만 요즘 등산객들은 그런 유래도 모르고 너나 할 것 없이 모두 세로형 배낭이다. 게다가 땀을 빠르게 배출하는 속건성 소재의 셔츠에 지지 기능이 있는 각반, 그리고 스틱까지 등산 패션은 완전히 달라졌다.

중장년 등산객들은 경제적 여유가 있기 때문에 우선 형식부터 갖춘다. 산을 오르는 사람들은 군살 하나 없이 모두 날씬하고 멋지다. 그리고 여성 등산객들은 '여성스러운' 패션으로 차려입기 시작했다. 남자들은 절대로 입지 않을 것 같은 푸시아 핑크색 바람막이, 꽃무늬 셔츠, 목에 두른 빨간 손수건, 그리고 어딜 가도 빠지지 않는 귀걸이. 등산 그룹 일행에 여성이 섞여 있으면 확실히 알 수 있다.

이것이 '좋아하는 걸 즐긴다'는 마음가짐으로 인간세계에서 하고 있는 모습 그대로 산에도 오는 것인지, 아니면 이것이야말로 '여장'을 하고 있는 것인지, 어느 쪽인지 모르겠다. 여성 국회의원들이 일반 직장 여성들은 입을 것 같지 않은 새빨간 색이나 연어빛 핑크색 같은 쨍한 색상의 정장을 입는 것이 의아했는데, '여자를 들이지 않는' 세계라 일부러 여성성의 기호를 과시하는 것일까?

산은 이미 남자들의 성역이 아니게 되었다. 하지만 얕보다가는 목숨을 잃을 수 있는 엄혹한 세계인 것은 지금도 변함없다. 케이블카로 올라갈 수 있는 2000미터급 산을 굽있는 신발로 오르느라 쩔쩔매는 여성을 보고 입을 다물지 못했지만, 반대로 비브람 밑창이 달린 워킹 슈즈를 신고 도시를 걷는 여성도 있다. 나는 지금도 남자의 발을 본다. 도시에서 등산화 같은 묵직한 신발을 신은 남자를 보면 '제법이다'라는 느낌을 받는다. 이제는 직장 여성들에게도 운동화가 기본이 되었는데, 산 아래 인간세계도 산 위만큼이나 여자에게 혹독한 세계가 된 걸까?

삼림한계선

삼림한계선. 일본 혼슈 중부에서는 해발 2500미터 이상이 되어야 도달할 수 있다.

　일본 알프스에는 북알프스에도 남알프스에도 3000미터급 산들이 줄지어 있다. 더위를 참으며 힘들게 수림 지대를 빠져나오면 단숨에 시야가 트인다. 그곳은 눈잣나무와 풀밖에 살 수 없는 삼림한계선이다. 동물은 뇌조 정도밖에 없다. 햇볕을 가려 줄 나무 그늘도 없어 자외선 강한 태양광이 가차 없이 내리쬐고, 몸을 숨길 바위 그늘도 없어 봉우리를 넘어오는 세찬 바람이 휘몰아친다. 여름이 되면 각종 고산식물의 꽃이 피어나 일제히 바람에 흔들린다. 어느 꽃이고 하나같이 키가 작은 것은 이 거센 바람을 견디기 위함이다. 짧은 여름이 끝나고 8월이 되면 금세 가을의 기운이 찾아온다. 칭구루마는 풍차 같은 솜털을 달고, 황새풀은 일제히 하얀 머리털 같은 열매를 흩날린다.

　삼림한계선을 넘는 산행을 여러 번 해봤다. 북알프스는 거의 종주했다. 구로베강의 원류도 가봤고, 뒤돌면 야리

호타카가 보이는 미쓰마타렌게에서 가사가타케로 이어지는 종주로도 걸었다. 하쿠바에서 지가타케까지 우시로타테야마 연봉도 종주했다. 거의 매 여름을 등산에 쏟았다. 어머니는 피부가 까매지고 다리도 굵어진다며 내가 등산하는 걸 싫어하셨지만, 나는 대학 시절 반더포겔 부원이었다.

유일한 여자 부원은 아니었다. 세 학년 위로 여자 선배가 딱 한 명 있었고, 여자 동기 한 명이 들어왔다가 5월 연휴에 있는 신입생 합숙 훈련에 참가하기 전 그만뒀다. 히라산 중턱에 있는 반더포겔부의 산장에는 걸어 올라가는 것이 철칙으로, 케이블카가 바로 근처에 있었지만 이를 이용하면 제명되는 규칙이 있었다. 산기슭에서 두 시간 걸려 올라간 산길을 원숭이처럼 한 시간 만에 달려 내려왔다. 무릎도 허리도 유연하고 민첩했다.

30대에는 가까운 산을 오르는 정도로 만족했다. 휴일 오전, 늦은 아침 식사를 마치고 등산 친구에게 연락한다. '슬슬 가볼까?' 우리는 장비를 챙겨 히라산맥 계곡 등반에 나선다. 지금은 계곡 등반용 운동화가 따로 나오는 것 같은데, 당시의 필살 장비는 지카타비*였다. 산을 오르다 보면 '샤워

* 일본 버선 타비를 본떠 만든 장화로, 엄지와 검지 사이가 나뉘어져 있고 고무 밑창이 달려 있다.

클라이밍'이라고 불릴 만큼 온몸이 흠뻑 젖는다. '나메'なめ
라고 불리는 반질반질한 바위에서는 매년 몇 명씩 미끄러져
사망자도 나왔다. 한번은 발판을 헛디뎠는데 밑에서 올라오
던 파트너가 엉덩이를 받쳐 줘서 목숨을 건진 적도 있다. 내
키보다 높은 바위를 오르고 나면 안도감이 든다.

계류 등반 명소인 다니가와산 계곡이나 간사이 지방
에 있는 오다이가하라산 계곡은 산속 깊은 곳에 있어서 도
착하려면 하루는 걸린다. 그에 비해 아도강을 끼고 있는 히
라산맥 계곡은 코스가 짧고, 교토 시내에서 접근성도 좋다.
출발해서 계곡 끝까지 두 시간이면 오를 수 있고 한 시간도
안 걸려 뛰어 내려온다. 아직 날이 밝을 때 집에 도착해 한
번에 들이키는 맥주는 최고였다.

하지만 낮은 산에서는 정상에 도착했을 때의 쾌감이
없다. 삼림한계선을 넘지 않으면 수목이 우거져 있어 시야
가 탁 트이는 느낌이 없다. 정상에 오르면 더 이상 오를 곳
이 없음을 체감하기 마련인데 그런 느낌이 들지 않는다. 표
지판으로 정상임을 아는 게 고작이다.

그에 비해 삼림한계선 너머에 있는 산 정상에 올랐을
때는 느낌이 남다르다. 눈앞에 있던 비탈길이 사라지고 갑
자기 시야가 360도 트인다. 그전까지는 시선을 떨구고 산길
만 보며 걷는다. 앞서 간 사람들의 땀자국 위로 내가 흘리는

땀방울이 점점이 박힌다. 그러다 더 이상 오를 곳이 없어지고 두 발이 나란히 땅에 닿으면 그곳이 바로 정상이다. 맑은 날에는 멀리 산맥이 보이고, 때로는 발밑에 운해가 펼쳐지기도 한다. 3000미터급 산 정상은 온통 바위뿐이다.

땀을 뻘뻘 흘리며 산을 오른다. 무엇이 그렇게 좋았던 걸까.

삼림한계선을 넘어서면 자연은 더 이상 인간의 것이 아니게 된다. 마을 인근 산에서 느낄 수 있는 사람 냄새나 온기는 사라진다. 절벽에 매달려 있는 듯한 모습으로 바람을 견디는 고산식물이 찰나의 여름을 보내듯이, 인간도 날씨의 틈을 비집고 들어가 잠시 그곳에 머무는 걸 허락받는다. 악천후면 텐트 안에서 우침雨チン(우중침전雨で沈殿의 줄임말)이다. 우침이 며칠간 계속되기도 한다. 7월은 장마가 끝날 때까지 비가 내리고, 8월에는 금방 태풍 시즌이 찾아온다. 계획을 세운다고 해서 좋은 날씨를 만날 수 있는 것은 아니다. 여름 산에서도 조난자나 사망자가 나온다. 대부분 체력을 과신한 더 이상 젊지 않은 중장년 등산객이나 일정을 변경할 수 없는 직장인 등산객들로, 악천후를 무릅쓰고 무리하게 일정을 소화하려다 그렇게 된다. 여름 산에서 내리는 비를 맞으면 뼛속까지 차가워져 체온을 빼앗긴다. 또 정상에 올라도 주위가 안개로 뒤덮여 경치도 보이지 않고 쾌감

도 없다. 하산하면서 길을 잃는 것은 대부분 이런 안개 때문이다.

내가 속한 반더포겔부가 산악부와 다른 점은 '눈과 바위는 타지 않는다'는 불문율이었다. '눈과 바위'는 자칫하면 목숨을 잃을 수 있어 부모들이 울면서 말리기 때문이다. 반더포겔로 위장해 암벽 등반을 하는 선배도 있었다. 내 동생은 의대 산악회 소속이었는데, 겨울 산행 중 발이 미끄러지는 바람에 170미터를 추락해 죽을 뻔했다.

눈과 바위를 좋아하는 이유는 그것이 인간을 거부하기 때문일 것이다. 초겨울 산에 올라 캠핑을 하면, 이튿날 아침 텐트가 첫눈으로 뒤덮여 인간이 범접할 수 없는 성스러운 곳에 발을 들인 기분이었다. 그럴 때면 '미안해. 내가 있을 곳은 아니지만 잠깐만 있다 갈게' 하는 마음이 든다.

삼림한계선 위의 자연은 인간을 거부한다. 사람 살 곳이 아니다. '그럼 신의 거처인가'라는 생각이 드는데, 실제로 히말라야는 '신들의 자리'로 불리기도 했다. 북알프스 능선길을 묵묵히 걸었던 게 벌써 반세기 전의 일이다. 하지만 그때의 풍경과 느낌은 지금도 생생하다. 그리고 그 자연이 그 모습 그대로 남아 있기를 간절히 기도한다.

"내가 죽은 뒤에도 세상이 변함없이 그대로일 수 있다면 그거야말로 희망일 거야"라고 했더니, 친구 중 하나가

"그런 거 싫어. 내가 사라지면 세상도 동시에 끝나면 좋겠어"라고 했다. 그녀의 과욕에 말문이 막혔다.

그 세상도 점점 원래의 모습을 회복하지 못하고 있다. 온난화로 인한 차원이 다른 기후변화, 세계 곳곳에서 빈발하는 산불, 사슴 때문에 자취를 감춘 기리가미네산의 원추리꽃, 일본 바다에서 사라져 가는 꽁치. 삼림한계선 위에는 포유류가 서식할 수 없다고 했는데, 뇌조의 알이나 새끼가 여우와 원숭이의 습격을 받고 있다고 한다. 동물들이 점차 고도가 높은 지역으로 올라오고 있는 것이다. 자연사적 시간으로 보면 인간은 지구에 아주 잠시 세 들어 사는 존재인데, 어느 틈에 세입자가 실수로 낸 불로 주인집이 불타기 시작한 것 같은 모양새다.

내가 죽고 나면 세상은 어떻게 될까?

화장실 사정

코로나19로 막혔던 하늘길이 열려 4년 만에 해외로 나갔다. 나갈 때마다 흠칫 놀라는 것은 호텔에 들어가 처음 화장실을 사용할 때다. 우선 변기 높이가 다르다. 변기가 높아서 앉는 게 아니라 걸치는 수준이라 엉덩이가 허공에 들려 있다. 엉덩이가 제대로 닿으면 닿는 족족 다리가 뜬다. 이번 여행은 남유럽이라 나 같이 몸집이 작은 여자도 변기에 앉아 발이 땅에 닿았다. 독일이나 북유럽처럼 체격이 큰 민족이 사는 곳이었으면 앉을 수는 있어도 발이 덜렁덜렁 공중에 떴을 것이다. 거기다 무엇보다 거부감이 드는 것은 누가 앉았는지 알 수 없는 변기에 엉덩이를 쩍 붙이고 앉는 것이다. 우리가 술잔을 주고받거나 술을 돌려 마시는 것을 본 외국인들은 일본인의 위생 관념을 의심한다고 들었는데, 그렇게 따지면 엉덩이를 붙이는 서양식 변기는 어떻게 되는 거냐고 묻고 싶은 심정이다.

그다음 찾아오는 것은 아찔할 정도의 차가움. 어떤 고급 호텔을 가도 난감하기 짝이 없다. 일본에선 이런 일이 없었는데, 하는 생각이 들면서 일본 변기의 온열 시트가 그리워진다.

그다음으로 '어라' 싶은 건, 온수 비데가 없다는 점. 큰일을 보고 나서 휴지로 닦는 건 오랜만이었다. 그러고 보니 옛날에는 이랬지, 하는 생각이 든다. 그리스 시골에서는 휴지를 변기에 넣지 말라는 안내와 함께 변기 옆에 뚜껑 달린 단지가 놓여 있었는데, 거기에 배설물로 더러워진 휴지를 넣는 건 견딜 수 없는 일이었다. "미안"이라고 말하며 휴지를 최소한만 쓰고 변기에 버렸다. 막히지 말고 내려가다오, 하고 빌면서.

일본에 돌아와 공항 화장실에 진심으로 감격했다. 일본은 공중화장실도 대부분 온수 비데·온열 시트 변기가 설치돼 있다. 우리 일본인들은 엉덩이를 퍽이나 애지중지하고 있다는 걸 새삼 느낀다.

귀국 당일. PARCO 출판사에서 매년 발행하는 〈교훈 캘린더: 작심삼일 넘기기〉의 그날 표어가 '엉덩이를 따숩게'여서 폭소를 터뜨렸다. 정말이지 이렇게 엉덩이에 친절한 나라는 없다. 나도 여기에 완전히 길들여져서 외국에 나가면 깜짝깜짝 놀라는 지경이 되었다. 온수 비데와 온열 시트가 장착된 변기는 일본이 세계에 자랑할 만한 발명품이라고 생각한다. 해외 일류 호텔들도 이걸 채택하면 좋으련만, 아직 변기의 세계화는 일어나지 않은 것 같다. 게다가 일회용품인 휴지와 종이 냅킨은 큰 문제. 14억 인도 인구가 손으로 뒤처리를 하지 않고 휴지를 사용하기 시작하면 전 세계 삼림이 얼마나 사라지게 될지 추산한 것을 본 적이 있는데, 이것도 온수 변기로 해결할 수 있다. 어, 그건 전기에너지 낭비라고? 그럼 재생에너지를 쓰면 된다.

그리스 시골 마을에는 재래식 변기가 있었다. 두 다리를 쪼그리고 앉는 타입이다. 미국인 관광객이 들여다보고는 "으아, 안 돼" 하고 소리치며 열었던 문을 닫는다. 뒤로는 긴 줄이 늘어서 있다. 망설이고 있을 때가 아니었다. "고대 그리스식이네요. 일본에도 이런 게 있어요"라고 말하며 후딱 사용했다.

중국 시골에 갔을 때는 정말 깜짝 놀랐다. 화장실이 어딘지 물어서 찾아간 곳은 판자에 구멍이 몇 개 뚫린 게 전부였고 사이에 칸막이도 없었다. 그곳에 중국 여성들이 엉덩이를 드러내고 앉아 있었다. 서양에서 온 외국인들이 꺅 소리를 지르며 돌아섰다. 그렇다고 요의가 사라질 리 없다. 나는 각오를 단단히 하고 나란히 앉았다. 이 정도도 못하면 외국 여행 같은 건 할 수 없다.

놀라웠던 점은 고대 그리스에 수세식 화장실이 있었다는 거다. 그리스 고대 유적지에는 기원전부터 상하수도를 갖춘 도시가 있었다. 인프라를 포함해 도시계획이 잘 되어 있는 곳에, 석조 건물로 이루어진 견고한 도시국가가 세워졌다. 기원전 1만년도 더 전에, 일본이 아직 석기시대였던 시절의 일이다. 가장 간단한 수세식 화장실은 쪼그리고 앉은 구멍 아래로 물이 흘러가는 방식이었다. 그러고 보니 아우슈비츠 수용소 화장실도 마찬가지로 판자 두 장을 걸쳐둔 사이로 물을 흘려보내는 방식이었다. 이것도 수세식 화장실임에는 틀림없다.

야외 활동을 좋아했던 나는 다양한 곳에서 볼일을 봤다. 좋고 싫고를 따질 새가 없다. 남자를 부러워한 적은 거의 없지만 서서 소변을 볼 수 있는 호스가 달린 것만큼은 부러웠다. 2차 세계대전 이전 일본 농가의 여성들이 농사일을 하면서 서서 소변을 봤다는 사실을 알게 됐다. '신체의 해부학적 구조는 변하지 않아. 2차 대전 이전 여성들이 구사할 수 있던 걸 전후 세대인 내가 못할 리 없잖아.' 이런 생각으로 몇 차례 시행착오 끝에 제대로 해내게 되었다.

야외에서 하는 배변과 배뇨는 시원하다. 다만 개나 고양이와는 달리 휴지가 남는다. 자연에서는 휴지의 흰색이 눈에 잘 띈다. 자연보호를 위해서는 개를 산책시킬 때처럼 자기 배설물을 치우고 걸어야 할 것이다.

무서웠던 건 티베트 야외에서 볼일을 봤을 때다. 들개

가 가만히 내 쪽을 쳐다보고 있었다. 아니, 이런 곳에 들개가 있을 리는 없고 마을 외곽의 어느 집에서 기르는 개일 텐데, 날렵해 보이는 마른 몸이 일본 개와는 비교가 되지 않았다. 개와 눈이 마주쳤다. '다가오지 마, 오지 마' 경계하며 똥을 누는 기분은 스릴을 넘어섰다. 배설한 똥은 개가 바로 먹으러 왔다. 인간이 야크의 똥을 거두어 활용하는 것과 다름없다.

지금까지 가장 조마조마했던 화장실은 동남아시아 연안 지역에 있는 화장실이다. 수상 가옥에 판자 두 장을 걸쳐 놓은 화장실이었다. 그 틈새로 똥을 누면 기다렸다는 듯이 물고기가 다가와 쪼아 먹는다. 그렇게 인분으로 물고기를 기르는 것이다. 만약 아래로 떨어지기라도 하면…… 생각하니 소름이 끼쳤다. 그 이야기를 들은 다른 여성이 지금까지 가장 공포스러웠던 돼지 화장실 이야기를 들려주었다. 화장실에 가고 싶다고 하니 막대기 하나를 건네주었다고 한다. 갔더니 돼지우리였다. 막대기의 용도는 용변 직후 달려드는 돼지를 쫓기 위한 것이었다. 그렇게 무서운 경험은 처음이었다고 그녀는 말했다. 이러면 배변 욕구도 사라질 만하다.

사람은 화장실 없이는 살 수 없다. 이를 문자 그대로 인프라스트럭처infrastructure라 한다. 원자력발전소를 '화장

실 없는 아파트'*라고 부르는데 너무나도 잘 붙인 이름이라
고 생각한다.

* 원전에서 나오는 방사성 폐기물을 어떻게 처리할지
명확한 대책이 없음을 비판하는 표현이다.

텍스트 속 베네치아

소설을 읽어도 재미있다고 생각한 적이 거의 없다. 평이 좋은 작품을 읽고서 '시간 낭비'라고 쏘아붙이고 싶을 때가 종종 있다. 내용의 허술함과 상상력의 한계, 그리고 조잡한 문체에 흥미가 식어 버리는 경우가 많기 때문인데, 드물게 끝까지 다 읽고 감흥이 이는 작품을 만나면 복권에 당첨된 기분이 든다.

내가 사회학자라서 그런 걸까?

사회학자란, 그 직업적 정체성에 비추어 말하자면, '상상력보다 현실이 더 풍부하다'고 믿는 종족이다. 젊은 시절 책을 닥치는 대로 읽은 후 '하늘 아래 새로운 것은 없다'고 오만불손하게 생각했으나, 이후 세상에 나가 보니 내가 알지 못하는 미지의 것들이 넘쳐 났다. 역사 속에도 인간의 상상력을 뛰어넘는 현실들이 빼곡했다. 도대체 누가 홀로코스트를 상상이나 했겠는가. 내가 특별히 상상력이 부족한 사람이라고 보진 않는데, 인간의 상상력이란 결국 자기 한계를 넘지 못한다고 생각하게 되었다.

그래서 내가 즐겨 읽는 것은 체험이나 치밀한 리서치를 기반으로 한 르포, 논픽션, 에세이다. 텍스트에는 내용뿐만 아니라 '내러티브'라는 측면이 있다. 내러티브는 이야기이자 어조다. 그것은 예술芸이자 기술技術이며, 그 자체로 수행적 활동이다. 논픽션이라도 조잡한 텍스트는 읽고 싶지 않지만, 문체의 퀄리티가 동일하다면 픽션보다 논픽션 작품이 훨씬 좋다. 내게는 수많은 문학상이 픽션에 편중돼 있는 게 이상하기 그지없다. 어찌된 일인지 문학의 세계에서는 소설, 비평, 에세이로 서열이 매겨져 있는 것 같은데, 언어를 매개로 한 작품이니 픽션, 르포, 평론, 사상서, 기행문 등 장르를 불문하고 그 텍스트의 질을 따지면 되는 것 아닐까? 그런 의미에서 이케자와 나쓰키池澤夏樹가 엄선한 『세계문학전집』(전 30권, 河出書房新社, 2007~11)에 포함된 유일한 일본 작품이 이시무레 미치코石牟礼道子의 『고해정토』苦海浄土[김경인 옮김, 달팽이, 2022]인 것은 탁월한 통찰이라 하겠다.

여기 비단결 같은 에세이가 있다. 읽는 즐거움을 이만큼 맛보게 해주는 책도 드물다.

바로 야지마 미도리矢島翠의 『베네치아살이』ヴェネツィア暮し(朝日新聞社, 1987; 平凡社ライブラリー, 1994)다. 그녀는 가토 슈

이치加藤周一의 아내이기도 했다.

　　교도통신 최초의 여성 해외 특파원으로 호놀룰루와 뉴욕에 체류했던 야지마 씨는, 당시 프랑스 여성과 결혼한 상태였던 가토 씨를 만나 열렬한 연애 끝에 세 번째 아내가 되었다. 이후 해외 대학을 전전하며 학생들을 가르친 남편과 동행하면서, 가토 씨가 고령으로 세상을 떠날 때까지 그의 버팀목이 되어 주었다. 영화평을 쓰기도 하는 등 뛰어난 필력으로 유명했던 야지마 씨가 결혼 후에는 작품이 많지 않아 안타깝기 그지없다.

　　이 책은 그녀의 몇 안 되는 저서 중 하나로, 결혼 후 베네치아 대학 객원교수로 부임한 남편을 따라 물의 도시 베네치아에서 8개월간 살았던 경험을 바탕으로 한 문자 그대로 '주옥같은' 에세이집이다. '주옥같은'이라는 상투어를 쓰고 싶지 않지만, 정말이지 애지중지하는 보물을 어루만지는 심정으로 몇 번이고 곱씹으며 거듭 읽고 싶어지는 몇 안 되는 텍스트 중 하나다.

　　이탈리아에 대해 쓴 에세이로 유명한 스가 아쓰코須賀敦子는 야지마의 친구이기도 하다. 스가 씨는 저작집이 나올 정도로 작품도 많고 팬도 많지만, 야지마 씨를 아는 독자는 많지 않다.

　　야지마 씨의 글에는 오래된 와인처럼 숙성된 느낌이

있다. 손바닥으로 잔을 따뜻하게 데워 혀 위에 굴리면서 음미하듯 한 모금씩 맛본다. 다 읽어 가는 걸 아까워하는 내 마음을 아는지 시간마저 천천히 흐른다. 일 때문에 속독이 몸에 밴 나에게는 드문 독서 경험이다.

이 정도면 어른을 위한 최고의 엔터테인먼트라 할 수 있다. 플롯 중심의 미스터리 소설이나 대중 소설을 엔터테인먼트 장르라 칭하고 있기 때문에 이 책에는 어울리지 않는 수식어다. 하지만 독서를 그 자체가 목적인 자기만족적 경험으로 간주한다면, 이 책은 훌륭한 엔터테인먼트다. 대단한 메시지를 얻기 위해서가 아니라 그저 독서 그 자체를 위한 것이라는 점에서 그것은 '사치스러운 활동'이며, 여기에 최고급이니 B급이니 등급을 매기고 있을 뿐이다.

이 책은 베네치아 여행을 계획하고 있는 사람들에게 아무런 도움도 되지 않는다. 여행 안내서가 아니기 때문이다. 그중에는 이 책을 여행 안내서로 활용하고 싶은 독자도 있을 것이다. 하지만 같은 곳을 방문해도 당신의 경험이 책과 같을 리는 없다. 베네치아에서 돌아온 여행자가 이 책을 읽는다면, 난 대체 뭘 보고 온 거지, 하며 회한의 눈물을 흘릴 것이다.

하지만 이 같은 독서 방식은 다 틀렸다. 이 책이 서술하고 있는 것은 야지마 미도리라는 한 개인이 경험한 베네치아, 즉 그녀의 언어적 수행 안에만 존재하는 세계이기 때문이다.

이 책은 이렇게 시작한다.

베네치아는 천상의 낚시꾼이 낚아 올려 아드리아해 깊은 곳의 가두리에 살며시 넣어 둔 물고기를 닮았다.

누가 베네치아에 대해 이런 비유를 썼던가? 독자는 이런 비유만으로도, 하늘에서 내려다본 조감도에서 베네치아의 어느 한 지점으로 포커스가 맞춰지며 급속히 빨려 들어간다.

그녀의 비유가 지닌 탁월함은 이루 헤아릴 수 없을 정도다. 독서의 즐거움을 맛보게 해주는 이런 글은 거의 전문을 인용하고 싶을 정도지만, 그중 몇 가지만 인용해 보자.

예를 들어, 고요함을 사랑하는 섬세한 마음.

바늘 하나 떨어지는 소리도 들릴 것 같은 고요함을 도시에서 맛보는 것은 몇 년 만의 일인가. 베네치아살이를 시작한 날들, 그 고요함이 한없이 감미롭게 느껴졌다.

……

차 없는 도시는 이다지도 멋진 곳이었던가.

그 섬세함을 배반할 만큼, 신랄하면서도 다소 경박한 인간 관찰.

곤돌라 승객들은 배 위에서 베네치아 시가지를 구경하지만, 그들 자신이 구경거리가 되기도 한다.

특히 남녀 단둘이 탔을 경우 리알토 다리나 아카데미아 다리 위에 잠시 서있는 사람들의 관심의 대상이 된다. 저 두 사람은 무슨 사이일까? 여자는 아무래도 일반 여성은 아닌 것 같아. 입고 있는 모피도 그다지 고급스럽지 않군.

다리 위에서 쏟아지는 시선을 한껏 의식하며 무대 위 여배우처럼 생기가 도는 여자의 표정. 싫지 않은 기색의 남자. 남녀가 살을 에는 듯한 바람이 부는 겨울에 모피 코트를 걸치고 두꺼운 담요를 두른 채 굳이 곤돌라에 오른 것은, 베네치아라는 본무대에서 두 사람의 관계를 드러내고 싶다는 욕망 때문일지도 모른다.

정신이 번쩍 들 정도로 탁월한 비유와 대담한 반골 정신.

틴토레토의 수많은 그림 중에서도 특히 나를 우울하게

만드는 것은 산 로코에 들어서면 가장 먼저 눈길을 끄는 〈수태고지〉다. 이건 마치 천상의 펜타곤이 계획한 기습 작전 아닌가. 과거 베트남전쟁의 북베트남 폭격까지 생각나게 만든다. 성령의 비둘기가 레이더가 되어 마리아의 위치를 알려 주고, 대천사 가브리엘과 무수한 작은 천사들이 편대를 이루어 시골집에 홀로 있는 처녀의 머리 위를 엄습한다. 그 어두운 그림 속에서 거의 폭발음에 가까운 날갯짓 소리가 울려 퍼질 것만 같다.

그리고 사회학자 못지않은 지칠 줄 모르는 호기심과 냉소적인 비판적 사고.

흘러간다. 당연히 흘러간다. 이대로 곧장 창밖의 운하와 합류하게 될까?

물 위의 도시에서는 여행자로 방문한 경우라도 하루에 몇 번씩 변기 레버를 누를 때면, 자신이 만든 사소한 물줄기의 종착지에 대해 생각하지 않을 수 없다. …… 물의 종착지에 관한 촌스러운 질문을 베네치아 토박이에게 던졌을 때 돌아온 대답은 의외였다.

"어라, 생각도 안 해봤네요. 이곳의 하수도는 어떻게 되어 있을까요?"

그때 베네치아 입장에서는 불명예스러울 '무단 방류' 의혹이 한층 짙어진 것은 사실이다. 이 도시에 살면서 하수가 신경 쓰이지 않는 사람이 있을까. 외국인 앞에서 능청을 떠는 것임이 틀림없다.

역사, 문학, 예술, 음악, 영화 등에 대한 깊은 조예와 그것을 실제 삶과 연결시키는 섬세하고 풍부한 감수성. 여기에 더해 신랄함과 풍자, 그리고 불온한 정신. 이를 남김없이 전달하는 뛰어난 언어 감각. 파트너인 가토 슈이치 씨를 '지성의 거인'이라고 부르던 사람이 있었는데, 이토록 재능 있는 여성은 뭐라고 부르면 좋을까?

남편 가토 씨의 집필 활동은 왕성했던 데 반해, 이토록 뛰어난 문장가였던 그녀는 가토 씨의 아내가 된 후로 글을 많이 쓰지 못했다.

한때 표현자表現者였던 재능 있는 여성들이 특히 똑같이 표현자인 배우자를 맞이하면 조연으로 돌아서는 경우가 많은데, 그녀도 예외가 아닌 걸까? 그런 여성에게 배우자의 죽음은 큰 타격임에 틀림없겠지만, 한편으로는 해방이기도 할 것이다. 나의 편집자 정신이 꿈틀거리며 그녀에게 다시 한번 책을 써달라고 졸라 댄다. 나 자신의 읽는 쾌락을 위해서.

1987년 『베네치아살이』가 출간되고 거의 40년이 지났다. 1994년에 헤이본샤 라이브러리에서 재출간되었지만 절판되어 구할 수가 없다. 이 여성은 노년에 접어들면서 무엇을 느끼고 무엇을 경험했을까. 배우자와 함께한 시간, 배우자를 잃은 후의 시간이 그녀에겐 어떤 경험이었을까. 써줬으면 하는 게 넘쳐 나는데 그런 그녀를 내버려두다니, 편집자들의 안목이 원망스럽다.

평범사 라이브러리 판에는 스가 아쓰코 씨의 해설이 실려 있다.

…… 나는 이 작가의 범상치 않은 지식의 폭과 깊이, 그리고 정확성에 먼저 감탄했다. 대상을 인내심을 갖고 차분하게 살펴보는 저자의 보기 드문 교양과 소질이 명쾌한 이성을 바탕으로 각 장마다 빛을 발하고 있다.

그리고 "지금까지 내가 베네치아에 대해 생각하고 쓴 것들이 모두 빛을 잃어, 마치 갓 뜨개질을 배운 사람이 얼기설기 떠놓은 볼품없는 스웨터처럼 보일 정도다"라고 겸손히 말한다.

하지만 비교는 필요 없다.

야지마 미도리의 『베네치아살이』는 여행 안내서로서는 누구에게도 도움이 되지 못한다. 베네치아를 몇 번이고 방문해도 야지마 씨의 '베네치아'는 결코 만날 수 없다. 독자인 나는 이 점을 똑똑히 알고 있기에 여행 욕구로 들썩이기보다 책을 조용히 덮고 텍스트를 곱씹는다.

여기에 있는 것은 텍스트 속의 베네치아, 즉 야지마 미도리라는 진귀한 작가를 만나 수행적 언어 행위를 통해 산출된 어디에도 없는 베네치아이기 때문이다.

같은 감상을 다른 텍스트에서도 느껴 본 적이 있다. 이시무레 미치코 씨의 『고해정토』를 읽고서 그 책이 공해로 오염되기 전 미나마타의 토착적인 삶을 복원하고 기록한 것이라 생각한 사람들이 많다. 미나마타는 옛날에 이랬다고 말이다. 그러나 아무리 시대를 거슬러 올라가도 그 미나마타는 결코 만날 수 없을 것이다. 그 텍스트에서 사용된 방언은 심지어 미나마타 방언도 아니다. 그 수수께끼는 이시무레 씨의 평생 프로듀서라 할 수 있는 와타나베 교지 씨의 증언으로 풀렸다. 그것은 미나마타 방언이 아니라 '미치코 방언'이라고밖에 할 수 없는 것이라고 증언한 것이다.

『고해정토』에 묘사된 미나마타가 어디에도 존재하지 않는 미나마타, 즉 미치코 방언에 의해 수행적으로 산출된 텍스트 속에만 존재하는 미나마타라는 사실을 알게 되어도 그 책의 가치는 조금도 손상되지 않는다. 오히려 그 가혹한 경험이 이 정도의 텍스트적 성취를 낳았다는 것을 귀한 축복으로 여기며 쾌재를 부르고 싶을 정도다.

마찬가지로 베네치아에 가도 야지마 미도리의 '베네치아'는 만날 수 없다. 곤돌라를 타도, 리알토 다리에 서도, 그 발자취를 따라 주변 섬으로, 무라노, 부라노, 산 미켈레로 발걸음을 옮겨도, 결코 그 베네치아엔 다다를 수 없다. 오히려 실제로 내가 찾은 베네치아와의 괴리감에 아연할 뿐이다. 차라리 안락의자에 앉아 책을 펼치는 편이 낫다. 그것은 텍스트 속에만 존재하기 때문이다. 그리고 이 텍스트 속 베네치아가 드물게 일본어로 쓰인 것을 혼자 흐뭇해한다. 이 일본어의 성취를 입에 넣고 마음껏 굴리듯 맛볼 수 있는 것은 일본어를 모국어로 하는 사람, 아니면 일본어를 모국어에 가깝게 습득한 사람들 말고는 없기 때문이다. 그래서 이 베네치아는 야지마 씨가 일본어 사용자들에게 선사한 베네치아인 것이다.

이 책의 마지막 장에서 그녀는 이렇게 쓰고 있다.

"언젠가 베네치아에 같이 가자"라고 나는 이제 막 말을 알아듣기 시작한 일본 아이에게 말을 건넨다. 네가 컸을 때, 그때도 일본을 떠나 둘이서 자유롭게 여행을 다닐 수 있다면 베네치아에 가자. ……

그때 그 도시가 아직 파괴되지 않고, 가라앉지도 않

고, 환상 속에서나 볼 법한 화려한 모습으로 물 위에 떠 있다면…… 그러면 나는 계속 인간을 믿을 수 있다.

야지마 씨는 손녀와의 약속을 지키기 위해 다시 베네치아를 찾았다. 그리고 "고집스럽게 변하지 않은 베네치아의 모습"에 안도한다. 하지만 그것도 언제까지 계속될까?

야지마 씨의 에세이를 더 읽고 싶다는 나의 소망은 이루어지지 못했다. 내 눈앞에 있는 텍스트의 베네치아는 이 이상 한 줄도 늘어나지 않은 채 그대로다. 야지마 씨가 책 말미에 남긴 이 기도 같은 말에는 어딘가 불길한 예언의 뉘앙스가 섞여 있다. 9·11 이후, 그리고 3·11 이후, 여기에 코로나19까지 겪으면서 "그때도 일본을 떠나 둘이서 자유롭게 여행을 다닐 수 있다면"이라는 조건이 겨우 지켜진 기적처럼 느껴지기 때문이다. 베네치아는 세계유산이 되었지만, 온난화로 수몰될지도 모른다. 그 도시가 "파괴되지 않고, 가라앉지도 않"은 채 계속 존재할지는 아무도 모른다. 하지만 베네치아에 대해 이런 텍스트가 쓰여 읽히고 있다는 사실만으로 나는 생각한다. "계속 인간을 믿을 수 있다"고.

여행은 사람에 대한 기억

"해외여행 경험도 많고 세계 각지의 유명 호텔에 대해서도 잘 알고 계실 것 같아서요. 그래서······" 하는 원고 의뢰가 여행 잡지로부터 온 적이 있다. 호텔을 추천해 달라는 것이 었다.

의뢰를 받고 곤혹스러웠다. 답을 할 수 없었기 때문이다. 해외여행 경험이 많은 것은 분명하지만 호텔다운 호텔에 묵어 본 적이 없다. 국제회의로 나갈 때는 대학 기숙사나 친구네 집에 얹혀 지냈다. 체류가 길어지면 친구를 '현지 조달'해 삭막한 숙소를 일찌감치 정리하고 신세를 진다. 직접 아는 사이가 아니더라도 '친구의 친구'는 얼마든지 있기 마련이라 순식간에 현지에서 네트워크가 넓어진다.

빳빳하게 풀을 먹인 시트나 대리석 욕실을 갖춘 호텔도 좋지만, 그보다는 사람 사는 냄새가 나는 공간이 훨씬 더 좋다. 외국이라면 타인의 생활 방식에도 이문화異文化가 있어 차 한 잔을 마시더라도 새로운 발견의 연속이다. "나 없을 때 사용해도 돼"라는 말을 듣고 눌러앉은 타인의 집에서는 뜨거운 물을 끓일 주전자나 찻잎을 찾는 것만으로도 보물찾기 하듯 설렌다.

여행은 사람이라고 생각한다. 사람과의 만남이 그 땅을 내게 특별한 것으로 만든다. 지구본을 돌리다 보면 내게 특별한 곳만 환해지는 느낌을 받는다. 거기에는 반드시 사람에 대한 기억이 함께한다.

풍경이나 명소에 대한 기억이 아니다.

그래서 모처럼 여행을 떠나는데 패키지 투어로 가는 사람들의 심리를 이해할 수 없다. 십수 명의 여행 동료들과 친구가 되는 것도 좋지만 거기엔 뜻밖의 만남이 없다. 지금까지 딱 한 번 패키지 투어를 간 적이 있다. 미국 여행사에서 주최한 남아메리카 비경 투어로 일반 여행자들은 갈 수 없는 코스였다. 참가자 대부분은 은퇴한 초로의 미국인 부부들. 여행이 끝난 후 참가자들 사이에서 리더십을 발휘했던 나이 지긋한 아저씨로부터 멋진 사진첩과 재회를 기약하는 초대장을 받았지만 그걸로 끝이었다. 이구아수폭포나 안데스의 빙하 같은 평소에는 절대 볼 수 없는 자연의 경이를 목격했을 법한데, 이 여행에 대한 기억은 묘하게 희미하다. 버스에서 계속 흔들리며 이동했던 긴 여정과 식사 때마다 어디에 앉을지 신경 썼던 것 정도만 기억난다. 꽤 많은 비용을 지불했는데 가성비가 나쁜 여행이었다고 생각한다.

여행의 참맛을 맛보려면 혼자서 하는 여행이 가장 좋다. 자신의 몸과 마음이 외부 세계에 노출되는 정도가 가장 크고, 타인이 말을 걸어올 기회도 많다. 두 사람만 되어도 그렇게는 안 된다. 레스토랑이나 카페에서 합석을 하다 식사 초대를 받거나, 경우에 따라서는 집으로 초대받기도 한다. 나는 그럴 때 여주인의 뒤를 따라 슬쩍 부엌으로 들어가 키친 토크를 시작한다. 부엌은 여자의 영역이며, 어느 가족에게 받아들여지기 위한 열쇠는 가장이 아니라 여주인이 쥐고 있다는 점을 잘 알고 있기 때문이다. 이럴 때만큼 여자여서 다행이라는 생각이 들 때가 없다.

이런 식으로 남의 집을 얼마나 전전했던가. 세계 각지의 도시는 그 땅에 눌러앉거나 신세를 졌던 친구네 집, 그 집의 실내나 부엌 풍경과 더불어 되살아난다. 미국 블루밍턴에서는 이제 막 안면을 튼 여성이 거실 소파를 제공해 주었다. 테니스로 유명한 영국 윔블던에서는 친구가 가족들과 여행을 떠나 있는 동안 자기 집에 묵게 해주었는데, 안뜰과 마주한 부엌에 들던 밝은 볕이 눈에 선하다. 스톡홀름 교외에 있는 친구네 바닷가 집에서는 촛불을 켜고 식사를 했다. 뉴욕 다운타운에서는 밤늦게 도착한 나를 위해 친구가 침대를 내주었다. 시트도 갈지 않은 타인의 체취가 나는 침대에 긴 여정으로 지친 몸을 누이고, 상대가 최상급 환대를 베풀어 준 데 감사했다. 내게 방을 내준 장본인은 다른 친구 네 집에서 신세를 졌다고 한다.

다른 집에 신세를 지면서까지 방을 내주는 것도 놀랍지만, 불과 며칠 전에 처음 만난 낯선 사람에게 집 열쇠를 건네며 자유롭게 사용하라고 하는 대담함에도 감탄했다. 이 방식을 배워서 뉴욕에 있던 시절 일본에서 나를 만나러 온 친구에게 집 열쇠를 건네며 "편하게 지내"라고 했는데, 며칠 후 불평이 돌아왔다. "모처럼 널 보려고 일본에서 온 건데 조금도 신경 써주지 않네"라고. 따로 움직이긴 했지만 그래도 저녁은 매일 같이 먹었는데 말이다. "뉴욕에서 뭐하고 싶어?"라고 물으니 브로드웨이 뮤지컬을 보고 싶단다. 나는 그런 데 전혀 관심이 없는 터라 표를 끊어 주고, 극장 위치와 돌아오는 길도 알려 주었다. 서로 하고 싶은 것이 다르면 굳이 함께하지 않아도 된다고 생각하는 나는 나름대로 최대한 신경을 쓴 것이었지만, 일본식 '환대'おもてなし와는 달랐던 것 같다.

혼자 하는 여행의 또 다른 좋은 점은 현지 친구에게 이끌려 뜻밖의 경험을 할 수 있다는 것. 파리에서 신세를 졌던 친구 커플은 자기 부모님 댁 저녁 식사에 나를 초대해 주었다. 널찍한 아파트에 사는 그들의 아버지는 영어로 대화하면서 "This is life"라고 맞장구를 쳤는데, 한참 있다가 그것이 프랑스어 'C'est la vie'의 직역임을 깨달았다. 일본어로 '인생이란 그런 거지'라는 뜻의 이 말을 영어로 하니 왜 이렇게 기묘하게 들리는 걸까 생각했던 기억이, 그분의 이름은 잊었지만 지금도 남아 있다.

시카고 커플은 뉴욕으로 자동차 여행을 같이 가자고 했다. 유대계 미국인인 그녀가 만난 연인은 이스라엘 남성. 그녀의 마음을 빼앗은 것이 분명한 속눈썹 긴 아랍계 미남의 잘생긴 옆얼굴을 바라보며 셋이 했던 여행은 잊기 힘든 문화 교류의 시간이었다.

자그레브 커플도 자신들이 이미 계획해 두었던 휴가 여행에 나를 초대해 주었다. 아내의 아버지가 남겨 주었다는 산장에서 하룻밤을 보내고 산을 넘어 도착한 아드리아해의 물은 한여름인데도 몸서리가 쳐질 정도로 차가웠다. 이 초대가 없었다면 내 평생 아드리아해에서 수영을 해볼 일은 없었을 것이다.

웨일스 커플은 스코틀랜드로 자동차 여행을 가자고 했다. 어디에 묵을지 정해 두지 않은 채 떠난 여행이었는데, 성수기였던 터라 맨체스터를 지나고부터는 가도 가도 숙소가 'No Vacancy'(만실)뿐이었다. 다음 마을엔 숙소가 있으려나, 하며 계속 달리는 와중에 내가 "차라리 동틀 때까지 달리는 게 어때?"라고 하자 "좁은 영국에서 그러다가는 아침이면 런던으로 돌아가 있을 거야"라는 답이 돌아와 크게 웃었다.

멕시코에서는 일본계 이민자들 사이에서 현지 조사를 하고 있던 문화인류학자가 여행 가이드를 해주었다. 이민자들이 처음 상륙한, 태평양 연안의 타파출라Tapachula라는 작은 마을에서는 우리 집을 그냥 지나치지 말라는 듯 마을 사람들이 잇따라 그에게 말을 건다. 낯선 사람의 집 문이 열리고 그 안으로 초대받는다. 현지를 잘 아는 사람이 여행의 동반자로 함께 하느냐 아니냐가 큰 차이를 만든다는 것을 피부로 느꼈다.

타인이 세운 계획을 따라 타인의 배에 올라탄다. 어디로 데려갈지 잘 모르지만 내 몸을 상대에게 맡긴다. 살면서 처음 보는 풍경이 눈앞에 펼쳐지고 친구, 가족, 직장 동료 등 그 사람의 인간관계 속으로 휘말려 들어간다. 현지를 여행자의 시선이 아니라 그곳을 잘 아는 이의 시선으로 안내받으면, 낯선 이의 문이 하나씩 열리며 거실도 드나들고 부엌에도 들어가 보고 침대에도 몸을 누이게 되는 것이다.

자신의 시간, 공간, 경험을 아낌없이 나누어 준 친구들, 친구의 친구들, 그리고 이제 막 알게 된 낯선 사람들.

이렇게 써내려가다 보니 내가 얼마나 풍요로운 시간을 보내 왔는지 깨닫게 된다. 이런 여행이 가장 좋다. 그리고 언제 무슨 일이 일어나도 상관없게끔 내 몸과 시간을 비워 둔 채 기다리고 싶다는 생각이 든다. 애석한 점은 그럴 여유가 점점 사라져 간다는 것이다. "있잖아, 다음 주부터 며칠 여행 갈 건데 같이 안 갈래?"

다른 사람에게 그런 말을 듣고 싶기도 하고, 다른 사람에게 그렇게 말해 주고도 싶다. 그럴 때 망설임 없이 "갈래, 갈래" 대답하고 싶다.

가장 좋아하는 것은 묵을 곳을 정하지 않고 떠나는 자동차 여행이다. 어디든 원하는 곳에 차를 세울 수 있고 시간 제약도 없다. 그러나 이마저도 예약을 하지 않으면 숙소를 잡을 수 없게 되었다.

스페인에는 사적이나 고적을 개조한 파라도르parador라는 국영 호텔들이 있다. 일본으로 치면 국보급 건물에 묵을 수 있는 셈이다. 중세의 성채나 성당을 개조한 곳이 많아 외딴 곳에 있기 때문에 일반 교통수단으로는 접근이 힘들다. 그래서 렌터카로 파라도르를 찾아다니며 묵어 보는 것이 오래전부터 꿈이었다. 하지만 객실 수가 적어 성수기엔 예약조차 어렵다. 빡빡하게 짜인 일정표대로 스페인을 북쪽에서 남쪽까지 다니다 보니, 매일 장시간 운전이 반복되었다. 결국 덥고 먼지 많은 스페인 도로 풍경이 가장 선명히 남아 있다. 일정에 얽매여 현지인들과도 어울리지 못해 이 여행의 기억도 왠지 모르게 희미하다. 맙소사, 이러면 본말 전도다.

　'언젠가 여유가 생기면……' 이렇게 생각하며 나이를 먹어 가는 것일까? 시간이나 일정에 제약이 없는 여행을 하고 싶다.

III

리타르단도

정신적 외상 경험

지금도 가슴에 사무치는 기억이 있다.

'독신' 시리즈 취재를 위해 고령 독신자를 찾아가 인터뷰하던 때의 일이다. 나는 독신이 된 이후 생활의 이모저모를 듣고 싶었던 것인데, 그분은 먼저 세상을 떠난 남편을 간병한 이야기에서 남편이 건강했던 시절의 결혼 생활 이야기로 거슬러 올라갔다. '그렇지. 사람은 처음부터 혼자는 아니지. 하나둘 떠나고 상실의 경험을 거쳐 혼자가 되는 거지.' 나는 이렇게 생각을 고쳐먹고 가만히 귀를 기울였다.

고령자 주택 설계를 전문으로 하는 건축가 친구는, 자신이 지은 집이 실제 살기는 어떤지 들어 보기 위해 고령자와 다섯 시간씩 이야기를 나눌 때가 있다고 했다. 자신이 알고 싶은 것은 지금 살고 계신 집에 불편한 점은 없는지 정도지만, 그 주제에 이르기까지 지금껏 살아온 인생 이력, 이러저러한 가족 관계, 여의치 않은 생활과 푸념이 이어진다. 노인에게는 누군가 들어주었으면 하는 이야기가 산더미처럼 쌓여 있는 것이다. 거기에 '이야기를 듣고 싶은데요……' 하며 찾아온 젊은이는 딱 좋은 표적이 된다. 그래도 그렇게 수십 시간 노인들의 이야기를 들어 온 경험을 살려 이후 설계에 반영하고 있다고 한다.

[내가 인터뷰한] 그 여성은 부부가 함께 이주한 산장에서 남편을 간병했다. 남편은 말기 암 환자였다. 도시의 병원 근처에 사는 것도 선택지 중 하나였지만, 남편은 자신이 좋아하던 자연에 둘러싸인 산장에서 아내와 둘이 지내는 것을 선택했다. 그래도 몇 주에 한 번씩은 도시에 있는 병원에 가야 했다. 몸이 쇠약해진 남편을 왜소한 몸으로 지탱하며 먼 거리를 이동하는 것이 얼마나 힘들었는지 그녀는 자세히 이야기해 주었다. 자녀가 있었지만 손을 빌리지 않았다. 창밖에 녹음이 보이는 위치에 남편의 병상을 두고 밤낮없이 간병에 매달렸다. 남편은 가장 사랑하는 것들에 둘러싸여 저세상으로 떠났다. '할 만큼 했다. 미련은 없다'고 그녀는 말했다.

"남편이 좋아했던 건 그대로 두고 있어요."

그 소중한 추억이 담긴 집에서 그녀는 남편이 죽은 뒤에도 혼자 살기로 했다.

겨울이면 사람의 발길이 뚝 끊기는 별장 지대. 정주민은 손에 꼽힐 정도다. 가로등 없는 바깥은 밤이면 칠흑 같은 어둠에 휩싸인다.

"혼자서 무섭지 않으세요?"

"무서운 건 사람이죠. 불을 켜두면 사람이 오잖아요. 예전에 산에서 길을 잃은 사람이 한밤중에 불빛을 보고 찾아온 적이 있어요. 그 이후로 불빛이 밖으로 새나가지 않도록 등화관제를 하고 있어요. 전쟁을 겪은 세대라 그런 건 잘하지요."

이렇게 말하며 그녀는 웃었다.

전쟁 이야기를 하다 생각이 난 건지 그녀는 자신의 전쟁 경험을 이야기하기 시작했다. 소녀 시절, 그녀는 히로시마 교외에 살았다. 8월 6일 그날, 히로시마 시내 쪽에서 큰 버섯구름이 피어오르는 것을 목격했다. 그로부터 얼마 지나지 않아 수많은 피폭자들이 잇따라 줄을 지어 집 앞을 지나갔다. 타버린 옷이 눌어붙어 반나체가 된 사람, 화상으로 얼굴을 알아볼 수 없게 된 사람, 모두 양손을 앞으로 늘어뜨린 유령 같은 모습이었다.

그녀는 "유령이 있다면 딱 그런 모습일 거"라며 감정을 주체하지 못했다. 산 채로 유령이 되어 버린 사람들은 그녀의 집 앞에서 그녀와 어머니를 향해 "물, 물"을 외치며 애원했다.

"그때의 지옥 같은 광경을 잊을 수가 없어요." 그녀의 묘사는 너무나 세세하고 생생해서 그 광경이 기억에 얼마나 또렷이 각인되어 있는지 느껴질 정도로 현실감 있었다. 나는 장면이 이미지로 잘 떠오르는 편이라 그 광경을 눈앞에서 목격하고 있는 듯한 기분에 속이 메스꺼워졌다. 그리고 나도 모르게 강한 어조로 말하고 말았다.

"그 얘기는 이제 그만해 주세요."

그녀는 이 말을 듣고는 깜짝 놀라며 내 얼굴을 뚫어지게 쳐다보았다.

"당신도 이 이야기를 거부하네요." 그녀가 이렇게 말을 했던가? 그랬는지 아닌지조차 기억나지 않지만, 나는 분명히 들은 것 같았다. 아마도 여태껏 이야기를 하려다 거절당한 경험이 여러 번일 것이다. 바로 전까지 자신의 과거와 미래에 대해 이야기하고 있었으니 이 사람에게는 이야기해도 되겠지 하는 안도감이 들었을 텐데, 그걸 내가 차단하고 거부한 것이다.

히로시마는 고등학교 때 수학여행으로 가본 적이 있다. 원폭자료관(히로시마평화기념자료관)을 보고 음식이 목구멍으로 넘어가지 않았다.

전위적인 하이쿠 시인으로 알려져 있는 사이토 산키西東三鬼의 작품 중에는 이런 작품이 있다.

히로시마여 계란 먹을 때 비로소 입 여누나

알 것 같다. 그때까지 입이 열리지 않았던 것이다. 열리지 않던 입을, 살기 위해 연다. 거기에 계란을 밀어 넣는다. 그 참사 이후에도 계속해서 꾸역꾸역 살아가야 하는 생의 비참함이 전해져 단시短詩 형식의 위력을 실감하게 된다.

너무나 트라우마적인 경험은 설령 그것이 타자의 경험이어도 보고 듣는 사람에게 2차적인 정신적 외상으로 작용한다. 그러니 아이들을 히로시마나 아우슈비츠에 데려가서는 안 된다고 말하려는 것이 아니다. 비록 그것이 2차적인 정신적 외상을 초래한다 해도 반드시 알아야 할 것이 있다. 그런 외상을 동반하는 감정 기억이야말로 또렷이 각인되는 법이다.

내게 히로시마 이야기를 꺼낸 독신 여성은 피폭 당사자는 아니었지만 그들의 모습을 직접 자기 눈으로 본 2차 경험자였다. 그녀는 그것을 경험한 적 없는 세대인 내게 전하려 했다. 그녀의 시도는 나의 거부로 좌절되었다. 그때 그녀의 실망한 듯한 표정을 떠올리면 항상 가슴이 미어지는 듯하다.

전쟁과 원폭을 직접 경험한 세대가 세상을 떠나고 있다. 우리는 그 세대의 증언을 직접 들을 수 있는 마지막 세대일 것이다. 이후로는 경험이 전혀 없는 다음 세대가 들은 이야기를 구전으로 이어 가는 '탈경험의 시대'가 될 것이다.

바로 이 주제를 다룬 책이 있다. 아라라기 신조蘭信三, 오구라 야스쓰구小倉康嗣, 콘노 히데하루今野日出晴가 엮은 『왜 전쟁 경험을 계승해야 하는가: 탈경험 시대의 역사 실천』なぜ戦争体験を継承するのか: ポスト体験時代の歴史実践(みずき書林, 2021)이다. 히메유리 부대˙의 마지막 증언자는 은퇴했다. 히로시마와 나가사키의 증언자들도 하나둘 세상을 떠나고 있다. 유품이나 사진, 재현품replica이 있긴 하지만 모두 매개물media일 뿐이다. 생생한 육성조차 이야기가 반복되면 퇴색되고 진부해진다. 이런 위험성은 이전부터 지적돼 왔다.

이 책에는 히로시마 원폭 피해자의 경험을 계승하는 프로젝트가 등장한다. 이제 얼마 남지 않은 피폭 생존자들이 고등학교 미술부 학생들에게 자신의 경험을 이야기하고 그렇게 들은 바를 학생들이 그림으로 그리는 프로젝트다. 2007년부터 히로시마 모토마치 시립 고등학교 창의표현과정에서 시작된 '차세대와 함께 그리는 원폭 그림' 프로젝트의 10년에 대해 사회학자 오구라 야스쓰구 씨는 다음과 같이 쓰고 있다.

˙ 2차 세계대전 말기 오키나와 전투에 동원된 간호 부대를 말한다. 오키나와 사범학교 학생들과 여고생, 교사들로 구성되어 있었고, 환자 간호, 탄약 운반, 시체 처리 등의 임무를 수행했다. 일본군의 해산 명령 후 총격과 폭격, 자결 등으로 대부분이 사망했다.

그림을 그리는 고등학생들에게 이 작업은 정신적으로 상당히 힘든 일이다. 체험한 적도 본 적도 없는 것을 상상하고 피폭자의 기분이 되어 생각하며…… 그려 나가야 한다. 이는 상상을 초월하는 참혹한 경험이다. 몇 번이나 붓을 멈췄다 다시 그리고, 밤에 가위눌려 가며 울면서 그렸다는 고등학생도 있다.

이 프로젝트를 지도하는 하시모토 가즈누키 선생님은 "시작한 이상 여기서 그만두면 너만의 문제가 아니라 증언자 분이 충격을 받을 수 있다. 중간에 그만두는 건 절대 허용되지 않는다"며 다짐을 받는데, 지원한 고등학생들 중에 "중도 하차하는 학생은 없다."

학생들은 2차적인 정신적 외상을 겪는다. 하지만 '무섭다' '끔찍하다'와 같은 처음의 감정은 프로젝트를 거치며 '고통스럽다' '괴롭다'로, '슬픔'과 '분노'로 변해 간다. 한 학생은 검게 눌어붙은 피폭자를 그리면서 그 몸을 먼저 피부색으로 칠한 다음 검은색으로 칠해 나갔다. 그 사람이 그전까지 살아 있었다는 사실을 바탕으로 피폭이라는 경험을 덧입힌 것이다. 그 그림에 그려진 것은 사물이 아니라 직전까지 살아 있던 인간이었다.

이 프로젝트에 참여한 학생들은 소감을 이렇게 밝혔다.

　　"사실에 맞게 그려야지, 하는 마음보다 내 자신의 감각을 소중히 여기며 그려 나갔더니 자연스럽게 사실에도 가까워지는 것 같다" "(증언자의) 손이 되어 전하고 싶다" "내가 중심이 아니게 되었다" "(이 체험을 전하기 위해) 그림을 잘 그리고 싶다" …… 오구라 씨는 그들의 자아가 타인의 경험을 깊이 흡수함으로써 "깊은 주체성"을 획득했다고 말한다.

　　그려진 쪽은 어떨까? "만약 이 장면을 정확하게 찍은 사진이 있다면 그림과 사진 중 어느 쪽이 좋으세요?"라는 오구라 씨의 질문에 모두가 망설임 없이 "그림이 좋다"고 답했다. 학생들의 작품이 사실 이상의 감정 기억을 재현해 냈음을 증언자들이 인정한 것이다.

　　오구라 씨도 다섯 살 때 원폭 자료관에 간 적이 있는데, 이 연구를 통해 그때 겪은 트라우마에서 해방되었다. "(다섯 살이었던) 나는 그날 밤부터 불을 끈 채로 잠들 수 없었다." 40년 후, 이 연구를 계기로 다시 자료관을 방문한 오구라 씨는 "그날 밤, 떨리는 마음으로 불을 끄고 잠자리에 들었다. 깨어 보니 가위눌림 없이 아침까지 자고 있었다."

　　경험의 계승은 타자와의 관계 속에서 생성된다. 정신적 외상에 대한 취약성은 '공감'의 다른 이름이다. 인간적인 관계는 그 취약성 자체를 치유한다. 내가 그분에게 거부한 것은 그런 공감이었다.

참전을 원하는 여성을 만난다면?

전쟁이 시작되려 한다. 전쟁이 시작되었다. 눈앞에서 전쟁이 나고야 말았다. 아무리 그래도 21세기인데, 냉전은 분명 끝이 났는데, 이토록 야만적인 열전이라니. 인간은 정녕 조금도 진보하지 않는 것인가.

그저 지켜보는 것 말고는 손 쓸 도리가 없다. 기도하는 것밖에는 할 수 있는 일이 없다. 그 사실이 나를 짓누른다.

2022년 2월 24일. 러시아의 우크라이나 침공이 시작되었다. 이런 시기에는 누구나 전쟁에 대해 글을 쓴다. 나도 쓰지 않을 수 없다. 티브이 화면에서 눈을 뗄 수 없다. 3·11 때도 그랬다. 3·11, 9·11처럼 2·24도 역사에 남을 것이다. 전쟁은 영상 속에 존재한다. 그 속에서 도시가 파괴되고 사람들이 죽어 간다. 내 평온한 일상에는 변화가 없다. 그 괴리에 정신이 아득하다. 거리에는 눈이 남아 있었다. 3·11도 눈발이 흩날리는 추운 계절이었다. 전기, 가스, 수도 등 모든 인프라가 파괴된 도시에서 우크라이나 사람들은 공포와 불안에 얼마나 위축돼 있을까?

피난민은 1000만 명. 우크라이나 국민의 4분의 1이라고 한다. 대부분 엄마와 아이들이고, 성인 남성은 젤렌스키 대통령에 의해 출국이 금지됐다. 국민 총동원령이다. 그렇게 되면 국내에 남아 있는 모든 남성은 적국으로부터 전투원 또는 예비역으로 간주되어 공격의 대상이 된다.

이 이상 희생을 늘리지 않으려면 항복하면 된다는 목소리가 있다. 실제로 러시아군도 마리우폴 병사들에게 투항을 권유하고 있다고 한다. 그러나 이르핀에서는 백기를 들고 건물 밖으로 나온 민간인이 사살되었다. 러시아군이 나눠 주는 배급 물자를 받기 위해 몰려든 우크라이나 사람들은 목적지도 듣지 못한 채 버스에 실려 1000킬로미터나 떨어진 지방으로 이송되었다. 그곳에서 기다리고 있는 것은 혹독한 수용소 생활이다.

점령지는 안전하다고 할 수 없다. 점령되면 약탈, 강간, 살인 등 온갖 무법 행위가 발생한다. 러시아군이 철수한 부차에서는 학살된 410구의 시신이 발견되었는데 주로 민간인이었다. 뒤로 손이 묶인 비무장 시민이나 고문 후 절단된 시체도 있었다고 한다. 후지메 유키藤目ゆき의 『점령군 피해 연구』占領軍被害の研究(六花出版, 2021)에 따르면, 점령기 일본에서도 비슷한 일이 있었다. 민간인이 미군 차량에 치어 죽어도 어디 하소연조차 할 수 없었고, 여자들은 미군에게 강

간당했다. 신사적인 군대 같은 건 존재하지 않는다.

일본군이 침공한 중국에서도 같은 일이 있었다. 독일군도 전장에서 철수하면서 같은 일을 저질렀다. 세계는 갑자기 비전투원 학살은 전쟁범죄라며 분노한다. 하지만 '전쟁범죄'라는 말을 들을 때마다 항상 '범죄가 되는 전쟁과 범죄가 되지 않는 전쟁이 따로 있는 건가' 하는 의문이 든다. '전쟁이 곧 범죄다'라고 단언하지 못하는 이유는 무엇일까? 러시아의 침공은 명백한 위법행위다. 푸틴은 훗날(만약 그런 게 있다면) 전범으로 재판받게 될 것이다. 이 전쟁도 언젠가는 끝이 나겠지만 그때까지 얼마나 많은 희생을 치르게 될까?

10대 여고생과 이런 대화를 나눈 적이 있다. 우크라이나에서 피난을 떠난 것은 엄마와 아이들뿐이었다. 남성들은 출국이 금지되었을 뿐만 아니라, 자원해서 남기도 하고 전투에 참여하기 위해 일부러 피난처에서 귀환하기도 했다.

"역시 남자는 싸우고 여자는 아이를 지켜야 하는 걸까요?" 소녀는 물었다, 만약 그렇다면 여자에게 남자와 동등한 권리를 요구할 자격이 없는 것 아닌가 하는 불안감을 내비치며.

실제로 보도를 보면 피난민 대부분은 여성과 아이들이다. 그들은 고향에 남겨진 남편과 노쇠한 부모를 걱정하고 있다. 안부를 확인하는 유일한 수단이었던 SNS도 끊겼다. 무슨 일이 일어나고 있는지 전달되지 않고 있다.

앞으로 생을 이어 갈 아이들을 지키고 싶다는 것은 자연스러운 감정이다. 혼자 내버려둘 수 없는 아이를 지키기 위해 엄마가 따라가는 것도 자연스러운 일이다. 그중에는 아이만이라도 살리기 위해 아이를 혼자 보내는 부모도 있다. 침몰하는 배에서는 '여성과 아이 먼저' 탈출하게 되어 있다.

하지만 자식을 지키는 것은 여자의 본능이 아니며, 싸우는 것도 남자의 디엔에이가 아니다. 실제로 아이사카 토마逢坂冬馬의 베스트셀러『소녀 동지여, 적을 쏴라』同志少女よ、敵を撃て(早川書房, 2021)[이소담 옮김, 다산책방, 2023]가 묘사하듯이 여자여도 전투원이 되는 사람이 있다, 하고 말을 하려다 말았다.

천진한 눈빛으로 나를 바라보고 있는 이 10대 소녀가 지금 우크라이나에 있다면 어떤 선택을 할까, 하는 생각이 들었기 때문이다. 도망칠 것인가, 남을 것인가. 저항할 것인가, 투항할 것인가. 무기가 있다면 전투에 참여할 것인가, 그러지 않을 것인가. 어떤 선택지도 가능하다. 그리고 어느 쪽을 선택하든, 나는 할 수 있는 말이 없음을 깨달았다.

전 세계가 우크라이나군의 기개와 저항에 찬사를 보내고 있다. 우크라이나 사람들은 민주주의 세계의 방파제 역할을 하고 있는 셈이다. 하지만 우리는 물자를 보내는 것 외에는 손가락 하나 까딱하지 않고 있다. 자국 영토에서 벌어지는 조국 방위 전쟁에서 침략국이 승리한 전례가 없는 것은 그토록 막강한 군사력을 지닌 미국이 베트남전에서 패배한 것만 봐도 명백하지만, 거기에 이르기까지 베트남 시민들이 얼마나 많은 희생을 치렀던가? 베트콩 중에도 여성 병사가 있었다. 점령지에서 독일에 대항하던 게릴라들 중에도 여성이 있었다. 소련군에도 여성 부대가 있었다. 만약 내가 우크라이나에 살고 있는데 손녀가 입대하겠다고 한다면, 나는 반대할 수 있을까?

전쟁은 젠더 차이를 극명히 드러낸다. 싸우는 남자와 보호받는 여자. 용감하게 저항하는 남자와 무력하게 도망치는 여자. 여자에게 '전쟁에서 죽는 명예'가 주어지는 일은 없다. '야스쿠니에서 만나자'는 남자들의 구호지 여자들의 구호가 아니었다.

그러나 총력전이 한창일 때 자신들도 싸우고 싶다며 자원한 젊은 여성들이 있었다. 중일전쟁 발발 직후인 1937년 대일본연합부인회와 대일본연합여성청년단은 '여성 의용대' 결성을 신청했지만, 당국은 젠더 질서를 중시해 이를 허가하지 않았다. 전쟁 막바지인 1945년 6월에는 '의용병역법'이 공포되어 '15~60세 남자, 17~40세 여자'를 모두 국민의용

전투대로 편성하겠다고 했지만, 본토에서 실시되기 전 일본은 패전의 날을 맞았다. 이들이 모두 병사가 되었다면, 그들을 죽여도 국제법상 민간인 살해에 해당되지 않는다.

하이테크 시대의 전쟁은 젠더 차이를 축소시킨다. 에어컨이 가동되는 실내에서도 컴퓨터 화면 속의 공격 목표를 보며 폭격을 지시할 수 있다. 베트남전 때처럼 중화기重火器를 들고 진흙탕 속을 기어다니지 않아도 된다. 실제로 미국에서 여군 비율은 계속 증가하고 있으며, 걸프전 이후 여성 병사들은 후방 지원에 만족하지 않고 실전 투입을 요청했다. 일본에도 여성 자위대원이 늘고 있다.

여자라고 모두 평화주의자가 아니며 남자라도 전쟁을 좋아하지 않는 사람이 있다. 한 설문조사에서 '만약 일본에 전쟁이 일어난다면 어떻게 하시겠습니까?'라는 질문에 젊은 이들 대부분이 '도망갈 것'이라고 답한 것에 진심으로 안도했지만, 바다로 둘러싸여 우크라이나처럼 육지로 연결된 이웃 나라가 없는 이 나라에서 대체 어디로 도망친단 말인가.

군대와 남녀평등에 대해 곰곰이 생각해 본다. 남자든 여자든 비무장이 좋은 걸까? 아니면 자위를 위한 전투력은 필수인 걸까? 군의 남녀평등을 추구한다는 건 어떤 의미일까? 여성 병사를 늘리고 전투에도 투입하라고 요구하는 것일까? 아니면 군대 자체를 폐지하라고 요구하는 것일까? 한

국과 같은 나라에서 징병제 폐지를 요구하는 건 현실적인
가? 아니면 여성도 징병해야 한다고 주장해야 하는 걸까?
답이 나오지 않는다.

전쟁 없는 세상을 추구한다면서 무법적인 폭력이 행
사되는 현실을 눈앞에 두고도 입술을 깨무는 게 고작이다.
전쟁과 폭력 없는 세상을 향한 희망은 왜 이다지도 짓밟히
는 것일까?

학교에 지뢰를 설치하고 왔다

2019년 4월 도쿄대 입학식에서 축사를 한 후 10대 청소년들 사이에서 갑자기 유명 인사가 되었다.

내가 이사장으로 있는 NPO 여성행동네트워크Women's Action Network(WAN)의 웹사이트에서 '주니어 프로젝트'라는 이름 아래 10대 청소년들과 온라인으로 대화를 나누는 기획을 진행했다. 학교 주최의 강연 요청도 있다. 인원은 스무 명부터 수백 명까지 다양하다. 온라인으로 자기 방에서 참여하는 아이들도 있고, 교실에서 대형 스크린을 통해 참여하는 아이들도 있다. 프로젝터 화면에 내 얼굴이 대문짝만 하게 나오는 것은 별로 달갑지 않지만, 화면에 나오는 아이들과 일대일로 소통할 수 있어 오히려 친밀한 대화가 가능해지는 것 같다. 고등학교 강연이라고 하면 체육관 바닥에 1000명 정도 앉혀 놓고 단상에 올라 얼굴도 콩알만 하게 보이는 거리에서 진행하는 것이 보통인데, 그에 비하면 훨씬 낫다. 게다가 "질문 있나요?"라고 물었을 때 1000명의 학생들 사이에서 손을 들려면 용기가 필요할 텐데 온라인은 부담이 훨씬 덜하다.

지금 고등학교에는 탐구 학습* 같은 새로운 시도들이 속속 도입되고 있다. 중등교육 과정부터 이런 시도를 해보는 건 나름대로 의미가 있다. 대학에 들어가면 세미나에서 연구 주제를 선정해 보고서를 작성하는 과제가 주어지기 때문이다. 신입생 중에는 화려한 파워포인트 발표를 선보이는 학생도 있다. 원격 수업이 늘어나면서 이 같은 기술 활용은 필수적인 게 되었다.

그러나 실제 탐구 학습이라는 이름으로 행해지고 있는 것은 '지구 환경 위기' 같은 주제를 할당받아 인터넷에 있는 기존 정보를 깔끔하게 정리해 파워포인트로 만드는 수준이다. 특히 상위권 인문계 고등학교일수록 이런 경향이 강한 것 같다. 듣고 있으면 마치 컨설팅 회사의 신입사원이 하는 어설픈 프레젠테이션 같아 씁쓸한 기분이 든다. 연구에서는 '문제 설정'이라는 첫 번째 단계가 결정적으로 중요하다. 문제 설정을 잘하면 (절반은) 이미 성공한 것이라고 말할

* 정확한 명칭은 '종합적인 학습(탐구)의 시간'総合的な学習(探究)の時間이다. 하향식 교수법에서 벗어나 학생이 중심이 되어 문제 설정, 정보 수집, 분석, 표현 등의 과정을 거치는 자기 주도형 학습 방식을 말한다.

수 있을 정도다. 그런데 선생님이 정해 주는 주제라니, 자기 연구가 될 수 없는 건 당연한 일이다.

최근 고등학교에서는 SDGs(유엔의 지속가능발전목표Sustainable Development Goals)가 대세다. 17개 항목 모두 논쟁의 여지 없이 정의로운 것들이라 반대할 수가 없다. 그마저도 처음부터 학생이 이 주제를 선택하는 것이 아니라, 선생님이 SDGs로 정해 주고 그 안에서 과제를 고르라고 하는 것이다.

한 고등학생과의 대화에서 "왜 SDGs를 선택했니?"라고 물었더니 "전 세계가 합의해 대응해야 할 과제니까요"라는 모범생 같은 답변이 돌아왔다.

"흐음, 그건 전 세계가 합의하지 못할 과제는 빠져 있기 때문 아닐까?"

나는 이렇게 딴지를 걸어 보았다.

"핵무기 금지는 중요한 문제지."

"네."

"근데 여기에는 들어 있지 않네."

"네."

"만약 이 문제를 넣었다면 전 세계가 합의할 수 있었을까?"

"미국은 찬성하지 않을 거야. 일본도 미국 눈치를 보면서 찬성하지 않을 거고. 러시아도 중국도……. 그러니까

매우 중요한 문제인데도 전 세계가 합의하기 힘든 과제는 교묘하게 제외해 놓은 게 아닐까?"라고 하자, 정의감에 볼을 붉히며 발언하던 학생이 입을 꾹 다물었다. 'SDGs＝정의'라는 고정관념이 벗겨지는 순간이었다.

SDGs 중에서도 LGBTQ는 특히 인기 있는 주제다. 잠재적으로 인구의 10퍼센트 정도가 LGBTQ라고 한다. 여러분 옆에도 있을지 모른다. 한 번도 만난 적이 없다면, 당신이 알아차리지 못했거나 상대방이 말하지 않았을 뿐이다.

한 여학생이 이런 질문을 했다.

"친구가 커밍아웃을 했는데 어떻게 해야 할지 모르겠어요."

"그 친구는 아무한테나 얘기한 게 아니야. 너라서 말한 거야. 그건 네가 그 친구에게 신뢰 받고 있다는 증거야"라고 했더니 감격해서 울음을 터뜨렸다.

대부분의 고등학교에서는 남학생은 바지, 여학생은 치마로 교복이 정해져 있다. 치마는 극강의 여장이다. 학생들 중에는 치마를 입는 것이 고통스러워 어쩔 줄 모르는 아이들이 있다. 초등학생 때는 자유롭게 바지 차림으로 지냈는데, 중고등학교에 진학하면 치마 착용을 강요당한다. 최근에는 여학생의 바지 착용을 허용하는 고등학교들이 늘고 있다.

간토 북부의 한 공립학교에서는 교장 선생님이 바뀌자마자 교복 규정을 바꿔 여학생도 바지를, 남학생도 치마를 입을 수 있도록 했다. 후자를 선택하는 학생은 없지만, 전자의 경우도 성소수자임을 커밍아웃하는 결과가 될 것을 우려해 학생회장이 앞장서서 바지를 입는다든지, 겨울에는 추우니까 바지 착용이 합리적이라든지 등 다양한 이유를 들어 바지 착용에 대한 낙인을 없애고자 했다. 실제로 그곳은 바람이 강하게 부는 지역이어서 겨울에 종아리가 훤히 드러나는 치마를 입으면 춥다.

학생들과의 대화에서 이런 일이 있었다.

"교복을 고를 수 있게 했구나. 잘됐다. 그럼 차라리 교복을 없애면 어떨까?"

"저는 반대예요."

한 여학생이 단호하게 말했다.

"왜?"

"교복은 전통이기도 하고, 질서 있고 예쁘니까요."

헉, 하고 한 박자 쉬었다가 천천히 말했다.

"지금 네 말은 위에서 내려다보는 선생님의 코멘트 같구나."

통일된 유니폼을 보고 질서정연해서 아름답다고 느끼는 것은 단상 위에서 매스게임을 바라보는 통치자의 시선이다. 아이들은 이렇게 관리자와 지배자의 시선을 내면화한다. 교복 '전통'이라는 것도 역사가 길지 않다. 애초 교복을 입는 신제 고등학교부터가 전후에 생겨났다. 남학생의 스탠딩 칼라와 여학생의 세일러복이라는 예전의 그 기묘한 패션은 언제 정착된 것일까? 금장 단추가 달린 스탠딩 칼라는 원래 군인들이 입는 제복이었고, 세일러복은 말 그대로 선원(수병)의 복장이다. 요즘 그런 세일러 칼라 패션은 거의 자취를 감췄다. 워낙 특수한 상징이라 아저씨들은 후끈 '달아오를' 것이다. 한창 자라나는 아이들은 옷을 더럽히기 쉽고 땀도 많이 흘린다. 어린 남자아이들의 목둘레는 금방 더러워지기 때문에, 스탠딩 칼라에 딱딱하고 불편한 플라스틱 교체용 깃을 덧대어 더러워지는 것을 방지했다. 착용감이 좋지 않아 플라스틱 칼라는 완전히 사라졌다고 들었는데 당연한 일이다. 요즘은 남녀 모두 블레이저 스타일이 많아졌으나 남자 아이들은 으레 넥타이를 맨다. 회사의 노예가 되기 전부터 목을 조이고 있는 것이다. 넥타이를 끌러 목을 해방시키고 싶다는 생각은 못 하는 걸까? 10대 아이들은 티셔츠에 청바지 차림으로 뛰어놀게 하고, 첨벙첨벙 빨면 그만이다. 이미 교복 없는 고등학교도 있고, 없다 한들 아무런 문제도 되지 않는다.

　"그럼 교복을 입을지 말지 다 같이 토론해 보면 되지

않을까?"

"네."

순수 그 자체인 여학생이 대답했다.

왠지 고등학교에 지뢰를 심어 놓은 테러리스트가 된 기분이었다.

월경의 변천사

초경이 시작되었다고 말했을 때 어머니의 반응을 기억하는 가?

팬티나 치마를 거무스름한 피로 더럽히고는 자기 몸에 무슨 일이 일어났는지 영문도 모른 채 어머니에게 말한다. 그전에 보건 체육 수업에서 여학생들만 모아 놓고 비밀 이야기를 하듯 '여자는 말이지, 월경이란 걸 하는데……' 하면서 정보를 얻었기 때문에 '어쩌면 이게 그거일지도 몰라' 하고 어렴풋이 생각하지만, 곧바로 연결 짓지는 못한다.

다른 어머니들은 뭐라고 하셨을까? 생긋 웃으며 "축하해. 팥밥을 지어야겠네"라고 했을까, 아니면 "너도 결국 여자가 됐구나" 하며 불결한 것을 보는 듯한 눈초리로 바라봤을까? 초경에 대한 어머니의 반응에 따라 엄마의 여성 혐오가 딸에게 새겨진다.

우리 어머니는 "그래, 시작했구나" 하며 팬티를 빨고 바로 월경용품을 손수 만들어 주셨다. 다행히 우리 집은 의원을 했기 때문에 탈지면은 얼마든지 있었다. 그것을 얇은 종이에 싸서 생리대처럼 포갰다. 그리고 뒤처리 방법도 알려 주셨다. 팥밥을 짓지는 않았지만, 저녁 식사 자리에서 아버지도 그 사실을 알고 있다는 걸 알게 되었다. 난 아빠는 남자인데 왜 알려 주냐며 어머니를 원망했다.

월경용품은 가족 구성원 중 남자들, 즉 아버지나 남자 형제들 모르게 처리하는 것이 여자의 도리라고 여겨지던 시절의 일이다.

안네 냅킨은 아직 등장하기 전이었다. 안네 냅킨이 탄생한 것은 1961년. 그때 나는 열세 살이었다. 그러고 보니 안네 냅킨의 안네는 나치를 피해 은신처에서 사춘기를 보낸 안네 프랑크의 『안네의 일기』에서 유래한 것이다. 안네가 일기를 쓰기 시작한 나이도 열세 살이었다. 불편한 은신처 생활 중 초경을 맞이했을 안네는 어떻게 월경 처리를 했을까? 월경이라는 말을 입에 올리기조차 꺼려지던 시대였다. 이를 우회적으로 표현하기 위해 '오늘은 안네의 날'이라 부르자는 제안이 나온 것이다. 이 용품을 만든 사람은 당시 스물일곱 살의 여성 기업가 사카이 요시코坂井泰子. '안네 냅킨'이라는 이름이 아니었다면 팔리지 않았을지도 모른다.

최근 들어 여성의 몸과 관련해 여러 가지 창의적인 아이디어를 응집시킨 펨테크FemTech 분야가 부상하고 있다. 흡수형 월경 팬티나 월경컵 등 새로운 제품들이 출시되고 있는데, 이를 개발하고 있는 것 역시 젊은 여성 기업가들이다. 안네 냅킨의 탄생 비화에는 이런 에피소드가 있다. 미쓰미전기의 모리베 하지메森部一는 안네 냅킨에 1억 엔을 투자하며 사카이를 사장으로 임명하고 자기 직원인 와타리 노리히코渡紀彦를 파견했는데, 그는 월경을 하면 어떤 기분인지 경험하기 위해 월경용품을 착용하고 다녔다고 한다. 여성의 몸에서 일어나는 일을 가장 잘 아는 사람은 여성 자신이다. 남자라서 모르면 아는 사람을 기용하면 될 일이다. 아무튼 달거리가 없어진 지 오래인 나는 새로 나온 월경용품을 써보는 재미가 사라졌다.

월경을 하면 어떤 기분이냐고? 일정 기간 동안 사타구니에서 피가 계속 흘러나오는 것은 결코 기분 좋은 일이라 할 수 없다. 새는 것도 냄새도 신경 쓰인다. 아티스트 스푸트니코!スプツニ子! 씨는 이 기분을 남자도 느껴 보면 좋겠다는 생각으로, 남자가 월경을 경험할 수 있는 〈생리 기계, 다카시의 경우.〉生理マシーン、タカシの場合。를 제작했다. ▪ 하반신에

▪ '생리 기계'는 2010년 멀티미디어 아티스트 스푸트니코!가 고안한 장치로, 전극으로 복부에 통증을 전달하고 뒤쪽 탱크에서 여성의 5일 평균 월경량인 80밀리리터의 피가 흐르도록 설계돼 있다. 〈생리 기계, 다카시의 경우.〉는 여자가 되고 싶은 남자 다카시가 여장으로 만족하지 않고

기구를 착용하고, 새어 나오는 피를 생리대가 받아 내는 구조다. 스푸트니코! 씨는 소련의 인공위성 스푸트니크호가 세계 최초로 발사된 것에 감격해 자기 이름을 지을 정도로 과학을 사랑하는 소녀였다. '여자는 말야, 월경 기간 동안 이런 기분이라고' 하는 마음으로 남자들이 직접 체험해 보았으면 싶었을 것이다.

그러고 보니 최근 '생리 빈곤'生理の貧困 캠페인*이 확산되면서 '월경 중인 여성이 어떤 기분을 느끼는지', '어떤 불편을 겪는지', '어떤 배려가 필요한지', '월경용품이 공짜가 아니어서 생기는 문제', '코로나19로 인해 월경용품조차 구입하기 어려워진 상황', '월경용품 사용량을 줄이기 위해 외출을 자제하고 있다'는 등의 지금껏 여성들이 공개적으로 말하지 않았던 이야기들이 주요 언론 지면에 속속 등장하기

생리를 체험하기 위해 생리 기계를 개발한다는 내용의 영상 작품이다.

* 여기서 '생리 빈곤'이란 생리에 대한 기존의 왜곡된 관념으로 인해 발생하는 모든 문제를 포괄하는 말로, 생리대가 부족한 상태뿐 아니라 생리로 인한 학교생활 혹은 직장 생활의 어려움, 건강과 교육 기회가 제한되는 문제 등을 가리킨다. 일본에서는 코로나19를 전후로 이 문제가 가시화되어 생리용품을 살 경제적 여유가 없는 사람들을 지원하고, 월경에 대한 낙인을 없애려는 사회적 움직임이 있었다.

시작했다. 조사를 해보니 외국에는 월경용품에 소비세 경
감세율을 적용하거나 면세인 경우도 있는 모양이다. '월경
용품은 생활필수품이다', '공중화장실에 화장지를 비치하
듯 언제 시작될지 모르는 월경에 대비해 월경용품도 반드시
비치하라', 나아가 '무료화하라' 같은 요구가 잇따라 나오기
시작했다. 월경 중일 때는 남이 눈치채지 못하게 행동하고
눈에 띄지 않게 월경용품을 처리해야 하며, 월경을 입에 담
는 건 흉한 일이라고 여겨지던 시절에 자란 사람으로서 참
으로 감회가 깊다.

월경에 대해 이렇게 솔직하게 이야기할 수 있게 된 것
은 좋은 일이지만, 한 가지 불만이 있다. 월경月経이라는 단
어가 있는데 왜 생리生理로 바꿔 부르는 걸까? '생리'는 인간
의 생리 현상 일반을 가리키는 말로 월경을 '생리'라고 부르
는 것은 노골적인 표현에 대한 거부감이 작용한 완곡어법이
다. 월경은 '달거리'月のもの, 즉 달의 차오름과 이지러짐에 여
자의 몸이 반응하고 있다는 생명의 증거다. 인간이 동물이
라는 사실, 그리고 '낳는 몸'이라는 사실을 여자도 남자도
자각하기 아주 좋은 말이라고 생각한다.

'초경이 시작되었다'라는 말을 들어도 남자들은 '나야
여자 몸이 아니니 알 수가 없지' 하는 마음일 것이다. 물론
남성은 월경의 기분을 결코 느낄 수 없다. 반면, 첫 사정으

로 팬티를 더럽혔을 때 어떤 기분일지 여자들은 절대 알 수 없다. 부모님께 말씀드렸는지, 그랬을 때 부모님은 어떤 표정을 지으셨는지, 더러워진 팬티는 어떻게 처리했는지, 또 사정했을 때는 어떤 기분인지, 사타구니에 그런 게 달려 있으면 걷기 불편하지 않은지, 서서 누는 건 어떻게 하는 건지, 여자들은 잘 모른다.

남자와 여자의 몸은 다르다. 다른 몸을 가진 이들의 경험은 다르다. 그 차이를 숨기고 입에 담지 않으려 했던 오랜 역사 끝에, 이렇게 스스럼없이 '있지, 그날엔 이렇게 돼'라고 여자들이 입을 열기 시작했다.

모르는 것은 모른다고 말하면 된다. 모르겠는 것은 가르쳐 달라고 하면 된다. 꼭 직접 경험하지 않더라도 '그런 거구나. 힘들겠다' 위로하고 위로받으면 된다. 여자들이 '지금 월경 중이야' '나 갱년기야'라고 터놓고 이야기하며, '취급 주의 상태니까 잘 부탁해'라고 말할 수 있으면 좋겠다.

학교에서 하는 월경 교육도 여학생들만 모아 놓고 하지 말고 남녀 모두에게 실시하면 좋겠다(이미 그렇게 하고 있는 곳도 있다고 들었다). 이성끼리 사귈 때 '아, 이런 거구나' 하고, 다른 몸을 가진 상대에 대해 충분한 정보를 갖고 배려하면 좋겠다.

10대 딸을 키우는 젊은 친구의 집에 놀러 갔다가 화장실을 썼는데, 한쪽 구석에 다 쓴 월경용품을 버리는 통이 놓여 있고 잘 보이는 곳에 여분의 화장지와 함께 월경용품이 나란히 쌓여 있었다. 엄마도 딸도 월경 현역 세대다. 그녀에게는 아들도 있다. 아버지와 남자 형제에게 월경을 숨기지 않고 아이를 키우고 있음을 한눈에 알 수 있었다. 시대는 바뀌었다.

사회학자와 아티스트

"사회학자는 타인에게 흥미를 갖는 사람, 아티스트는 자기에게만 흥미를 갖는 사람"이라는 내 발언에 사진작가 나가시마 유리에長島有里枝 씨가 문제를 제기했다.

나가시마 유리에 씨는 1990년대 초 자신과 가족의 누드를 찍은 초상 사진으로 사진계에 화려하게 데뷔해 '소녀女の子 사진가'로서 붐을 일으킨 인물이다. 그로부터 20여 년이 지난 지금, 더 이상 젊지 않은 그녀는 당시의 일을 되짚어 보며 『'그들'의 '소녀 사진'에서 우리의 걸리 포토로』「僕ら」の「女の子写真」からわたしたちのガーリーフォトへ(大福書林, 2020)라는 책을 썼다. ▪

▪ 1990년대 일본에서는 컴팩트 카메라의 보급과 함께 소위 '소녀 사진'을 찍는 10대 여성 사진작가들이 등장했다. 주로 자신과 친구들의 일상을 친밀한 느낌으로 찍은 사진들이 많았고 접근하기 쉬운 스타일 덕분에 큰 인기를 끌었다. 나가시마 유리에 외에도 히로믹스나 니나가와 미카 등이 이에 해당한다. 당시 전문성이 부족한 직관적 사진이라는 평가가 지배적이었고 여기에는 여성 혐오와 성차별적

마흔 즈음에 대학원에서 사회학을 공부하고 무사시 대학교에 제출한 석사 논문을 단행본으로 낸 것이다. 서두에 '이의 있습니다'라고 적혀 있듯이 전체가 분노의 글이다. 젊은 시절 아저씨들이 지배하고 있던 사진계에서 '소녀 사진'이라는 칭찬을 가장한 폄하를 당하며 몰이해와 오해에 호되게 시달린 기억을 20년 후 이론으로 무장해 복수한 것이다. 이런 분노는 나도 느꼈던 기억이 있다.

물론 서두의 내 발언은 지나친 일반화다. 타인에게 관심을 갖지 않고 살 수 있는 사람은 없으며, 아티스트 역시 타인에게 관심을 갖는다. 하지만 아티스트와 사회학자를 비교하면 정도의 차이가 있어서 상대적으로 그 정도의 일반화는 허용될 수 있다는 게 나가시마 씨보다 오래 산 내가 관찰한 결과다.

시선이 담겨 있었는데, 이 같은 평가는 2010년대 평론가들의 담론에서도 마찬가지였다. 나가시마 유리에의 이 책은 이 같은 상황에 분노하며 당시의 운동을 재해석한 결과물이다.

'걸리 포토'는 일반적으로 '소녀 사진'과 동일시되는 용어지만, 1995년 미술 평론가 하야시 나카코는 이 같은 1990년대 일본 여성 사진가들의 작품을 '제3물결 페미니즘'의 지류로 처음 이해하고 이를 '걸리 포토'로 재명명했으며, 나가시마 역시 이런 맥락에서 그 의미를 차별화하고 있다.

‘그렇지 않고서야 저렇게 자화상 사진을 찍을 리가 없
잖아’라고 나의 오랜 경험이 말한다. 오히려 자신과 거리를
둘 수 있어서, 즉 자신을 객관화할 수 있기 때문에 자화상을
찍을 수 있다는 주장도 있지만, 그럼에도 불구하고 자신을
피사체로 삼으려는 시선 자체가 ‘나란 어떤 존재인가’에 대
한 강한 관심을 바탕으로 하고 있다. ‘자신이 타인의 눈에
어떻게 비치는가’뿐만 아니라 ‘자신이 스스로에게 어떤 존
재인가’라는 관심. 확실히 그것은 거대한 수수께끼임에 틀
림없다.

자서전을 여러 번 쓴 사람을 알고 있고 자기 가문의 뿌
리를 추적하는 작가도 많지만, 어느 경우든 ‘나는 누구이며,
어디서 와서 어디로 가는가’에 대한 물음에 답하려는 시도
일 것이다. 하지만 자서전이나 회고록이 넘쳐 나는 걸 보면,
‘남들은 당신 인생에 관심 없어’라고 빈정거리고 싶어진다.
자서전은 기껏해야 가족이나 친족, 특히 자식이나 손주, 그
리고 인연이 있었던 사람들에게나 의미가 있을 뿐, 다른 사
람들이 읽을 만한 것은 아니라고 생각한다. 그런데도 인연
이 없는 사람들에게까지 읽혔으면 하는 것은 그것이 자신이
살았다는 증표, 즉 종이로 된 비석이라고 생각해서일까?

그때, 그곳에서, 내가 무엇을 어떤 식으로 느끼고 경험
했던가. 그것을 세세한 부분까지 집요하게 표현하는 사람

들이 있다. 자기의 경험이 의미 있는 것이어서 타자에게 전할 가치가 있다고 확신하기 때문일 것이다. 필요가 생겨서 시몬 드 보부아르의 저작을 탐독하고 있는데, '나의 경험과 감정은 무엇이든 빠짐없이 기록해 두자. 그것은 기억할 가치가 있으니까'라는 어마어마한 에너지에 압도된다. 그리고 자신의 경험과 감정이 타자에게도 의미 있는 것이라는 확신에, 솔직히 말하면 기가 질린다.

이런 확신이 내게는 없다. 확실히 '나는 누구인가'는 거대한 수수께끼지만, 거기에 발을 들이는 데는 수줍음과 금기가 따른다. 그렇다 보니 내게는 타인이야말로 항상 상상을 뒤엎는 수수께끼다. 이 사람은 어떤 존재이며, 왜 이런 행동과 생각을 하는지, 그 사람의 불가해함에 촉수를 뻗고 싶어진다.

그런 내가 대담을 하게 되면, 상대에게 왜? 어째서? 어떻게? 등의 질문을 던지는 바람에 곧바로 인터뷰가 되어 버린다. 그리고 금방 알게 되는 것이 있다. 바로 사람은 자기에 대해 이야기하는 걸 좋아한다는 것, 그리고 동시에 타인에게 별로 관심이 없는 생명체라는 것이다.

내 신간이 나왔을 때 가졌던 한 저명한 작가와의 대담이 그랬다. 그 사람의 작품에 대해 이미 알고 있던 나로서는 듣고 싶은 이야기가 많았다. 결국 내 책을 다뤄야 할 대담이

내가 온전히 상대의 이야기를 들어주는 인터뷰가 되고 말았
는데, 녹취록을 보니 한눈에 알 수 있었다. 담당 편집자는
대담의 균형이 깨져 당혹스러워했지만, 내가 할 수 있는 말
은 이것뿐이었다.

"그게, 저쪽에서 저한테 되묻지 않았거든요."

물어보면 답했을 것이다. 나 역시 타인이 내게 보여 주
는 관심이 반갑지 않은 것은 아니다. 나도 내 이야기 하는
걸 남들만큼 좋아한다. 예상치 못한 질문을 받고 이제껏 본
적 없는 나 자신을 발견하는 스릴도 맛본 적 있다. 하지만
그것보다 타인에 대한 관심이 더 크다. 그리고 상대로부터
"그래서, 당신은 어때요?" 이 한 마디가 돌아오지 않는 것을
종종 경험했다.

자신에 대해 실컷 이야기를 늘어놓은 다음 상대방이
이렇게 중얼거린다.

"도통 자기 얘기를 안 하네요."

난 '되묻지 않은 건 너잖아'라는 말을 속으로 삼킨다.

이럴 때 사람은 자기에겐 관심이 있지만 타인에겐 관
심을 갖지 않는다는 것을 뼈저리게 느낀다.

타인에 대한 관심은 어쩌면 상냥함이 아니라 폭력일
지 모른다. 불가해한 타자를 이해하고 싶다는 마음은 언어
로 세계를 모조리 지배하고자 하는 욕망과 동일한 것일지

모른다. 혹은 타자에 대한 관심이 자기에 대한 관심보다 더 큰 경우, 그것은 자기라는 수수께끼를 덮어 두고 우회로를 선택하는 방어적인 몸짓일 수도 있다.

사회학자는 자기라는 수수께끼보다 타인이라는 수수께끼로 향한다. 사회학자뿐 아니라 연구자나 비평가로 불리는 사람들은 우회로를 걸으며 타인의 입을 빌려 말하는, 제약 많고 자유롭지 못한 길을 선택한 사람들이다. 그게 싫으면 연구자가 되지 않는 편이 좋다.

문인과 문학 연구자는 다르다. 작가와 비평가는 다르다. 그 차이를 명제화하자면 '전자는 자기에게만 흥미를 갖는 사람, 후자는 타자에게 흥미를 갖는 사람'이라는 일반화 정도는 허용된다고 생각한다.

나가시마 씨는 자화상을 찍는 여성 아티스트가 '자기에게만 흥미가 있는 나르시시스트'로 해석되는 것이 마음에 걸렸다고 한다. 왜냐하면 "'소녀'스러움 같은 것은 그동안 줄곧 거울 속 자신에게 도취되어 화장을 한다든가, 자기중심적이라든가 하는, 이른바 나르시시즘으로 조롱받아 왔기 때문"이다.

이에 대한 내 대답은 이렇다.

"창작자는 거울을 보며 황홀해 하는 그런 어중간한 나르시시즘 말고 도를 넘은 나르시시즘을 갖는 게 좋아요. '나

님께서 만든 게 세상에서 가장 훌륭해. 이해하지 못하는 **네
가** 바보지'라고 말할 수 있을 정도의 나르시시즘이요."

내게 없는 것이 바로 이 나르시시즘이다.

낳지 않는 이기주의?

"'산후 우울증'이 있으니 '미산未産 우울증'이라는 말도 있어야 하지 않을까요?" 한 젊은 여성이 이렇게 하소연했다. 출산 적령기 여성이 아이를 낳지 않으면 '언제 낳을 거야?' '아직 생각 없어?' '준비 중이면 괜찮은 의사 소개시켜 줄까?' 이렇게 주변에서 모두가 한마디씩 보탠다. 혼자서 낳을 수 있는 것도 아니고, 저마다 사정이 있을 텐데 말이다. 그녀는 아이를 낳은 여성의 행복한 표정을 보고 있으면 우울해진다고 했다.

'미산'이라는 말에는 '미혼'과 마찬가지로 '어찌 되었든 결혼과 출산은 하기 마련'이라는 전제가 깔려 있다. 아이를 낳지 않는 여성에 대한 이런 괴롭힘을 뭐라고 부를지 한 기자와 이야기를 나누다 '불산不産 괴롭힘'이라는 명칭을 떠올렸다. '비산'非産이라고 하면 '비참'悲慘으로 들릴 수 있기 때문이다.

엄마가 되어야 어른으로 인정받는 일본 사회에서는 결혼 여부보다 엄마인가 아닌가가 여성의 가치를 결정한

다. 사카이 준코酒井順子는 자신을 포함해 그런 여자들을 '마케이누'負け犬••라 불렀다. '독신'으로 바꿔 부르면 좀 낫겠지만, 결혼-출산이 '여자의 완성'이라는 통념은 변함이 없다. 결혼의 경우 '완성'에 도달해도 이별이나 사별을 겪을 수 있지만, 출산의 경우 '엄마'이기만 하면 되니 결혼을 안 한 싱글맘도 '여성이라는 증명'을 마친 셈이다. 기혼 여성이 아이를 낳지 않으면 주위에서 차가운 시선을 받는다. '준비'를 하면 가질 수 있을 텐데 '왜 노력하지 않느냐'는 책망을 듣는다.

아이를 낳지 않는 여자에게는 '석녀'石女라는 무시무시한 옛말이 따라붙던 시절이 있었다. 아이를 낳지 않거나 낳지 못하는 여자는 불량품이기 때문에 시가에서 본가로 '반품'해도 괜찮았다. '시집가서 3년 동안 자식이 없으면 떠나

• '낳지 않음'을 뜻하는 비산非産과 비참悲惨은 발음이 '히산'ひさん으로 동일하다.
•• 사카이 준코는 자신의 에세이집 『꼬리 내린 개의 한탄』負け犬の遠吠え(2003)을 통해 현대 일본 사회에서 '30대 비혼 여성'을 마케이누, 즉 '싸움에 진 개'에 빗대며 독신 여성의 삶을 자조적으로 이야기한 바 있다. 이 책은 국내에 『서른 살의 그녀, 인생을 논하다』(김경인 옮김, 홍익, 2003)라는 제목으로 처음 소개되었고, 이후 『결혼의 재발견: 마케이누의 절규』(2005), 『네, 아직 혼자입니다』(2018)로 재출간되었다.

라'라는 말도 있었고, 남편이 아내가 있는 곳을 오가며 생활하는 왕래혼通い婚을 유지하다 아이가 태어나면 정식으로 부부가 되는 게 관습인 지역도 있었다. 에도시대 부부 열 쌍 중 한 쌍은 불임이었다고 하는데, 불임의 원인은 절반이 남성에게 있기 때문에 여성만 탓할 이유는 없었다. 실제로 자식 없는 정실부인과 연을 끊는 경우는 드물었고, 첩이나 친족이 낳은 아이를 양자로 들이는 등 자녀의 재분배가 빈번하게 이루어졌다.

그러나 '자식을 키워 봐야 부모의 은혜를 안다'는 말처럼 부모가 되는 것이 인격적 성장과 결부돼 왔기 때문에, 자식 없는 여자는 단지 생물학적 불량품일 뿐만 아니라 인격적으로도 결함이 있는 것으로 간주돼 왔다. 아이를 낳고 나서야 비로소 인생의 의미를 알게 됐다고 말하는 여성도 있다. 아이를 낳지 않은 여성은 인격적으로 미성숙한 상태이며 더 이상 성장하지 못한다고 여겨지지만, 아이를 낳아도 전혀 성장하지 못하는 여성도 있다. 또 그렇게 따지면 육아에 참여하지 않는 대부분의 남성들은 계속 미성숙한 상태일 것이다.

'미혼모'가 큰 스캔들로 여겨지던 30년 전 당시 작심하고 미혼모가 된 여성이 이런 이야기를 들려주었다. 아이를 낳은 후, 업무상 알고 지내던 남성 클라이언트가 반가운 얼굴로 다가와 이렇게 말했다고 한다.

"이야, 이제야 당신을 믿을 수 있게 됐네요."

그 말을 듣고 그녀는 엄마가 되기 전 자신에 대한 세간의 시선이 어땠는지 역으로 알게 되어 경악했다고 한다. 일만 하는 미혼 여성은 클라이언트에게도 '믿을 수 없는 여자'로 얕보였던 것이다.

나는 아이를 낳지 않은 여자다. 나도 '애도 안 낳아 본 당신이 여자에 대해 뭘 알겠느냐'고 정면으로 공격당한 적이 있다. 내가 먼저 상대를 코너로 몰았고 그런 내게 필사적으로 반격하느라 해서는 안 될 말을 뱉게 한 것이어서 깊이 후회했지만, 상대의 그 반격은 내가 의도한 효과를 낳았다. 그녀가 그것을 내게 대항할 수 있는 최후의 강력한 수단으로 여기고 있음을 알게 되었을 뿐만 아니라, 많은 사람들이 말은 안 하지만 그런 눈으로 '독신' 여성을 바라보고 있다는 것도 확실히 깨달았다.

모리사키 가즈에森崎和江의 저서에는, 아이를 낳는 것이 금지된 '가라유키상'唐行きさん▪ 출신 여성이 "아이를 갖지 못

▪ 공창제가 유지되었던 에도시대 말기부터 1920년대까지 동남아를 비롯한 세계 각지로 팔려 가 현지 일본 남성들에게 성적 서비스를 제공하는 역할을 했던 여성들을

하는 자는 이 세상의 어둠이다"라고 술회하는 장면이 있다. 아이만이 여성 정체성의 원천이며 인생의 버팀목이던 시대와 달리, 지금의 '마케이누'들은 '실패한 인생'처럼 보일지언정 조금도 어둡지 않다. 그러나 엄마가 아니면 여자가 아니라는 시대의 주술은 오랜 세월 여성을 옭아맸다.

30대 때 혼자 인도를 여행할 때 남자들이 따라다니며 '결혼했냐' '아이는 있냐' 같은 질문을 해댔다. '없다'고 답하자 곧바로 '그건 죄'라는 반응이 돌아왔다. '신을 거스른 죄'라는 뜻 같았다. 아이를 낳지 않는 여자는 하늘을 거스른 죄인으로 내세에서도 성불하지 못한다는 뜻일 것이다. 인도에는 대리모 사업에 종사하는 여성들이 있는데, 그들은 신의 뜻을 따르고 있는 셈일까?

또 하나, 아이 없는 여자가 종종 받는 비난은 '아이를 낳지 않는 여자는 이기주의자'라는 것이다. 아이를 낳지 않은 나는 아이를 낳은 여자들이 신기해서 "왜 낳았어?"라고 묻고 다닌 적이 있다. 그중 한번은 이렇게 질문을 해보았다.

"아이를 낳는 이기심과 낳지 않는 이기심 중 어느 쪽이 더 이기적이라고 생각해?"

말한다. 농촌 빈곤층 여성들이 인신매매나 빚 때문에 팔려 가게 된 경우가 많았다.

"그야 당연히 낳는 쪽이지."

이 말에 친구들은 박장대소했다. 총명한 여성이었다.

아이는 여자에게 살아야 할 이유를 준다. 게다가 대체 불가능한 절대적 신뢰를 보낸다. 고지마 게이코小島慶子 씨가 엄마가 된 경험에 대해 '자신이 아이를 받아들이는 것보다 아이가 자신을 절대적으로 받아들여 준다는 사실에 숙연해졌다'고 쓴 적이 있는데, 그 말이 맞을 것이다. 나는 그 '절대'絶対를 피하고 싶었던 것 같다.

그건 그렇고 일본 사회는 모성을 이렇게 치켜세우면서도, 엄마가 된 여자에게 페널티라고 해도 좋을 정도의 희생을 강요하고 있다. OECD 국가 중에서도 '육아를 즐길 수 없다'고 답한 여성의 비율이 압도적으로 높다. 불행한 엄마 밑에서 성장하는 건 아이에게도 불행한 일이라 단언할 수 있다. 일본의 엄마들이 행복해지면 엄마가 되고 싶은 여성도 늘어날까?

인지증 당사자가 본 세상

39세에 조기 인지증˙ 진단을 받고 인지증 당사자로서 『그래도 웃으면서 살아갑니다』丹野智文笑顔で生きる(文藝春秋, 2017)[민경욱 옮김, 아르테, 2019]를 집필하는 등 인지증 관련 활동을 이어온 단노 도모후미丹野智文 씨가 신간을 냈다. 발간을 기념해 인지증 당사자 공부 모임(벌써 스무 번 넘게 계속되고 있다!)이 그의 저서 『인지증 환자로서 본 사회』認知症の私から見える社会(講談社＋α新書, 2021)를 읽는 온라인 이벤트를 진행했다. 코로나19로 온라인 행사가 보편화된 덕에 전국 각지에서 300여 명의 참가자가 모였다. 오프라인에서 300명을 모으는 건 쉽지 않은 일이지만 온라인이어서 가능한 일이었다.

다양한 참가자들이 의견을 나누었다. 많은 사람들이 패러다임의 전환을 가져온 책이라고 논평했다.

지금까지 인지증에 대해 논하거나 글을 써온 것은 주로

˙ 일본에서는 2004년부터 공식 의료 용어로
'치호'(치매)痴呆 대신 인지 기능 장애, 인지증을 쓰고 있다.

전문가와 가족들이었다. 인지증 당사자는 발언 능력이 없거나, 있어도 발언권을 얻지 못했다. 그런데 이 책은 180도 관점을 바꿔, 사회가 인지증 당사자를 어떻게 보고 있는지가 아니라 인지증 당사자에게 사회가 어떻게 보이는지를 논한다.

사회는 사람들의 집합이다. 그중에서 당사자와 가장 가까운 위치에 있는 사람은 가족이다. 이 책에는 가족이 인지증 당사자에게 어떻게 대처하고 있는지가 아니라, 인지증 당사자가 가족의 대응을 어떻게 바라보고 있는지가 자세히 적혀 있다.

예를 들면 이렇다.

"'잊어버렸어?' '아까도 말했잖아' '또' 이런 말이 가장 듣기 싫은 말이다."

"하는 족족 위험하다는 말을 듣"게 되고, "'그만하면 좋겠는데' 같은 포기하게 만드는 말을 많이 듣게 되었다." 기분 탓인지 "인지증에 걸리고 나니 고압적인 말투로 나를 대하는 것 같다."

주변에 있는 전문 의료인이나 요양보호사들도 그렇다.

"진료실에서 선생님은 몸 상태 같은 걸 내가 아니라 가족에게 물어보는데, 내가 가장 잘 아는 걸 왜 가족에게 묻는지 궁금하다."

"나는 약을 먹기 싫은데, 가족이 약을 늘려 달라고 선생님에게 말하는 걸 들은 적이 있다. 그리고 나는 곤란하지 않은데 가족이 곤란하다고 선생님한테 말하는 걸 들으면 괴롭다."

이 말들은 단노 씨가 전국의 인지증 당사자 300명과 소통하며 기록한 것들이다. 책을 쓸 수 있을 정도면 인지증이 아니다, 취재하고 기억할 수 있으면 인지증으로 볼 수 없다, 등의 지적에 대해 단노 씨는 당사자의 말을 들을 때마다 항상 IT 기기에 저장해 둔 것이었다고 말한다. 단노 씨의 책에는 일본 전역의 인지증 당사자 300명의 속마음이 담겨 있다.

단노 씨는 이 책을 내기가 두려웠고 지금도 두렵다고 거듭 말했다.

설령 그것이 당사자가 처한 현실이라 해도 가장 가까이서 고생하는 가족에 대해 이렇게 불만을 늘어놓으면 '남의 고생도 모르고' '다 널 위해서 하는 말인데' 하며 격렬히 반발할까 봐 두려웠단다.

돌봄을 받는 사람과 돌봄을 제공하는 사람의 관계는 압도적으로 비대칭적이다. 돌봄을 제공하는 사람을 화나게 만드는 것은 그야말로 생사가 걸린 문제다. 환자 가족들의 고통은 너무나 잘 알고 있다. 그러나 돌봐 주는 사람의 입장과 돌봄을 받는 사람의 입장은 가장 친밀한 사이에서도 대립한다.

'당사자'라는 말은 원래 '니즈를 가진 사람'과 그 외의 사람을 구별하기 위해 생겨났다. 아무리 가까운 가족이라도 본인을 대변할 수는 없다. 경우에 따라서는 입장이 완전히 갈리기도 한다.

이날 토론을 맡은 인지증 전문의 야마자키 히데키山崎英樹 박사는 이 책이 시도하고 있는 패러다임 전환이 1970년대의 '푸른잔디모임'을 떠올리게 한다고 감회에 젖어 술회했다. 뇌성마비 당사자 단체로 시작한 '푸른잔디모임'은, 시설 설립은 당사자의 요구가 아니라 가족의 요구이고 시설에서 나와 자립 생활을 하고 싶다는 당사자의 바람을 가로막는 게 바로 가족이라고 지적하며 다음과 같이 주장했다.

"울면서라도, 불효를 사죄하면서라도, 부모의 일방적인 사랑을 뿌리쳐야 하는 것이 우리의 숙명이다"(요코즈카 고이치, 『어머니여! 죽이지 마라』母よ！殺すな(すずさわ書店, 1975; 生活書院, 2007).▪

인지증 당사자들도 반세기 가까운 세월을 경유해 여

▪ 뇌성마비 장애인 자립운동가 요코즈카 고이치의 자전적 소설이다. 실제로 1970년 5월, 요코하마에서 뇌성마비를 가진 두 살짜리 장애아를 어머니가 살해한 사건이 있었고, 당시 푸른잔디모임은 어머니에 대한 동정 여론을 비판하면서 살해된 장애아의 입장에서 장애인 권리 운동을 펼친 바 있다.

기까지 온 것이다.

이런 대화를 주고받는 와중에도 채팅창에 "인지증 환자의 가족도 당사자잖아"라든가 "가족과 본인은 모두 당사자예요" 같은 댓글이 올라왔다. 가족이라는 존재가 얼마나 무거운 것인지를, 그리고 인지증 당사자가 얼마나 가족에게 연신 감사하며 주눅 든 채로 살 수밖에 없는지를 잘 보여준다.

나는 나카니시 쇼지中西正司 씨와 『당사자 주권』当事者主權(岩波新書, 2003)을 썼다. 가족과 당사자를 구분할 필요성에 대해선 아무리 강조해도 지나치지 않다. 당사자를 '문제를 안고 있는 사람'보다는 '문제 상황에서 벗어날 수 없는 사람'으로 바꿔 말하는 것이 좋다고 생각하는데, 이 정의에 따르면 가족은 마음만 먹으면 '문제에서 벗어날 수 있는 사람'이라고 해도 무방하다. 이렇게 말하면 '그럴 수 없는 게 가족이야'라는 반발의 목소리가 나오겠지만, 가령 돌봄을 받는 당사자가 눈앞에서 사라지거나 사망하면 비당사자는 문제에서 해방된다. 아무리 죄책감이 따른다 해도 그 상황을 피하려고 마음먹으면 피할 수 있다.

단노 씨의 저서를 읽다 다음 대목에서 크게 웃었다.

'가족이 우울감으로 힘들어 해 잠시 입원하게 되었다'는 인지증 당사자의 말을 듣고 단노 씨는 이런 생각을 한다.

"우울감을 느끼는 건 가족인데 왜 그 사람이 입원하지 않는 걸까요? 왜 당연하다는 듯 인지증 당사자를 입원시키는 건지 의문입니다."

히구치 게이코樋口惠子 씨와 내가 함께 쓴 『인생을 그만두어야 할 때』人生のやめどき(マガジンハウス, 2020)에도 비슷한 이야기가 있었다. 103세 할머니가 70대 아들 부부와의 불화로 시설에 입주하게 된 에피소드다. 오랫동안 시어머니를 모셔 온 며느리는 '무표정한 얼굴'을 하고 있었다고 한다. 아들 부부는 노모를 돌보는 일이 초래할 갈등으로부터 자신들의 부부 관계를 구한 것일 테다. 그 선택은 정당한 것이지만, 왜 아들 부부가 집을 나가지 않고 103세 할머니에게 급격한 생활환경의 변화를 강요한 것인지 단순한 의문이 들었다. 집은 아마도 할머니 명의일 것이고 아들 부부는 이후에 들어왔을 것이다. 뒤에 들어와 산 사람이 나가면 될 텐데 왜 자기 집에서 생을 마감하지 못하게 한 걸까?

"방치하는 것과 시설에 들여보내는 것 중 어느 쪽이 더 잔인한가?"라고 히구치 씨는 말하지만, 시설 입주는 '쫓겨나는 것' 아닌가? '쫓겨나는 것'보다는 '혼자 남겨지는 것'이 더 나을 것이다. 히구치 씨는 "노인홈[노인 입주 시설]은 모두가 가고 싶어 하는 곳이 되어야 한다"고 말하지만, 내가 아는 한 시설이 좋아서 입주하는 노인은 없다.

돌보는 사람은 마음만 먹으면 도망칠 수 있다. 싫으면 도망치면 된다. 아니, 방치 같은 건 상상도 못하는 '좋은 가족'이라 할지라도 적당한 거리를 두는 게 좋다. 그래야 '상냥해질 수 있기' 때문이다. 당사자의 입장과 가족의 입장을 분리해 생각해야 한다는 것은 아무리 강조해도 지나치지 않다.

단노 씨는 이렇게 말하기도 한다.

"지금까지 저는 '인지증 증상에서 벗어날 수 없는 사람', '인지증 진단을 받은 사람'을 당사자라고 생각해 왔습니다. 하지만 그뿐만 아니라 진단 받은 본인이 일상에서 자신의 의지에 따라 자유롭게 행동하거나 요구하는 게 당연하다는 점을 사회에 알리는, '인지증에 관해 발언하는 사람'을 당사자라 생각하게 되었습니다."

그러고 보니 나는 『당사자 주권』에서 이렇게 썼다. 당사자란 '~인 것'이 아니라 '~이 되는 것'이라고.

"당사자란 '문제를 안고 있는 사람'의 동의어가 아니다. …… 나의 현재 상태를 내가 바라는 상태의 결핍으로 보고 새로운 현실을 만들어 내고자 하는 상상력을 가질 때, 비로소 …… 당사자가 된다."

의사가 죽는 법

최근 의료계 인사들의 부고가 연이어 들려온다. 의사는 자신이 전문 분야로 하던 병으로 죽는다는 속설이 있는데 정말일지도 모르겠다.

재택의료의 개척자 중 한 사람인 전 사쿠종합병원 의사 조 준이치長純一 씨가 2022년 6월 28일 췌장암으로 세상을 떠났다. 동일본 대지진 이재민을 진료하기 위해 재난 지역인 미야기현 이시노마키시로 이주해 '의료만으로는 충분하지 않다. 지역을 바꿔야 한다'는 생각으로 정치인이 되고자 했던 의사다. 사망 직전 병상에서 관계자들에게 장렬한 영상 메시지를 남겼다. 향년 56세, 뜻을 다 이루지 못한 아쉬움이 남았던 모양이다.

가장 충격이었던 것은 재택 호스피스의 선구자인 야마자키 후미오山崎章郎 씨(75세)가 4기 말기암이라는 소식이었다. 그가 뜻을 같이하는 사람들과 부작용이 없는 정도의 항암제와 식이요법만으로 인체 실험을 진행하겠다고 선언한 현장에 나도 같이 있었다. 담담하면서도 결의에 찬 모습에서 마지막까지 의사이고자 하는 기개를 느낄 수 있었다.

재택의는 아니지만 '유사 암' 이론▪으로 암 치료에 일대 파장을 일으킨 의사 곤도 마코토 씨가 같은 해 8월 13일 73세의 나이로 갑자기 세상을 떠난 것도 충격이었다. 그는 '죽는다면 검사도 치료도 없이 암으로 죽는 것이 좋다'고 오래전부터 공언해 왔지만, 그의 바람대로가 아니라 출근길 택시 안에서 허혈성 심부전증으로 숨을 거두었다. 죽을 때까지 현역으로 활동한 것이다. 보내 주신 신간 『어차피 죽을 거면 집이 낫다』どうせ死ぬなら自宅がいい(エクスナレッジ, 2022)가 공교롭게도 유작이 되었다.

2018년에는 재택 의료의 최고 선구자였던 하야카와 가즈테루早川一光 씨가 세상을 떠났다. '노망이야말로 구원'이라고 말씀하셨지만, 마지막까지 흐트러짐 없이 94세를 일기로 돌아가셨다. 믿을 만한 주치의에 헌신적인 방문 간호사의 정성스런 간병, 그리고 동지라 불러 마땅한 아내, 합가를 자청한 아들 부부와 손자들에게 둘러싸여 남들 눈엔 이상적

▪ 무리한 수술 및 항암 치료가 환자의 삶의 질은 물론 수명에도 악영향을 준다는 전제하에, 전이 가능성이 있는 진짜 암과 전이 가능성이 없는 유사 암을 가려내 대응해야 한다는 이론이다.

인 재택 간병을 받는 것으로 보였지만, 본인은 '내가 바란 건 이런 게 아니었다'고 발언해 논란을 일으켰다. 나는 깜짝 놀라 말기 상태의 하야카와 씨를 뵈러 갔다. "미련이 남는 일이 있으신가요?"라는 물음에 "있지" 하고 답하며 이렇게 말씀하셨다. "의료는 종합 인간학이어야 하는데 아직 갈 길이 머네." 끝까지 의사로서의 삶을 놓지 않은 분이었다.

그러고 보니 인지증 진단에 사용되는 '하세가와 척도'를 고안한 인지증 치료의 일인자 하세가와 가즈오長谷川和夫 박사는 본인이 인지증에 걸려 2021년 92세의 나이로 세상을 떠났다. 이노쿠마 리쓰코猪熊律子와의 공저 『나는 이제야 인지증을 알게 되었다』ボクはやっと認知症のことがわかった(KADOKAWA, 2019)•에 따르면, 전부터 인지증 환자에게는 주간 돌봄센터가 좋다고 설파해 왔지만 정작 본인이 인지증에 걸려 주간 돌봄센터에 다니게 되자 처음에는 가고 싶지 않다며 거부했다고 한다. 그 마음은 이해된다. 나도 그렇게 말할 것 같다.

하야카와 씨와 하세가와 씨는 나보다 연세가 많아서 슬프긴 하지만 순번대로 세상을 떠난 셈이다. 그와 달리 야

• 국내엔 『나는 치매 의사입니다: 치매에 걸린 치매 전문의의 마지막 조언』(김윤경 옮김, 라이팅하우스, 2021)으로 소개됐다.

마자키 씨와 곤도 씨는 같은 세대라 이제 슬슬 내 차례인가 싶어 숙연해진다. 그런데 조 씨의 경우는 나보다 젊다. 죽음의 발소리가 육박해 오는 느낌이다.

나보다 좀 더 젊은 또 한 분의 의사 이시쿠라 후미노부石藏文信 씨는 자신이 전신 골전이를 동반한 전립선암을 앓고 있으며 수술이 불가능해 호르몬 요법만 가능하다는 사실을 공개했다. 『잘 죽는 법: 전신암 의사가 시작한 '죽을 준비'』逝きかた上手全身がんの医者が始めた「死ぬ準備」(幻冬舍, 2022)▪라는 책을 보내 주셨는데, 거기에 전후 사정이 기술돼 있었다.

『부인공론』婦人公論(2022년 10월호)에 실린 이시쿠라 씨의 인터뷰 기사를 보면 "통보를 받은 순간엔 동요했어요. ...... 지금도 '죽음'은 무서워요. 정확히 말하면 불안한 거죠"라고 솔직하게 말씀하신다. 하지만 "'단념하는 수밖에 없구나' 하고 마음을 바꿔" 마지막을 준비하기로 했다고 한다.

이시쿠라 씨는 '평온한 죽음을 위한 세 가지 조건'을 다음과 같이 제시한다.

▪ 국내엔 『나는 매일 죽음을 준비하고 있습니다: 전신암에 걸린 60대 의사가 선택한 삶과 죽음의 방식』(최말숙 옮김, 위즈덤하우스, 2023)으로 소개됐다.

첫째, 부모님 두 분을 모두 먼저 보내 드렸다.
둘째, 자녀를 다 키워 놓았다.
셋째, 아내와 자녀보다 먼저 죽는다.

첫 번째는 너무 잘 안다. 부모님을 보내 드릴 때 어떤 분이 "부모보다 먼저 죽지 않는 것이 자식의 도리인데 훌륭하게 소임을 다하셨네요"라고 말씀해 주신 것을 잊을 수 없다. 자식이 부모보다 먼저 가는 역연逆緣만큼 사람의 인생에 불행한 일은 없을 거라 생각한다.

두 번째도 알겠다. 사람을 이 세상에 붙들어 매는 집착 중 가장 큰 것은 '이 아이를 두고 죽을 수 없다'는 마음이다. 나는 아이를 낳지 않았지만, 아이를 낳은 사람들에게 이렇게 물어본 적이 있다. "아이는 너한테 살아야 할 이유를 주잖아. '이 아이를 두고 죽을 수 없다'는 생각은 아이가 몇 살 때까지 들었어?" '성인이 될 때까지'라거나 '죽을 때까지 부모는 부모'라고 말하는 사람도 있었지만, '세 살 때 이 아이는 내가 없어도 살 수 있을 거라고 확신했다'는 사람도 있었고, '태어나자마자'라는 대답도 있었다. 열 살짜리 아들에게 "엄마가 암에 걸려서 죽을지도 몰라"라고 말했을 때 "난 엄마가 없어도 괜찮아"라는 대답이 돌아와 안도감과 동시에 쓸쓸함을 느꼈다고 솔직하게 고백한 사람도 있었다. 아흔이 되어서도 자손을 만들려는 욕구를 가진 사람도 있는 모양이던데, 역시 부모 노릇은 기운이 남아 있을 때 졸업하는 것이 좋겠다. 부모 노릇이란 언젠가는 반드시 졸업해야 하는 것, 자녀로부터 "그동안 돌봐 주셔서 감사합니다. 이제부터는 혼자 할 수 있어요"라는 말을 듣기 위한 것이기 때문이다.

세 번째가 흥미롭다.

나는 기혼 여성들에게 '배우자보다 하루라도 더 오래 살고 싶은지'도 물어보았다. 그중에는 "애 아빠를 두고 내가 먼저 죽으면 안심하고 죽을 수가 없다"며 남편을 생각하는 아내도 있었지만, 답변을 통해 다음과 같은 경향을 알 수 있었다. 배우자보다 하루라도 빨리 죽고 싶다는 아내는 대체로 부부 사이가 좋고, 반대로 배우자보다 하루라도 더 살고 싶다는 아내는 부부 사이가 나쁘다. 우리 어머니는 후자였다. "네 아빠가 가고, 뻥 뚫린 파란 하늘을 보고 나서 죽고 싶다"는 게 소원이었다. 자식들도 고집쟁이 아버지가 남는 것보다 하루라도 어머니가 더 오래 살았으면 좋겠다고 진심으로 바랐지만 그 소망은 이루어지지 않았고, 아내를 먼저 보낸 아버지는 그 후 10년을 실의와 고독 속에 보내다 돌아가셨다.

이시쿠라 씨는 순환기과 의사이자 심료내과心療內科* 의

사다. 그는 외래로 오는 여성 중장년층 환자들의 하소연을 듣다가 새로운 개념을 떠올리게 되었는데, 바로 '부원병'夫源病이다. 당시 '모원병'母原病**이라는 말이 유행하고 있었는데, 이를 패러디해 붙인 이름이다. 그는 자신의 저서『아내병의 9할은 남편이 만든다: 의사가 알려 주는 '부원병' 치료법』妻の病気の9割は夫がつくる医師が教える「夫源病」の治し方(マキノ出版, 2012)에서, 남편 때문에 생긴 가정 내 스트레스가 아내들의 각종 심신 질환의 원인이라고 주장했다.『남편이 죽었으면 하는 아내들』夫に死んでほしい妻たち(고바야시 미키小林美希, 朝日新書, 2016)***이라는 책도 있어서, '남편이 먼저 떠나길 바란다'(남편보다 오래 살고 싶다)는 것이 부부 사이가 나쁨을 가리키는 지

* 일본의 경우, 정신질환을 정신증과 신경증으로 나누는 이분법적 분류에 따라 정신증은 정신과가, 신경증은 심료내과가 담당하며 심료내과는 내과의 하위 분과로 존재한다.

** 엄마가 원인이 되어 발생하는 질병이라는 뜻으로, 1979년 소아과 의사 규토쿠 시게모리久徳重盛가 동명의 저서(2003년 같은 제목으로 국내에도 번역되었다)에서 제시한 개념이다. 그녀는 엄마의 잘못된 육아 방식이 아이의 알레르기, 천식, 야뇨증, 감기 등을 유발한다고 보았다.

*** 국내에는『남편이 죽어버렸으면 좋겠다』(박재영 옮김, 북폴리오, 2017)로 소개됐다.

표라는 내 가설을 뒷받침해 준다. 지금 생각해 보면 일종의 남성학이었던 것 같다. 사회학적이라고 생각했는데, 사회학계 선배이자 존경하는 친구이기도 한 오무라 에이쇼大村英明 씨의 임상사회학연구회에 이시쿠라 씨가 오랫동안 참여하셨다는 사실을 알게 되었다. 오무라 씨도 암에 걸렸음을 공개하고 오랜 투병 끝에 2015년 74세의 나이로 세상을 떠났다.

이시쿠라 씨가 제시한 세 가지 조건 중 마지막은 아내만 쳐다보며 아무것도 안 하는 일본 남편의 이기적인 바람처럼 들리기도 하지만, 그럼에도 불구하고 부부 사이가 좋지 않으면 입에 올릴 수 없는 말이다. 이시쿠라 씨는 말로만 그런 게 아니라 일상에서도 아내와 좋은 관계를 유지해 왔음이 분명하다. 세 자녀 모두 딸인데 하나같이 의사가 된 것은 아버지의 일을 존경했기 때문일 것이다. 근무하던 대학을 조기 퇴직하신 후로는 손주들의 어린이집 등하원을 담당하고 계신다고 한다. 가족을 소중히 여기며 가족에게 존경과 사랑을 받고 있는 그의 모습이 눈에 선하다. 일본의 많은 아버지들이 가족에게 사랑받고 있다고 말하기 어려운 현실을 볼 때, 곁에 있어 주는 가족으로부터 '내가 이렇게 사랑받고 있구나'를 매일 실감하는 이시쿠라 씨는 일본 남성으로서는 드문 존재일 것이다. 하지만 그것은 다름 아닌 자신이 가족을 사랑하고 존중해 왔기 때문이다.

이시쿠라 씨의 세 가지 조건은 모두 가족과 관련된 것들이다.

그렇다면 독신인 나는······?

괜찮다. 피로 연결되지 않아도 서로를 소중히 여기는 관계는 얼마든지 만들 수 있다. '가족 같은'이라고 부를 필요조차 없다.

분노의 이유

헨미 요辺見庸 씨는 줄곧 관심 있게 지켜보던 작가다. 생활클럽연합회*에 헨미 씨의 팬이 있는 모양인지 이 단체의 기관지인 『생활과 자치』生活と自治에 「신新·반反시대의 팡세: 불복종의 이유」新·反時代のパンセ不服従の理由라는 제목으로 장기간 연재를 했다. 매호 배달될 때마다 설레는 마음으로 가장 먼저 그의 글을 읽었다. 한 페이지 정도의 칼럼이지만 육아 정보나 요리 페이지, 원산지 소식 등이 실리는 말랑말랑한 지면 속에서 그 부분만 짙은 어둠이 드리운 듯한 게, 다른 글들과 어울리지 않는 분위기라 더 눈을 뗄 수 없었다. 그 연재 글을 모아 단행본으로 낸 것이 『코로나 시대의 팡세』コロナ時代のパンセ(毎日新聞出版, 2021)다.

* 소비자 운동과 협동조합 운동을 결합한 생활협동조합운동의 중심 단체. 1965년 우유 공동구매에서 시작되어 회원에게 안전하고 신뢰할 수 있는 식품을 공급하는 것을 목표로 발전해 왔다.

연재 기간은 2014년 2월호부터 2021년 3월호까지 총 7년으로, 제2차 아베 내각부터 스가 정권까지다. 연재 전에 3·11 지진과 원전 사고라는 전대미문의 재난이 있었고, 지금은 또 코로나19 팬데믹이라는 비상사태에 처해 있다. 나는 최신 글부터 거꾸로 거슬러 올라가며 완독했는데, 글의 분위기는 현재에 가까울수록 더 어둡다. 아베 정권과 그 후임 정권인 스가 내각에서 보낸 7년은, 그야말로 국민이 무력화된 시대였다. 머릿수로 밀어붙인 억지 표결로 위험한 법안이 연이어 통과되었고 정치인들의 말은 알맹이 없이 공회전했으며 거짓말과 눈치 보기가 판을 쳤다. 이 책에는 헌법, 정치, 오키나와, 군비 같은 거시적인 사회 상황뿐만 아니라 자신의 질병과 나이듦, 주변 사람들이 들려준 돌봄 제공자로서의 경험과 자신이 겪은 돌봄 대상자로서의 경험 등 미시적인 경험이 통주저음basso continuo처럼 얽혀 있다.

『먹는 인간』もの食う人びと(共同通信社, 1994/角川文庫, 1997) [박성민 옮김, 메멘토, 2017]으로 고단샤 논픽션상을 수상한 그는, 세계를 여행하며 탐욕스러운 위장으로 인간이 먹고 사는 가혹한 현장을 누비고 다녔다. 그런 행동파 작가가 뇌출혈로 반신마비가 되었다는 통보를 받았을 때 얼마나 허탈하고 원통했을지 상상해 보았다. 이후에도 두 차례에 걸친 암 발병과 재기. 발병 후 쓴 글에는 괴로워 몸부림치는 듯한 저주와

절망이 넘쳐흘러 눈을 돌리고 싶었지만 이내 마음을 고쳐먹었다. '아냐, 헨미 씨는 자신을 낱낱이 해체해 무엇 하나 여의치 않은 상황을 우리에게 생생히 들려주고 있는 거라고' 하면서 말이다.

그중 눈에 띈 것은 「수박 비치볼」이라는 제목의 에세이였다.

헨미 씨는 '요양 보호 대상' 판정을 받고 노인 요양 시설에서 운영하는 주간 돌봄센터를 다니고 있다. 어느 날의 에피소드다. 한 여성 지도사가 수박 모양의 비치볼을 이용해 게임을 시작했다. 비치볼을 참가자들에게 돌리면서 "'차갑다'의 반대말은 뭘까~요?" 하며 '두뇌 트레이닝 질문'을 던진다. "따뜻하다!"라고 대답하면 지도사가 "정답!"이라고 말하고 비치볼을 돌린다.

헨미 씨는 그 비치볼이 자기에게 올까 봐 두근거린다. 역시나 비치볼은 그의 무릎 위에 놓였고, "'밝다'의 반대는 뭘까~요?"라는 지도사의 '두뇌 트레이닝 질문'이 던져졌다. 그 순간 그의 반응.

"가슴속에 쇠구슬이 생겨 타오를 정도로 뜨거워진다. 새빨갛게 달아올라 가슴속을 데굴데굴 굴러다닌다. …… 격노한 것이다, 나는. …… 나는 나의 거센 분노에 멈칫한다."

그리고 자문자답한다.

"그런데 왜 이렇게까지 노여워하는 걸까? …… 여기서 **저런 사람들**과 함께 있는 것. 그럴 수밖에 없는 심신의 노화. 그것에 초조해 하는 나 자신. 그리고 속절없이 쇠약해져 가는 상황을 아직 체념할 수 없는 나 자신에 조바심이 나서, **저런 사람들**과 나를 필사적으로 구분하려 했고 동시에 다른 사람도 그렇게 구분해 주기를 원했던 것이다. 눈물이 고인다. 풍경이 흐릿하다."

거의 전문을 인용하고 싶을 만큼 너무나도 솔직하고 절박한 이 글에 감동한 나머지, 나는 그 자리에 얼어붙고 만다. 그리고 요양 보호 대상 판정을 받더라도 주간 돌봄센터 같은 데는 절대 다니고 싶지 않다고 생각하는 내 마음속 깊은 곳에, 어쩌면 헨미 씨와 같은 마음이 자리하고 있을지 모른다는 생각이 들어 가슴이 철렁한다.

늙는다는 것, 돌봄을 받는다는 것이 실은 너무나 고통스러운 일임을 알아주었으면 한다는 이런 목소리의 기저에, 이토록 분노와 비애가 서려 있다는 것을 우리는 자주 잊곤 한다.

돌봄 대상이 되면 우리는 무력해진다. '무력하다'는 것은 '어린애 취급을 받는다'는 뜻이다. 하지만 노인은 어린애가 아니다. 아이처럼 순진하지도 무구하지도 않다. 아이처럼 아름답지도 않다. 오랜 세월을 살아오면서 온갖 고생과 경험이 몸에 배어 있을 뿐만 아니라, 무엇보다 여기까지 살아 냈다는 자부심이 있다. 하지만 그 자부심은 조금만 여의치 않아도 맥없이 무너질 만큼 불안정한 것이다. 인지증을 앓는 노인들은 자주 화를 낸다. 화를 낼 만한 이유가 있기 때문이다. 그때마다 자존심이 상처받기 때문이다.

"자, 여러분, 함께해요"라고 말하는 주간 돌봄센터의 레크리에이션 같은 데 나는 참여하고 싶지 않다. 지금까지 살면서 한 번도 단체 행동을 좋아한 적 없는 내가 늙었다고 그런 걸 좋아하게 될 리 없다. 요양보호사가 귀에다 '할머니'라고 속삭이면 '나는 네 할머니가 아니야'라고 쏘아붙일 것 같다. '회상 요법' 등을 명목으로 '당신의 인생을 들려주세요' 하면서 말벗 자원봉사자가 찾아오면, '생판 모르는 당신한테 내 인생 이야기를 할 이유는 없어' 하며 쫓아낼 것 같다. 그런데…… 그런데…… 그 사람들의 도움이 없으면 식사도 목욕도 내 몸 하나 마음대로 할 수 없게 되는 것이 노년의 현실이다.

나는 강연의 마지막을 "안심하고 돌봄받을 수 있는 사회를!"이라는 말로 마무리한다. 그것을 가능하게 하는 것이 요양 보험 제도라는 것을 알고 있지만, 제도가 내 마음까지 구해 주지는 못한다. 뜻대로 안 되는 몸, 여의치 않은 움직임, 남에게 의지할 수밖에 없는 한심스러운 삶에 이가 갈리는 그 원통함과 애처로움까진 제도가 닿지 않는다.

헨미 씨 옆에 앉은 할머니가 그에게 말을 건다. "저기, 있잖아요, …… 아버지, 이제 집에 가요……" 헨미 씨가 잠긴 목소리로 답한다. "그래, 그래, 이제 집에 가자……"

늙음 앞에 돌아갈 곳은 어디에도 없다. 여의치 않은 신체라는 타자를 껴안은 채, 우리는 계단을 하나씩 하나씩 내려가야 한다.

수박 비치볼은 납덩이 같은 무게로 내 무릎 위에 놓인다. 이제 나는 어떻게 해야 할까?

되돌릴 수 없는 것들

젊은 사진작가(이제 더 이상 젊지 않을지도 모르지만) 후지오카 아야
藤岡亜弥 씨로부터 도쿄에서 사진전을 하니 갤러리 토크에 참
석해 달라는 부탁을 받았을 때, 그녀의 작품을 보면서 순간
떠올린 제목이 '되돌릴 수 없는 것들'이었다. 그 제목을 제안
하자 후지오카 씨는 조금 놀라더니 이내 고개를 크게 끄덕였
다. 그리고 어떻게 알았냐는 듯한 표정을 지었다.

후지오카 씨는 히로시마에 거주하는 사진작가다. 고향
인 히로시마를 테마로 한 『강은 흐른다』川はゆく (赤々舎, 1997)
로 하야시 다다히코 상과 기무라 이헤이 사진상을 수상했
다. 원폭 피해 지역이라는 상징을 짊어진, 자신이 태어난 땅
히로시마로 돌아오기까지 틀림없이 여러 가지 갈등이 있었
을 것이다. 후지오카 씨는 젊은 시절, 자신의 자리를 찾지
못하고 동유럽을 중심으로 유럽 전역을 떠돌아다녔다. 《아
야코, 형이상학적 연구》라는 제목의 사진전에서 발표한 것
은, 그 여행지에서 만난 사람들에 대한 지극히 사적인 기억
이었다. 그들은 동양에서 온 이름 모를 젊은 여성을 자신의

사생활 속으로 초대해, 무방비 상태의 모습을 낱낱이 보여 주었다. 그들은 그녀를 가족처럼 대하거나, 아무렇지도 않다는 듯 그냥 그곳에 있도록 허락하며 시간과 공간을 공유했다. 어느 사회에 살든 그들 역시 상처를 주고받는 여의치 않은 인간관계 속에 있었고, 아무것도 아닌 지나가던 타지 여자가 그 안으로 파고들어 따갑도록 자아를 벗겨 내는 듯한 사진이었다.

해외를 여행할 때 예상치 못한 환대나 기대하지 않았던 친절을 접하면 "일본에 올 일 있으면 꼭 연락해. 내가 꼭 보답할 테니까……"라고 말하지만 그런 날은 결코 오지 않을 것임을 서로가 잘 아는 헤어짐도 있다. 설령 다시 만난다고 해도 예전의 그 시간은 되찾을 수 없다. 그것을 잘 알면서도 우리는 위안 삼아 이렇게 말한다. "또 보자." 작별 인사인 Au revoir도 Auf Wiedersehen도 再見도 모두 재회를 약속하는 말이다.

만남을 사진이라는 기억장치에 남기고자 했을 때, 그녀는 그 시간이 두 번 다시 오지 않을 것임을 뼈저리게 느끼고 있었음이 틀림없다. 생각해 보면 사진이란 잔인한 기억장치다. 거기에 인화된 것은 과거의 시간이고, 그 시간은 멈춰진 채 더 이상 흐르지 않으며, 그래서 우리와 그 시간 사이에 메울 수 없는 틈이 있음을 원치 않아도 실감할 수밖에 없기 때문이다. 그러고 보니 사진집 『강은 흐른다』도 약 80년 전의 히로시마와 현재의 히로시마 사이의 만회할 수 없는 시간의 간극을 여지없이 느끼게 해주는 작품이었다.

특히 망자의 사진은 무자비하다. 망자의 시간은 멈춰 있다. 그들은 더 이상 나이를 먹지 않는다. 죽은 아이의 사진 앞에서 늙어 가는 부모의 시간은 점점 멀어지고, 나보다 나이가 많은 망자의 사진 앞에서 내 나이는 망자를 따라잡고 추월해 결국 망자가 알지 못하는 시간 속으로 접어든다.

시간은 멈추지 않는다. 지나간 것은 돌이킬 수 없다. 잃어버린 것은 잃어버린 후에야 그 가치를 뼈저리게 깨닫게 된다. '단샤리' 운운하며 단출하게 산다고들 하지만, 나이를 먹는다는 건 기억의 지층이 쌓여 두터워지는 것이다. 그리고 그 속엔 즐겁고 기쁜 일만 있는 건 아니다.

고령자 대상의 잡지나 서적이 늘어나면서 70~80대가 '지금이 가장 좋다'고들 한다. '지금의 내가 가장 좋다'고도 한다. '거짓말'이라는 생각이 든다. 억지로 스스로를 다잡는 자기 긍정의 말이다. 기억 속에는 잃어버린 것, 후회스럽고 부끄러운 것, 그리고 되돌릴 수 없는 것들이 넘쳐 난다.

그때는 그럴 수밖에 없었다고 한들, 인생은 필연의 연쇄로 이루어진 것이 아니다. 자신의 어리석음이나 미숙함을 탓하며 후회해도 무르고 다시 시작할 순 없다. 우연에 휩

쏠려서, 생각이 짧아서, 충동에 사로잡혀서, 해서는 안 될 말을 하고 해서는 안 될 일을 해왔다. 상처를 주기도 하고 상처를 받기도 했다. 수업료는 충분히 치렀다.

후기 고령자가 되었다. 동년배의 부고를 듣게 된다. 지기知己를 잃으면 그 사람과 공유하고 있던 기억 속의 내가 모조리 저세상으로 빠져나가는 느낌이다. 그렇게 나 자신이 깎여 나간다. 내가 그때 그 자리에 있었다고 증언해 주는 사람을 잃으며 내 기억의 윤곽이 흐릿해져 간다.

이런 내게도 자서전을 써달라는 제안이 들어오기 시작했다. 그것도 한두 군데가 아니다. 그런 나이가 된 걸까? 사람이 자서전을 쓸 수 있는 '적령기'란 언제일까? 아직 인생을 회고할 나이라고는 생각되지 않는다. 게다가 자서전은 거의 다 자기 정당화를 위한 변명처럼 들린다. 하지만 이 사람 저 사람의 자서전을 읽다 보면, 내게도 해명하고 싶은 것과 남기고 싶은 말이 있다는 생각이 든다. 물론 말하고 싶지 않은 일도, 무덤까지 가져갈 수밖에 없는 기억도 있다.

지금은 아직 그럴 준비가 안 됐다고 말하며 모두 거절하고 있는데, 그럼 언제쯤이면 준비가 될까? 준비도 없이 어느 날 갑자기 중단돼 버리는 것이 인생 아닌가.

까닭이 있어 사르트르와 보부아르의 만년에 대해 조사하고 있는데, 『문학계』文學界 2023년 10월호에서 요모타

이누히코四方田犬彦 씨가 사르트르에 대해 신랄하게 평가한 것을 발견했다.

"그는 자신이 사후에 잊힐 것이라는 강박관념에서 벗어나지 못했다. 1980년, 무명에 가까운 청년 이데올로그에게 떠밀린 모양새로 자신의 사상을 지나치게 단순화한 대담을 잡지에 연재했다. 초조함이 엿보이는 그 내용에 대해, 동지인 보부아르부터 평생의 논적이었던 레몽 아롱까지 걱정하며 의구심을 표했다. 지력도 기력도 심하게 쇠퇴한 상태로 자칭 '제자'라는 젊은이에게 조종당하는 노철학자의 언사에서 참을 수 없는 것을 발견했기 때문이다. 사르트르는 대담을 발표하고 한 달 후 폐부종으로 74세에 죽음을 맞았다. 그는 마지막까지 자신의 사후 명성에 대한 걱정뿐이었다."

사르트르가 죽고 보부아르는 6년을 더 살았다.

사후에 대해 보부아르는 『노년』老い(人文書院, 1972)[홍상희·박혜영 옮김, 책세상, 2002]에서 이렇게 말한다.

"잊히든, 이해받지 못하든, 폄하당하든, 찬사를 받든, 어느 쪽이든 간에, 자신에 대한 사후 평가가 내려질 때 그 자리에 있을 수 있는 사람은 아무도 없다. 이 '알 수 없음'만이 확실한 것이며, 따라서 어떤 가정을 세우든 결국 다 부질없는 것이라 생각된다."

깔끔한 사람이다.

용서를 주고받는다는 것

가족도 자식도 없는 내게, 이 사람을 남겨 두고 죽을 순 없다 싶은 그런 존재는 없다. 반려동물이 있다면 그렇게 생각할 수도 있겠으나, 반려동물도 없으니 그런 생각을 할 일이 없다.

많은 일을 해왔지만, 일과 관련해서도 '이걸 완수하기 전엔 죽을 수 없어, 죽고 싶지 않아' 같은 생각은 들지 않는다. 내 일이 역사에 남았으면 좋겠다는 생각도 없고, 남을 것 같지도 않다.

지금까지 해온 일은 그때그때 시대적 요청에 부응하고 시대에 휘둘리며 달려온 궤적이다. 그 기억을 함께 간직하고 추억해 줄, 같은 시대를 산 동료들이 있다면 그걸로 족하다. 그들이 살아 있는 동안만 그들의 기억 속에 남아 있으면 충분하니 묘비나 기념비 같은 썩지 않는 것은 필요 없다.

지금 죽어도 후회되는 일은 별로 없는 것 같다. 굳이 말하자면 일을 너무 많이 한 것 정도다. 아직 좀 덜 논 것 같다.

내가 죽을 때는 별 후회가 없을지 모르겠으나 부모님

이 돌아가실 때는 몇 가지 후회가 남았다. 그때 얻은 교훈을 바탕으로 『지금 부모에게 물어봐야 할 것들』今、親に聞いておく べきこと(法研, 2005)이라는 책의 감수를 맡은 적이 있다. 담당 편집자가 가져온 구성안에 내가 몇 챕터를 더했다.

부모의 인생사를 들어주는 것은 자녀의 중요한 역할이다. 나는 여기에 '듣고 있기 힘들어도 들어 두어야 할 것'과 '듣고 싶어도 듣지 않는 편이 나은 것'이라는 두 개 챕터를 추가했다.

사람의 인생에는 무덤까지 가져가야 할 것도 있다. 자식이라고 해서 함부로 캐물어도 되는 것은 아니다.

한 가지 더, 반드시 추가하고 싶은 챕터가 있었다. 그것은 '늦기 전에 부모와 화해해 두고 싶은 것'이다.

부모와의 관계가 늘 좋기만 한 것은 아니다. 어떤 자녀든 부모에게 맺힌 것이 한두 가지는 있을 것이다. 어쩔 수 없다. 부모-자식 관계에서는 부모가 압도적인 강자이므로 자식을 힘들게 만드는 것은 숙명이다.

하지만 부모님을 저세상으로 떠나보내기 전 화해를 해두느냐 아니냐에 따라, 부모님이 돌아가신 후 자신의 마음가짐에 큰 차이가 생긴다. 나는 끝내 그 타이밍을 놓쳐 버려서 부모님이 돌아가신 후 회한이 남았다.

죽을 때 후회로 남기고 싶지 않은 일…… 그것은 바로

용서할 수 있는 상대를 용서하고, 용서받지 못할지도 모르는 상대에게 용서받는 경험을 하는 것이다. 물론 감사해야 할 상대에게 제대로 감사를 전하는 것도 해두고 싶지만, 무엇보다 용서하고 용서받는 관계를 다시 맺어 두고 싶다.

그것은 분명 자기 인생과 화해하는 것이나 다름없다고 생각한다. 왜냐하면 인생이란 타인과의 관계가 만들어 내는 것이기 때문이다. 살다 보면 좋은 일만 있는 것은 아니지만, 마지막에 '살아서 좋았다'는 생각이 들 수 있도록 내 인생에 들어온 사람들, 그리고 나의 미숙함으로 인해 상처받았거나 오해 때문에 관계가 틀어져 버린 사람들과 용서를 주고받고 싶다.

'죽을 거면 암으로 죽는 게 낫다'는 말을 호스피스 전문의로부터 들었다. 마지막까지 활동이 가능하고 의식이 명료하며 임종을 준비할 수 있기 때문이다. 죽음을 준비할 시간이 충분하다면, 여의치 않은 관계로 끝나 버린 사람들을 찾아다니고 싶다.

"몇 달 후면 죽는데 그전에 만나고 싶어서……"라고 말을 꺼내면 상대는 어떤 표정을 지을까? 반대로, 누군가가 그런 말을 꺼낸다면 나는 어떻게 반응하는 게 좋을까?

"잘 왔어"라고 말한 다음 말없이 상대의 눈을 바라보며 안아 주는 것, 그것만으로도 충분할 것 같다.

IV
녹턴

감정 기억은 되살아날까

바다 앞에서 석양을 마주한다. 거친 바다가 있는가 하면, 잔잔한 내해도 있다. 호쿠리쿠 인근 바다처럼 회색빛 바다가 있는가 하면, 오키나와 같은 코발트블루 바다도 있다. 인도양의 고요한 바다로 지는 해도 있고, 아일랜드 절벽 위에서 바라본 성난 파도의 대서양 저편으로 넘어가는 해도 있다. 내 선택은 언제나 석양이다. 여행은 아침 해가 보이는 곳보다 석양이 보이는 서해안이 좋다고 생각한다.

바다를 태울 듯 이글거리며 수평선으로 빨려 들어가는 석양을 마지막 한줄기 빛이 사라질 때까지 가만히 서서 바라본다. '일몰의 순간에 녹색 섬광이 보일 때가 있다. 그걸 본 사람은 행운이다.' 이 말을 듣고 유라시아 대륙의 서쪽 끝, 스페인 카디스에서 석양을 바라본 적도 있다.

눈에 안 좋으니 그만 보라는 말을 들어도 눈을 떼지 못한다.

그때마다 혼자는 아니었을 텐데, 곁에 누가 있었는지는 기억이 선명하지 않다. 그저 그때의 느낌만 강렬하게 남아 있다. 모든 것으로부터 고립되어 홀로 세상에 맞서고 있는 기분. 몸 안팎으로 바람이 스쳐 지나간다.

기억에는 감촉이 있다. 아니, 감촉이 있는 기억과 그렇지 않은 기억이 있다고 하는 게 맞으려나? 그리고 남는 것은 감촉이 있는 기억일 것이다.

돌봄 연구를 하다 보면 인지증이 있는 고령자를 자주 만난다. '설마 이 사람이'라고 생각했던 사람조차 인지증을 겪는다. 매일 손을 움직이는 사람에게는 잘 생기지 않는다지만 식칼을 쓰는 주부도 인지증을 겪기는 마찬가지다. 호기심 많은 사람에게도 잘 생기지 않는다지만, 지적 호기심의 화신 같았던 존경하는 역사학자도 인지증 환자가 되었다. 인지증 판정 기준이 되는 '하세가와 척도'를 개발한 인지증 전문의 하세가와 가즈오長谷川和夫 씨도 그랬다. 인지증을 누가 겪게 될지는 예측할 수 없다. 현재로서는 원인도, 예방법도, 치료법도 모르는 병이다.

인지증의 핵심 증상은 기억 장애다. 단기 기억은 사라지고, 몸에 새겨진 장기 기억은 남는다. 그렇다면 감촉이 있는 기억은 인지증에 걸려도 오랫동안 남아 있을까?

인지증은 인지 장애이긴 해도 감정 장애는 아니다. 그렇다면 감정 기억은 더 강하게 남을까? 최근 역사학에는 감정사感情史라는 분야가 등장했다. 공동체의 기억까지도 감정으로 채색된다.

그런데 감정에는 기쁜 감정과 고통스럽고 괴로운 감정이 있다. 만약 만년에 트라우마적인 기억만 재생된다면……, 생각만 해도 두려워진다.

얼마 전 고령자 시설에서 이런 말을 들었다. '입소자 중에 인지증이 많다. 인지증으로 폭언과 폭행을 일삼고 요양보호사가 위험하다고 느낄 정도로 폭력을 휘두르는 남성 중에는 군대 경험자가 많은 것 같다'는 이야기였다. 군대에서는 불합리한 폭력을 당하기도 하고 행사하기도 한다. 그 폭력의 기억이 트라우마로 남아 억제돼 있다가, 인지증으로 풀려나 폭주하는 걸까? 만일 그렇다면, 깊은 곳에 가라앉아 신체화된 감정 기억은 억제의 빗장이 풀릴 때 수면 위로 떠오를지도 모른다.

코로나 사태로 세상과 단절되고 사람을 만나는 일도 줄었다. 대신 성찰과 회상의 시간이 늘었다. 정신을 차려 보니 나도 고령자. '나는……'이라고 말을 시작하면 '~였어'라고, 과거형으로 이야기하는 게 많은 나이가 되고 말았다.

인터넷에 한 여성이 '코로나 이후 옛 연인의 꿈을 자주 꾸게 되었다'는 글을 올렸다. 거기에 '완전 공감'한다는 댓글들이 달렸다. 그러고 보니 나도 떠오르는 게 있다. 내 꿈에도 옛 남자들이 등장한다. 가위눌리다 깨어나기 때문에 좋은 꿈은 아니다. 무지와 성마름, 오만함 때문에 상처를 주기도 하고 받기도 했던 사이다. '그때 이랬더라면 좋았을 텐데' 하는 아쉬움이 있지만, 이미 모든 건 돌이킬 수 없다. 그중 몇 명은 고인이 되었다. 가까이에서 기억을 공유했던 상대가 사라지면, 그 사람의 존재와 함께 나의 기억도 저세상으로 떠나 버린다. 기억의 저장고란 아무래도 마음대로 꺼냈다 넣었다 할 수는 없는 것 같다. 상황이 좋지 않을 때 불편한 기억이 별안간 떠오른다. 반대로 되살아났으면 하는 기억은 좀처럼 꺼내지 못한다.

머지않아 내게도 인지증이 찾아오면 기억의 빗장이 풀리며 무엇이 비어져 나올까? 악몽에 시달리는 노후는 사양하고 싶다.

그러고 보니 바다 앞에서 온몸으로 맞았던 바람의 기억이 내 안에 침전되어 있는 것은 은총일지도 모른다. 망망한 바다, 시원하게 불어오는 바람. 그 광경 속에는 나 말고 아무도 없다. 일몰은 저물어 가는 만년에 어울린다. 그러나 지는 해의 빛은 필사적이면서도 호화롭다. 절절하게 사무치는 감정은 있지만, 더 이상 유쾌하지도 불쾌하지도 않다. 처음부터 혼자였다. 마지막도 혼자다. 그렇게 풍경이 가르쳐 준다.

내가 있든 없든 세상은 미동조차 하지 않는다는 것을

알고 크게 안도한다. 그러나 아무래도 세상은, 아니 지구는, 인간이 저지른 행동에도 큰 영향을 받을 만큼 변해 버린 모양이다. 개인에게도, 사회에도 돌이킬 수 없는 일이 일어나고 있는 것이다. 그 원인이 자신임을 자각하는 건 무서운 일이다.

지구도 꿈을 꾸려나? 그것도 나쁜 꿈을.

죽기 전에 몇 번이나 바다를 마주하고 일몰을 볼 수 있을까?

손의 나이

전철에서 옆자리에 앉은 젊은 여성이 스마트폰을 만지작거리고 있다. 그 손을 보고 눈을 뗄 수 없었다. 매끈한 대리석 같은 피부에 잡티 하나 없는 하얀 손, 곧게 뻗은 가는 손가락에 잘 관리된 달걀 모양의 손톱. 물 묻히는 일이나 흙 만지는 일 따윈 해본 적 없는 듯한 곱고 가는 손. 일본어에 '젓가락보다 무거운 것을 들어 본 적이 없다'는 표현이 있는데, 컴퓨터 키보드 말고는 만져 본 적이 없다고 할 법한 부드러움. 완벽한 손이었다.

손 모델이라는 직업이 있다는 건 알고 있었다. 요리 프로그램이나 주방 세제 광고 등에 손만 등장하는 모델을 말한다. 손뿐만 아니라 목덜미, 다리 등 신체 부위별로 전문 모델들이 존재한다. 손 모델은 손 관리에 여념이 없어 핸드크림을 바르는 것은 물론, 잘 때도 장갑을 끼고 잔다고 한다.

반대로 내 손은 어느 순간부터 검버섯이 올라와 순식간에 퍼졌다. 이를 노인성 반점이라고 부른다는 것을 알게 되었다. 그러고 보니 우리 할머니 손을 닮았다. 그렇다, 내가 우리 할머니 나이가 된 것이다.

젊은 시절에는 그렇지 않았다. 도톰하니 보드랍고 탱글탱글한 손가락은 아니었지만, 군살 없고 정맥이 불거진 내 손이 싫지 않았다. 하루 한 갑씩 담배를 피우던 헤비 스모커 시절, 담배가 잘 어울리는 손이라는 말을 들었다. 그 손에서 기름기가 빠지고, 잔주름이 지고, 노인성 반점이 늘었다. 어떻게 봐도 할머니 손이 되었다. 문자판이 큼직해서 보기 쉬운 남성용 손목시계가 이제는 헐거워져 무겁게 느껴지기 시작했다. 좀 더 가벼운 걸로 바꿔야겠다.

생각해 보면, 신체 부위 중 가장 눈에 띄는 게 자기 손일 것이다. "일하고 또 일해도 사는 게 편해지지 않아 가만히 손을 본다"*라고 할 때의 그 손은 손바닥인데, 손바닥을 진지하게 들여다볼 일은 잘 없지만 손가락과 손등은 무슨 일을 하든 여지없이 눈에 들어온다.

손은 그 사람의 인생을 말해 준다. 사인회 때 악수를 하면 바로 알 수 있다. 버석하게 말라 있는 손, 집에서 물 묻히는 일을 많이 한 손이다. 젤네일을 한 매끈하고 부드러운

* 열심히 일해도 생활이 나아지지 않는 노동계급의 비애를 노래한 이시카와 다쿠보쿠石川啄木의 단가短歌로, 일본 국어 교과서에 실릴 정도로 유명한 작품이다.

손, 가족 뒷바라지할 일이 없는 사람일까? 마디가 굵고 굳은살이 박인 손, 무언가 수작업을 계속 해왔나 보다.

고령자의 집을 방문하면 그 사람의 손을 잡곤 한다. 버석하게 마른 거친 손. 마디가 굵고 짧아진 손가락에 손톱이 파고든 손. 그 손을 잡고 쓰다듬어 본다.

"정말 성실하게 일해 오신 손이네요"라고 말하자 "그렇지. 정말 열심히 했어. 고생 많이 했지"라는 대답이 돌아온다.

"소도 키우고 말도 키웠어. 새벽 다섯 시부터 일어나서 쉴 틈 없이 일했어."

"소랑 말이 쉬면 그 틈에라도 쉬었을 텐데 말이죠……."

바깥일만 신경쓰는 남편을 대신해 붓 하나로 가계를 책임지며 아이와 시어머니, 그리고 병약한 친어머니를 돌보다 55세의 나이로 세상을 떠난 동화 작가 이와사키 치히로. 그녀가 죽기 2년 전에 쓴 「어른이 된다는 것」이라는 글이 있다.

"사람들은 흔히 젊었을 때를, 특히 여자들은 한창 꽃다운 나이의 아름다웠던 시절을 그 어느 때보다 좋았던 시절인 것처럼 이야기합니다. 하지만 저는 제 자신을 돌아보건대 처녀 시절이 좋았다고는 전혀 생각되지 않습니다."

"생각해 보면 한심할 정도로 어리석었던 시절이었습

니다. …… 물론 지금의 제가 이제 훌륭한 사람이 되었다는 것은 아닙니다. 하지만 그때보다는 나아졌다고 생각합니다. 조금이나마 나아졌다고 말할 수 있기까지 저는 20년 넘게 묵묵히 애를 썼습니다. 실패를 거듭하고 식은땀을 흘리며 조금씩 조금씩 세상을 알아 가고 있는 중입니다. [그런데] 왜 옛날로 돌아간단 말입니까."

이 글의 일부를 신슈(나가노현) 아즈미노시에 있는 치히로 미술관에서 보고 감동해 전문을 읽고 싶어졌다. 미술관에 문의했더니, 당시 도쿄 치히로 미술관 부관장이었던 마쓰모토 유리코松本由理子 씨가 직접 답장을 해주었다. 유리코 씨는 치히로의 외아들 마쓰모토 다케시松本猛 씨의 전처다. 그때부터 마쓰모토 일가의 독특한 딸들(즉 치히로의 손녀들)을 포함해 온 가족과 교류하게 되었다. 손녀 중 한 명인 하루노春野 씨는 화가가 되었다. 치히로와는 다른 화풍으로 개성 있는 동화를 그린다.

치히로의 글은 이렇게 이어진다.

"지금 나는 …… 내 젊은 시절을 닮은 결점투성이의 아들을 사랑하고, 성가신 남편을 소중히 여기며, 반신불수의 병든 어머니께 할 수 있는 한 모든 것을 해드리고 싶습니다. 이는 분명 내가 스스로의 힘으로 이 세상을 헤쳐 나가는 어른이 되었기 때문이라고 생각합니다. 어른이 된다는 것은,

아무리 고생스러운 일이 많아도 내가 먼저 다른 사람을 사랑할 수 있는 인간이 되는 것이라고 생각합니다."

젊을 때는 어떻게 하면 사랑받을 수 있을지만 신경 쓴다. 하지만 '사랑받는' 것은 어디까지나 수동이다. 이에 반해 '사랑할 수 있는'은 능동이다. 사랑받는 것보다 사랑하는 것이 훨씬 풍부한 경험이다. 받는 것보다 주는 것이 훨씬 풍부한 경험인 것처럼. '투쟁하는 여장부'였던 치히로가 공산당 대의원인 남편 마쓰모토 젠메이松本善明 씨에게 했던 푸념 섞인 한 마디가 있다. 변호사이기도 했던 마쓰모토 씨는 전후 최대의 오심 사건인 마쓰카와 사건*의 변호를 맡는 등 바깥 활동으로 바쁜 나날을 보내고 있었다. 아침 일찍 나가서 밤늦도록 돌아오지 않는 남편에게 어느 날 치히로는 이렇게 푸념했다.

* 1949년, 후쿠시마현에서 열차 탈선으로 승무원 세 명이 사망하는 사건이 발생한다. 조사 결과 선로를 손상시켜 고의적으로 탈선을 유도한 것으로 밝혀졌고, 당시 대량 해고에 반발하던 노조원들과 공산당원 등 20명이 기소돼 유죄판결을 받는다. 하지만 검찰이 피고인들의 무죄를 입증할 만한 증거를 은폐한 것으로 드러나면서 1963년에 무죄판결이 내려졌다. 진범은 잡히지 않은 채 공소시효가 만료되었는데, 당시 일본의 공산화를 우려한 연합군 최고사령부가 사건을 조작했다는 의혹이 있다.

"다 당신 잘못이야."

"아침 일찍 나가서 밤이 돼야 들어오는데 내가 잘못할 새가 어디 있어?"라고 대답하는 남편에게 치히로는 놀랍게도 그냥 웃고 만다.

실은 '당신이 집에 없는 게 잘못이지'라고 말하고 싶지만 남편에게 말하지 않는다. 그런 시대였다. 웃고 말 일이 아니었지만, 그 상황을 웃어넘긴 것이 남편에 대한 그녀의 사랑이었으리라.

2023년 봄, 센다이 문학관이 치히로 미술관 소장 작품의 복제품을 빌려 전시했을 때 갤러리 토크에 섭외되었다. 치히로 미술관은 소장 중인 치히로의 작품 9600점을 모두 디지털화하는 대형 프로젝트에 착수했다. 그 디지털 데이터로 복원된 작품을 피에조그래프PiezoGraph라고 한다. 가까이 다가가 세세한 부분까지 확인해 보았는데, 복제품이라고는 생각되지 않을 만큼 정밀하게 재현돼 있었다. 9600점이나 되는 작품을 소장할 수 있었던 것은, 삽화가인 치히로가 출판사·편집자와 싸워 원화를 되찾고 저작권을 주장했기 때문이다. 당시 삽화는 부수적인 것으로 여겨져 처분되거나 분실되는 등 소모품 취급을 받았다. 잔잔한 동화를 그린 작가로 알려져 있는 치히로는 사실 '싸우는 화가'였다.

내 강연의 클라이맥스는 당연히 치히로가 쉰셋에 쓴

이 글을 낭독하는 것이었다. 청중의 대부분은 더 이상 젊지 않은 50대 이상의 여성들이다. 이 글을 간직한 채 돌아간다면 그거 하나로도 내 강연을 들으러 온 보람이 있겠다 생각한 나는 낭독 후 한 번 더 청중을 향해 외친다.

"모두 따라 해주세요...... '왜 옛날로 돌아간단 말입니까.'"

목소리가 울려 퍼진다. 웃음이 터져 나온다.

그래, 힘들게 고생해서 겨우 어른이 되었는데 왜 옛날로 돌아간단 말인가.

낙상 사고

하나둘씩 나를 추월해 간다. 빠른 걸음으로 걷는 키 큰 청년
은 물론이고, 무거운 짐을 든 여성, 아이를 동반한 젊은 엄
마도. 이럴 줄은 몰랐다. 남들보다 걸음이 빠르다고 자부하
던 나는 동행한 친구들에게 자주 이런 말을 듣곤 했다. "잠
깐만, 좀 천천히 걸어." 지팡이를 짚고 천천히 걷는 노인을
앞지를 때마다 나도 언젠가 이렇게 되겠지 예상은 했지만,
설마 이렇게 될 줄이야. 다친 허리를 감싸며 조심조심 걷다
보니 아무래도 속도가 나지 않는다.

사고로 넘어져 허리를 크게 다쳤다. 오랜만에 외출해
신칸센 에스컬레이터를 타고 올라가는 길이었다. 끌고 가
던 캐리어 가방의 무게에 균형을 잃고 뒤로 넘어졌다. 일어
나지도 못하고 그대로 에스컬레이터에 드러누운 채 올라갔
다. 천장을 올려다보며 '이대로 가면 나는 어떻게 되는 거
지?' 멍하니 생각했다. 에스컬레이터 끝에 단두대가 기다리
고 있을 것 같은 불길한 예감이 들었지만 몸이 움직이지 않
았다. 끝까지 올라가니 거기에 있던 모르는 남성이 내 두 발

을 잡고 끌어당겨 주었다. 통증과 충격으로 진땀이 흘렀다.

코로나19로 오랜 기간 집에만 있었다. 최근 들어 오프라인 행사에 나와 달라는 요청이 늘고 있었다. 신칸센도 한동안 타지를 않아 타는 법마저 까먹은 것 같은 기분이 들 정도였다. 그런데 출장지에서 그런 일이 벌어진 것이다.

현지 정형외과를 찾아 진찰을 받고 엑스레이를 찍었다. 압박골절 가능성이 있다고 했다. 직후에 강연 일정이 잡혀 있었기 때문에, 코르셋으로 꽁꽁 싸매고 좌약 진통제를 넣은 채 임무를 완수했다. 다행히 머리를 부딪히지 않아서 머리와 입 쪽은 괜찮았다. 하지만 휠체어를 타고 연단에 등장하는 모습을 본 청중들은 깜짝 놀란 모양이다. 주제는 '독신의 노후'. '여러분도 언젠가 이렇게 됩니다'라는 강연 제목에 걸맞은 등장이었는데, 실제로 내가 그렇게 되어 보니 나도 그전까지는 전혀 실감을 못 하고 있었구나 싶었다.

청중 중에 간호사 선생님이 있었는데 호되게 겁을 주었다. "통증은 오늘보다 이틀 후, 사흘 후에 더 심해져요." "머리를 부딪히지 않았어도 뇌출혈이 생겨 나중에 마비가 올 수도 있어요." "집에 돌아가셔서 한 번 더 진찰 받고 엑스레이 찍어 보세요." …… 그분 말대로 했다. 요추 압박골절 진단을 받았다. 정형외과 의사가 "먹는 진통제는 효과가 없죠?"라고 묻길래 "네, 효과 없어요"라고 답했다. 알고 있다면 처방하지 말아 달라는 의도로 대답한 건데, 대신 좌약 처방전을 받았다. 좌약이 듣는 동안만 제정신으로 있을 수 있었다. 골절에 의사가 해줄 수 있는 건 거의 없다. 코르셋, 파스, 진통제, 이 3종 세트로 버티며 시간이 흐르길 기다릴 뿐이다.

"얼마나 걸릴까요?" "3주는 걸립니다." 그 말을 들은 지 딱 3주째 되는 날 집 밖으로 나갔다. 가을 하늘이 쾌청한 오후, 너무 찌뿌둥해서 재활 운동도 할 겸 근처 꽃집에 꽃을 사러 가기로 했다. 천천히 걸음을 내딛어 난간 없는 거리를 조심조심 걸었다. 단차가 없는지 주의 깊게 살피면서도 다른 사람과 부딪히지 않을까 불안이 밀려왔다. 그런 나의 느릿느릿한 발걸음을, 뒤에 오던 사람들이 늙은이 젊은이 할 것 없이 차례로 앞질러 간 것이다.

'언젠가는'이라고 말하면서도 그 '언젠가'가 내 가정 속에는 없었다. 이 부상이 요추 골절이나 경추 골절 같은 치명적인 것이어서 하반신마비 등으로 다시는 움직일 수 없게 됐다면 얼마나 절망적이었을까 하는 생각이 언뜻 스친다. 마음의 준비도 무엇도 되어 있지 않았다. 낫는다는 말을 듣고 그것을 기대할 수 있다는 게 얼마나 다행인가. 예약해 둔 올해 스키장 시즌권이 머릿속을 스친다. 올해는 스키를 탈 수 있으려나? 쾌청한 가을 하늘을 보고 '덥지도 춥지도 않은 지금이 산책하기 가장 좋은 계절인데’ 하며 워킹화를 안타깝게 바라본다.

　　주변 친구들에게 이번 낙상 사고 이야기를 하니 ‘나도’ ‘나도’ 하며 낙상 경험을 줄줄이 쏟아 내 깜짝 놀랐다. 나보다 나이가 많은 여성에게서는 “이제 너도 낙상 클럽 멤버야”라는 선고를 받았다. 그랬구나. 언젠간 누구나 걷게 되는 길이었구나. 낙상은 언제 어디서든 예상치 못한 곳에서 일어난다. 실내에서도 일어난다. 0.5밀리미터의 카펫 단차에도 일어나고, 앉아 있기만 해도 압박골절이 될 수 있다. 뼈가 부러졌어, 허리를 삐끗했어, 손을 짚다가 어깨를 다쳤어, 앞으로 고꾸라져 얼굴을 부딪혔어 등등 낙상 백화점은 구색도 가지가지다.

　　그건 그렇다 치더라도 통증에 기운이 꺾인다. 눈앞에 안개가 낀 것처럼 마음이 개운하지 않다. 미간에 내 천川 자가 패인 것이 보인다. 식욕도 잃고 목욕할 기운도 없어졌다. 양말을 신는 것조차 힘들었다. 몸을 뒤척일 때마다 신음 소리가 났다. 계속 이런 식이면 신경쇠약에 걸리겠다 싶었다. 들어 봤다고, 알고 있다고 생각했다. 하지만 타인의 고통은 결국 타인의 고통일 뿐이었다. ‘그때 그 사람은 이런 고통을 견디고 있었던 걸까’, ‘암 말기였던 그 사람은 진통제를 쓰면서 나를 만나러 와줬던 걸까’ 하며 이런저런 장면이 떠올랐다.

　일은 거의 다 온라인으로 전환했다. "머리와 입은 괜찮아요"라고 했지만 아무래도 텐션이 떨어진다. "넌 조금 떨어진 게 딱 좋아"라고 말하는 사람도 있다. 여러 사람이 갖가지 조언을 해주었다. "대체 어떻게 된 거야?"라고 묻길래 "설명하는 것도 지쳐"라고 했더니 "얘, 말해야 편해져"라고 했다. 그 말이 맞았다.

　여기저기 떠벌린 것도 아니었는데 많은 사람들이 도움을 주었다. "식사는 하고 있어요?"라는 메시지와 함께 레토르트 식품 택배가 도착했다. 장보기도 도움을 받았다. 손수 만든 포토푀Pot-au-feu를 주신 분도, 초밥 도시락을 보내준 분도 있었다. 칼슘을 섭취하라며 직접 만든 명품 지리멘산쇼[일본식 산초·멸치조림]도 보내 주셨다. 소식을 들은 제자로부터 달달한 선물이 도착했다. 요통으로 고생한 적 있는 어떤 분은 홈쇼핑으로 자신이 애용하는 쿠션을 보내 주셨다. 기분을 북돋는 화려한 꽃꽂이 선물도 도착했다.

　"괜찮냐고 물어보면 넌 분명 괜찮다고 할 테니까 이번엔 그냥 환자 대접 좀 받아"라는 말을 듣고 '환자 모드'로 지내기로 했다. '괜찮아?'라고 물으면 '괜찮지 않아'라고 답하기로 했다. 환자가 되어 보니 타인의 친절이 온몸에 사무쳤다. 그리고 내가 이렇게 인복이 많은 사람이라는 데 감사했다.

오늘로 넘어진 지 딱 3주가 지났다. 이 골절은 언젠가 나을 것이다. 통증이 가라앉아 요즘은 진통제 없이도 잘 지내고 있다. 하지만 다음은 또 언제일까? 그렇게 낙상을 반복하다 이윽고 회복되지 않는 낙상을 겪게 되는 걸까? 그건 언제쯤일까? 이번 낙상은 그 예행연습 같은 느낌이 든다.

독신의 사귐

다카하시 지즈코高橋千鶴子 씨가 세상을 떠났다. 기요미즈야키[*] 인형 작가. 교토시 히가시야마구 기요미즈데라淸水寺로 올라가는 참배길 중간에 있는 기요미즈야키 노포의 장녀. 가게는 남동생 부부에게 맡기고 기요미즈야키와는 조금 다른 인형을 내놓던 독신이었다. 젊은 시절, 나는 가게 앞에 진열된 사랑스러운 토우土偶 브로치를 보고 한눈에 매료되었다.

학생 시절에는 기온祇園에서 니넨자카二年坂, 산넨자카三年坂를 지나 기요미즈데라까지 산책을 하고 돌아오는 길에 그 가게에 들르는 것이 낙이었다. 가난한 학생이었기 때문에 큰 인형은 사지 못했지만, 작은 인형이 하나둘씩 늘어나

[*] 교토를 대표하는 전통 도자기로, 기요미즈데라 참배길 주변에 있는 가마에서 구워 내기 시작해 기요미즈야키淸水焼로 불린다. 화려한 색채와 문양이 특징이다.

기 시작했다.

　어느 날, 그 작가의 이름이 다카하시 지즈코이며 내가 참여하고 있던 현대풍속연구회 회원이라는 사실을 알게 되었다. 현대풍속연구회란 교토의 재미난 것들을 좋아하는 사람들이 교토대 안팎에서 모여들어 결성된, 언뜻 봐서는 아무짝에도 쓸모없는 것을 연구하는 모임이다. 모임을 만든 사람은 인문과학연구소에 계셨던 불문학자 구와바라 다케오桑原武夫 씨. 거기에는 쓰루미 슌스케鶴見俊輔 씨, 다다 미치타로多田道太郎 씨 등 교토학파의 진보적인 선생님들이 모여 계셨다. 여기서 나온 성과로는 구마가이 마나 씨의 『다코야키』たこやき(リブロポート, 1993), 나가이 요시카즈 씨의 『사교댄스와 일본인』社交ダンスと日本人(晶文社, 1991) 등이 있다. '다코야키스트'로 불리는 구마가이 씨는 이후 일본고나몬협회*를 설립했다. '다코야키에 대해 온갖 지식을 쏟아 낸다고 그게 다 무슨 소용이겠어? 아무것도 아냐, 아무것도 아닌데, 재미있지 않아?' 하는 '이치비리'いちびり** 정신이 넘쳐

---

* 고나몬コナモン은 '가루로 된 것'이라는 뜻으로, 면, 빵, 화과자처럼 곡물 가루로 만든 분식을 가리킨다.
** 장난기 넘치고 익살맞은 사람을 가리키는 간사이 지방 방언이다.

났다. 아마추어, 전문가 할 것 없이 활발한 토론이 오가고 권위주의는 눈곱만큼도 찾아볼 수 없는 즐거운 지식 살롱이었다.

참고로 나는 이 모임에서 당시 연구 중이던 춘화를 슬라이드 영사기로 보여 주며 발표한 적이 있다. 아직 춘화를 공개적으로 전시하는 것이 금기시되던 시절이었고, 경우에 따라 '음란물 진열죄'로 체포될 가능성도 있었기 때문에 외부에는 알리지 않고 비공개 발표회로 진행됐다. 장소는 호넨인法然院 강당. 사찰 경내에서 춘화를 보여 준다는 것도 이색적이었다. 그 자리에 계셨던 다다 씨가 "젊은 여성의 강연으로 춘화를 보는 시대가 오다니……"(당시 나는 아직 젊었다) 하며 감개무량한 표정으로 소감을 밝혔던 기억이 난다.

우리는 현대풍속연구회를 '현풍연'이라고 불렀다. 어느새 현풍연 회장을 다카하시 씨가 맡고 있었다. 귀찮기만 하고 돈도 안 되는 회장직을 성격 좋은 다카하시 씨가 거절하지 못한 게 분명하다. 그 무렵 나는 이미 교토를 떠나 있어서 현풍연 모임이나 총회에 참석할 수 없는 상황이었기 때문에 그만 모임을 떠날까도 싶었지만, 다카하시 씨가 회장을 하는 동안은 응원하는 마음으로 남기로 했다.

난 이름이 같다는 인연 때문에 다카하시 씨에게 친근감을 느끼고 있었다. 다카하시 씨도 그랬던 것 같다. 기요미즈데라를 다녀오는 길이면 가게에 들러 잠깐 이야기를 나누는 것이 또 하나의 즐거움이었다.

그랬던 다카하시 씨가 새해 선물로 십이지 토우를 보내 주기 시작한 게 언제였던가. 작은 상자를 빼곡히 채우고 있는 충전재를 조심스레 벗겨 내면, 세상에나, 손으로 빚은 도기의 정취가 묻어나는 사랑스러운 동물들이 줄줄이 등장했다. 그것도 한 마리가 아니라 부모와 자식, 커플, 가족 등 크고 작은 것들이 뒤섞여 줄줄이 나왔다. 닭의 해에는 금색 볏을 세운 수탉과 병아리를 데리고 다니는 암탉이 있었다. 돼지 해에는 어미 멧돼지 옆에 새끼 멧돼지가 여러 마리, 뱀의 해에는 꽈배기처럼 몸을 빙빙 꼬고 있는 조금도 무섭지 않은 뱀 커플이, 용의 해에는 점토판을 롤케이크처럼 말아 만든 익살스런 용이 도착했다. 그녀는 스키도 좋아해 편지를 주고받을 땐 스키 정보를 나누곤 했는데, 쥐의 해에는 스키를 신은 쥐가 우리 집을 찾아왔다. 나는 쥐띠인데, 마침 그 해는 내가 태어난 해와 간지가 같았다. 같이 스키 타러 가고 싶다는 말을 주고받았는데 이제 그것도 할 수 없게 되었다.

해마다 기발한 십이지 동물 인형이 오기를 손꼽아 기다렸고, 십이지가 한 바퀴 돌고 난 뒤에는 이제 그다음은 어떻게 하려나 궁금했다. '이번에는 어떤 아이디어가 다카하시 씨의 손끝에서 빚어질까?' 하고 말이다.

그런 생각을 하고 있던 참에 부고가 들려왔다. 현풍연에서 온 소식을 보고 너무 놀랐다. 투병 중이라는 말은 듣지 못했다. 사인도, 사망일도 적혀 있지 않았다. 방에 있는 십이지 동물 인형 코너를 바라보며 '이제 앞으로 이 동물들은 한 점도 늘어나지 않겠구나……' 하며 끊어져 버린 시간을 생각했다.

이럴 때는 어떡해야 좋을까?

유족 분들은 알지 못하고 장례식도 벌써 끝났다. 나 혼자서라도 애도의 시간을 갖고 싶은데 어디서부터 어떻게 해야 할지 막막하다.

독신인 친구의 부고를 접하면, 그 사람의 가족이나 친척에 대해 아무것도 모른다는 사실에 놀라게 된다. 아니, 독신만이 아니다. 가족이 있는 사람이라도 가족까지 함께 어울리는 일은 드물기 때문에, 남편도 자식도 얼굴을 본 적이 없고 연락처도 모른다.

더 이상 젊지 않은 친구와 단둘이 있을 때는 지금 당장 이 사람이 눈앞에서 쓰러지면 대체 누구에게 연락을 해야 하나 불안해진다. 구급차를 부르거나 병원에 실어 나르는 정도는 할 수 있지만, 친족이 아닌 내게 "어떤 관계시죠?"라고 묻는다면 뭐라고 답해야 할까?

게다가 일본은 입원 동의서나 수술 동의서도 가족이

아니면 작성할 수 없으며, 원칙적으로 가족이 아니면 사망
신고서도 제출할 수 없고, 따라서 화장도 할 수 없다. 최근
에는 가족을 대신해 신원 보증을 해주는 단체도 생겼지만,
이것도 사전에 계약을 해둬야 한다.

나보다 나이가 많은 독신 친구로부터 가끔씩 올해 설
은 여동생 가족과 함께 보낸다거나 여동생과 함께 여행을
간다거나 하는 연락이 온다. 그렇다면 그녀와 여동생의 관
계는 나쁘지 않다는 건데, 나는 그 여동생을 만난 적도 없고
연락처도 모른다.

어머니가 살아 계실 적 본가에 갈 때면 어머니의 화젯
거리는 일가친척들의 근황이었다. 아무개 조카가 결혼을
했고, 어느 조카 집에 둘째가 태어났고, 큰고모가 돌아가셨
고, 그 집 손자가 명문대에 입학했다는 그런 이야기였다. 얼
굴도 기억나지 않는 친척들의 동향에는 전혀 관심이 없어
멍하니 듣다 보면 어머니의 목소리가 귓가를 스쳐 지나갔
다. 어머니 세대의 여자들은 지연·혈연이라는 그물망 속에
단단히 엮여 살아왔기 때문에 그 세계에서 일어나는 일이
관심사였다.

그러고 보니 내 친구들은 지연·혈연과 무관하게 서로
를 개인으로서 사귀어 왔다. 남편이나 파트너 이야기도 나
오지 않는다. 40년 넘게 친구로 지낸 여성이 최근 남편을 떠

나보냈다는 소식을 듣고 그녀가 기혼자였다는 사실을 처음 알았다. 그녀의 화제 속에 남편의 그림자가 비치지 않아서 독신인 줄 알았다. 그녀의 인생에 남편의 존재감이 그토록 희미했던 걸까, 아니면 독신인 나를 배려하느라 남편이나 자식 이야기를 피했던 걸까.

이럴 때면 일본이 커플 문화가 아니라 다행이라고 가슴을 쓸어내린다. 나는 당신과 친구가 되고 싶은 거지, 당신 남편과 친구가 되고 싶은 건 아니다. 당신의 남편이 있는 곳에서 말할 수 없는 것도 있고, 말하기 싫은 것도 있다. 게다가 자리를 장악하려 드는 남자들의 습성이 무심결에 튀어나오는 것도 딱 질색이다.

남편이나 자식 이야기가 나오지 않아도 하고 싶은 이야기는 산더미다. 그렇게 사귀어 온 여자 친구들이 점점 늙어 간다. '다음에 또 보자' 하며 헤어질 때, 그 '다음'이 정말 존재할까 하는 생각이 불현듯 스친다. '너랑 가까운 사람들 연락처 좀 줘봐'라고 말하는 건 바로 그럴 때다. 연락처 목록은 아직 도착하지 않았다.

우에노 지즈코 기금

'송은'을 위해

후기 고령자가 되었다. 인생도 뒤에서 세는 게 더 빨라졌고, 주변에선 동년배의 부고가 들려온다. 몸도 마음도 자유로울 수 있는 건 앞으로 십 년 정도려나.

남보다 일은 많이 했다. 그 덕분인지 수입도 많았다. 돈을 위해 일한 것은 아니지만, 보석에도 명품에도 흥미가 없는 간소한 삶을 살다 보니 돈이 남았다. 가족은 없다. 유산을 물려줄 자식도 없다. 형제는 있지만 다행히 안정된 생활을 하고 있다. 가족의 돈에 기댈 사람들이 아니다. 유서는 일찌감치 써두었다. 쓰고 나서 몇 번이나 다시 썼다. 은행에서 개인 신탁을 권했다. '개인은 죽지만 법인은 죽지 않습니다'라는 결정적 한마디에 마음이 움직였다.

'죽고 나서 돈 쓰지 말고 살아 있을 때 써'라는 친구의 한마디도 내 마음을 흔들었다. 이런저런 고민 끝에 재단법인을 설립하기로 했다. 명칭은 우에노지즈코 기금(uenofoundation. com). '자기 이름을 붙이는 게 건방진 느낌은 있지만 알파벳이나 가타카나보다는 이해하기 쉽잖아. 네 이름은 이미 브랜드니까 무엇을 위한 기금인지 설명하지 않아도 통해. 안 쓸 이유가 없지.' 여기서도 친구의 조언이 통했다.

2023년은 페미니스트 영문학자였던 존경하는 친구 다케무라 가즈코竹村和子 씨의 13주기다. 그녀가 남긴 돈으로 다케무라가즈코 페미니즘 기금을 발족, 10년 만에 재원을 모두 소진하고 재단을 해산했다. 그때까지 지원해 온 사업은 총 76건. 주목받지 못하는 젊은 세대의 젠더-섹슈얼리티 연구와 출판을 지원해 왔다. 그 바통을 이어받고 싶은 마음도 있다. 이사직을 맡아 주신 분들을 위해서라도 전액 소진 시까지로 기간을 한정하는 것이 좋다. 연속성 같은 건 고려하지 않는다.

공을 세우고 명성을 얻은 사람에 대한 표창 사업은 하지 않는다. 앞으로 성장할 무명의 인재나 미지의 새로운 연구 주제, 성장해 나갈 사업을 지원하고 싶다. 공평, 공정, 중립 같은 건 생각하지 않는다. 내가 응원하고 싶은 사람, 응원하고 싶은 주제를 선택하고 싶다. 학력, 나이, 국적, 성별에 구애받지 않는다. 돌이켜 보면 나 자신도 얼마나 많은 장학금과 연구지원금을 받아 왔던가. 그때 그런 지원이 없었다면 지금의 나는 없었겠다 싶은 기회를 여러 차례 얻었다.

설립 취지에 이런 내용을 적었다.

"우에노지즈코 기금은 공평, 공정, 중립 같은 것을 지향하지 않습니다. 학력, 소속, 성별, 국적도 불문합니다.”

이 부분이 인터넷에서 화제가 되었다. '공평, 공정, 중립'이란 종종 강자나 기득권을 가진 쪽에 서는 것을 의미하기 때문이다. 과연비['과학연구비 조성 사업'의 약칭] 업적 평가 같은 건 실적을 쌓은 사람이 더 많은 연구 자금을 받을 수밖에 없는 구조다.

'송은'恩送り 이라는 말이 있다. 자신이 입은 은혜를, 그것이 필요한 다른 사람에게 전하는 것을 말한다. 나는 자식이 없지만, 대학 교원이었던 내 밑에서 많은 젊은이들이 사회로 진출했다. 그중 한 명이 내게 말했다. “선생님의 은혜는 잊지 않겠습니다. 그 은혜는 학생들에게 갚을게요.”

미지의 인재로부터 어떤 도전적인 주제가 등장할지 기대로 두근거린다.

인재를 키운 인재

야마구치 마사오1931~2013 추도문

야마구치 마사오山口昌男 씨가 세상을 떠났다. 그 말도 잘하고 일도 잘하던 분이 질병의 후유증으로 말을 잃고 휠체어 생활을 할 수밖에 없었다니, 믿기지 않고 믿고 싶지도 않다. 면역학자 다다 도미오多田富雄 씨는 만년에 반신마비의 몸을 휠체어에 맡긴 채 공식 석상에 나오셨다. 희대의 트릭스터인 야마구치 씨도 그렇게 해주기를 바랐다. 분명 자신의 처지를 웃어넘길 정도로 유머가 넘치실 테니. 그리고 늙어 간다는 것이 어떤 것인지를 온몸으로 후배들에게 보여 주었으면 했다.

이렇게 한탄한다 해도 소용없는 일이다. 사람은 육체적 죽음 이전에 사회적 죽음을 맞는다. 모습이나 발언을 접하지 못하다가 어느 날 이 세상을 영원히 떠났다는 소식을 듣게 된다. 이 세상 어딘가에 있을 테니 마음만 먹으면 언제라도 만날 수 있다고 믿고 있는 이의 안일함과 게으름을 뒤로한 채.

야마구치 씨가 도쿄외국어대를 정년퇴직한 것은 지금

보다 국립대 정년이 빨랐던 63세 때의 일이다. 아무리 생각해도 너무 이르다. 지적으로나 육체적으로 쇠퇴하기까지는 아직 시간이 많이 남아 있는 나이다. 잡지 등에서 몇 차례 야마구치 마사오 특집을 의뢰받아 야마구치 씨에 대한 추억담을 쓴 적이 있는데, 그때마다 서글픈 생각이 들었다. 어떤 내용을 써도 추억은 과거에 속하고, 본인이 살아 있어도 왠지 추도문처럼 느껴졌기 때문이다.

내가 쓴 글 중에서 『야마구치 마사오 저작집』山口昌男著作集 전5권(筑摩書房, 2002~03) 팸플릿에 실린 「결을 거스르는 트릭스터」橫紙破りのトリックスター라는 제목의 글을 여기에 다시 싣는다.

야마구치 마사오 씨의 저작집이 나온다는 소식을 듣고 전집이 아니어서 마음이 놓였다. 야마구치 씨만큼 '전집'이 어울리지 않는 사람도 없다. 그의 전모를 파악하기란 원체 어렵다. 야마구치 씨가 국사학과 출신으로 중세사를 전공하고 인류학으로 방향을 틀어 아프리카 대학에서 학생들을 가르쳤다는 사실을 아는 사람은 많지 않다. 이후 학계, 저널리즘, 대중 예술 등 영역과 장르를 넘나들며 희대의 트릭스터가 되었다. 야마구치 씨에 대해 그렇게 생각할 때쯤 그는 어느새 민족학회 회장이 되

었고, 은퇴해도 될 나이에 갑자기 지방 사립대에서 교육
에 열중하며 학장까지 지냈다. 최근에 발간된 『패자의
정신사』「敗者」の精神史[오정환 옮김, 한길사, 2005]를 비롯한
'이면의 일본사'는 야마구치 씨의 박학다식함, 역사에
대한 관심, 이단에 대한 공감과 상상력, 거기에 장난기
가득한 유희 정신이 멋지게 어우러진 큰 결실이다. 지금
은 구하기 어려운, 그의 초기 저작을 읽을 수 있다는 건
기쁜 일이다. 앞으로 읽게 될 독자들에게 '내가 거의 1번
독자'라고 말해 주고 싶다.

'전집'이 어울리지 않는다는 당시의 감회는 지금 되돌
아봐도 맞는 것 같다. 만약 '전집'이었다면 5권 정도로 끝나
지 않고, 야나기타 구니오柳田國男나 오리쿠치 시노부折口信夫
처럼 30권이 넘는 구성이 되었을 것이다. 게다가 '전집'이라
는 말에는 '인생을 완결했다'는 뉘앙스가 담겨 있다. 관 뚜
껑을 닫더라도 '완결'이라는 말은 야마구치 씨에게 어울리
지 않는다. 지금도 눈을 반짝이며 미완의 인생을 질주하고
있을 것만 같다. '이번엔 저승에서 현지 조사를 해봐야겠어'
하면서 말이다.

1970년대 일본의 지성계는 이 사람을 빼놓고 이야기
할 수 없다. 아니, 잡지 『현대사상』現代思想을 무대로 한 그의

활약이 일본 지성계를 견인했다고 할 수 있다. 신좌파 패배 이후의 어두운 풍경을 떨쳐내려는 듯, 그의 쾌활한 지성은 정말이지 기관차 같은 견인력을 발휘했다. 학생운동은 많은 희생을 치렀는데, 그중에서도 『현대사상』 편집장 미우라 마사시三浦雅士 씨는 '대학 해체'를 곧이곧대로 믿고 대학 진학을 거부한 '고등학생 공동 투쟁'의 일원이었다. 미우라 씨에게는 『현대사상』이 최고의 '대학'이었을 것이다. 야마구치 마사오라는 스승을 만나 매호 주제를 바꿔 가며 혼자 세미나를 했던 셈이다. 분명 어마어마하게 호화로운 경험이었을 것이다.

일본에는 '비제도권 학술 저널리즘'Fringe Academic Journal-ism을 지탱해 주는 양질의 독자층이 존재한다. 저널리즘이 아카데미즘을 견인하며 독자를 확보해 나가는 스타일이 이 시기에 만들어졌다. 이로써 아카데미즘은 엔터테인먼트로서의 성격을 획득하며 상업성까지 확보했다. 그 핵심적인 위치에 야마구치 씨가 있었다. '중심과 주변', '트릭스터' 등의 키워드를 구사하며 학문의 경계를 허물고 사상, 철학, 문화에서 대중 예술에 이르기까지 다양한 분야로 촉수를 뻗어 나간 야마구치 씨의 활약은 눈부셨다. 야마구치 씨가 발견한 신진 필자들에게 무대로 제공된 것이 바로 『현대사상』이다. 나도 그때 발견된 필자 중 한 명이었다.

실제로 『현대사상』 지면을 통해 같은 세대 연구자와
필자들을 처음 알게 되고 그들의 작업에 흥미를 갖게 된 경
우가 많았다. 민속학의 고마쓰 가즈히코小松和彦 씨, 중세 예
술사의 마쓰오카 신페이松岡心平 씨, 인류학의 나카자와 신이
치中沢新一 씨, 경제학의 아사다 아키라浅田彰 씨, 음악학의 호
소카와 슈헤이細川周平 씨 등이 그렇다. 나중에 알게 된 사실
이지만, 내가 흥미롭게 생각했던 연구자들은 각 분야의 이
단아들이었다.

야마구치 씨가 편집자로서만 발군의 능력을 발휘한
것은 아니다. 그는 다양한 인재를 모으고 적재적소에 배치
하는 뛰어난 조직가이기도 했다. 내가 이 인재들을 실제로
만난 것은 야마구치 씨가 주관하는 도쿄외국어대 아시아·
아프리카 언어문화연구소의 〈상징과 세계관〉 프로젝트 연
구회 자리에서였다.

나를 그 연구회에 처음 데리고 가준 사람은 경제인류
학자 구리모토 신이치로栗本慎一郎 씨였다. 당시 나는 내가 하
고 싶어 하는 걸 이해해 줄 사람이 몇 안 된다는 생각에 우울
한 나날을 보내던 궁색한 대학원생으로, 그동안 써둔 교환
론 논문을 구리모토 씨에게 읽어 달라 하고 있었다. 그런 내
게 야마구치 씨는 "재미있는 친구네"라는 말과 함께 자리를
내주었다.

거기서 나는 대화와 교류를 통해 사상과 이론이 탄생하는 현장을 목격했다. 일본 학계에 살롱 문화를 도입한 것은 교토대 인문과학연구소의 공동연구였고 이것이 제도화된 것이 국립민족학박물관과 국제일본문화연구센터의 공동연구 프로젝트였지만, 그중에서도 특히 1970년대에 가장 활기 넘쳤던 연구회는 도쿄외대에서 야마구치 씨가 조직한 연구회일 것이다. 지금도 그 일단을 맛볼 수 있었던 것은 행운이었다고 생각한다.

1980년대의 뉴아카데미즘 붐*이나 포스트모던 사상은 1970년대에 이미 준비되어 있었다. 나의 소위 '처녀작'은 『섹시걸 대연구: 여자는 어떻게 읽고, 읽히며, 읽게 만드는가』セクシィ·ギャルの大研究女の読み方·読まれ方·読ませ方(光文社カッパブックス, 1982)이다. 어빙 고프먼의 『젠더 광고』*Gender Advertisements*의

---

* 사상서로는 이례적으로 15만 부 이상이 팔린 아사다 아키라浅田彰의 『구조와 힘』構造と力[국내에는 『구조주의와 포스트구조주의: 구조에서 힘으로』(이정우 옮김, 새길아카데미)로 소개됐다], 티벳 밀교를 구조주의적 시각으로 분석한 나카자와 신이치中沢新一의 『티베트의 모차르트』チベットのモーツァルト가 뉴아카데미즘을 상징하는 대표 저작이다. 이 추도문에서 언급되고 있는 인물들과 『현대사상』은 뉴아카데미즘 붐이 도래하기 전 비제도권 학술 저널리즘을 정착시킨 주역으로, 이 시기를 '프리pre 뉴아카데미즘'이라 부르기도 한다.

일본 버전을 목표로 일본 잡지 광고를 젠더 분석한 이 책은, 나의 여성학적 관심과 인류학에서 배운 기호학적 관심이 결합된 만족스러운 결과물이었다. 당시 인류학을 통해 언어학과 기호학을 착실히 배운 것은, 훗날 '언어적 전회'Linguistic Turn 이후의 사회과학을 이해하는 데 엄청난 도움이 되었다. 이 책을 세상에 내놓을 때 앞뒤 표지에 실을 추천사를 써주신 분이 바로 야마구치 마사오 씨와 구리모토 신이치로 씨다. 이 두 분을 앞뒤로 끼고 데뷔하는 행운을 얻은 저자는 나밖에 없을 것이다.

학술 논문이지만 '저속한' 이야기가 가득해 빈축을 살 것이라 예상되었기 때문에 학계의 대선배로부터 "필명으로 내는 게 좋겠어. 학자적 명성에 흠집이 생길 수 있으니까" 하는 충고를 받았던 것도 지금은 그리운 추억이다. 미래의 나에게 흠집이 생길 정도의 '학자적 명성'이 있으리라고는 생각하지 않았던 당시의 나는 결국 이 친절한 충고를 따르지 않았다.

야마구치 씨는 당시 간사이 지방에 거점을 두고 있던 유명한 야쿠자 조직을 흉내 내어 자기 동료들을 장난스럽게 '야마구치파'라고 불렀다. 아홉 남매 중 넷째 아들로 태어나 누나들의 귀여움을 받으며 자란 야마구치 씨는 외로움을 잘 타고 사람을 그리워해 북적이는 것을 좋아하는 분위기 메이

커였다. 세계 곳곳에 신출귀몰하며 전화 한 통으로 '조직원'들을 불러 모아서는 가는 곳마다 파티를 열었다. 그럼에도 끝까지 두목-부하 관계를 만들진 않았다. 파벌도 학벌도 이 사람과는 무관했다. 그러지 않았다면 나처럼 직접적인 사제 관계도 아니고, 분야도 다르고, 아무런 이해관계도 없는 사람을 이끌어 줄 리 만무하다. 신출내기 시절 나는 그로부터 잡지 원고 청탁이나 심포지엄 초청을 여러 번 받았는데, 그때마다 이번이 마지막이라는 각오로 전력투구했다. 기대에 부응하지 못하면 다음은 없다고 생각했기 때문이다.

『저작집』 팸플릿에서 쓰보우치 유조坪内祐三 씨는 이렇게 말한다.

"예전에 '야나기타에겐 제자가 없다'*는 명언을 던진 사람은 다름 아닌 야마구치 마사오인데, 그 야마구치 마사오에게는 제자가 있을까?"

답은 "아직 없다"이다.

* 야나기타 구니오는 '일본 민속학의 아버지'로 불리는 민속학자로 현장 연구를 중시하며 시골 민중의 삶과 전통을 체계적으로 기록했다. 야마구치 마사오는 1962년, 야나기타 구니오가 세상을 떠난 후「야나기타에겐 제자가 없다: 젊은 민속학도들에게 보내는 편지」柳田に弟子なし: 若き民俗学徒への手紙라는 글을 통해 동료 연구자들에게 '야나기타의 민속학을 어떻게 계승할 것인가'라는 물음을 던졌다.

"야마구치 마사오의 총체를 통째로 계승하고 있는 사람은 아직 없다"는 점에서 그렇다. 쓰보우치 씨는 야마구치 씨의 존재가 그만큼 다채롭고 거대하다는 점을 말하고 싶었던 것 같은데, 그보다는 야마구치 씨 자신에게 '제자'나 '계승자'에 대한 인식이 없었던 이유가 더 크다고 생각한다. 나는 쓰보우치 씨의 "아직 없다"는 표현 속에 '앞으로도 절대 없을 것이다'라는 반어가 숨어 있다고 생각한다.

야마구치 씨는 많은 인재를 길러 냈지만, 그 인재들은 야마구치 씨와 조금도 닮지 않은 독특한 존재가 되었다. 야마구치 씨 자신이 그 누구로도 대체될 수 없는 독특한 인재였던 것처럼, 누구나 자기만의 방식으로 독특한 인재가 되도록 도왔던 것이다. 그저 그 사람이 하는 일을 '재미있어함'으로써.

내게 야마구치 씨는, 이 사람과 동시대를 산 것을 신께 감사하고 싶어지는 그런 인물 중 하나다.

'남자다운' 죽음

니시베 스스무_{1939~2018} 추도문

니시베 스스무西部邁 씨가 자살했다. 향년 78세. 일본인 남성의 평균수명이 81세니 '이르다'고 할 수 있다. 게다가 돌아가시기 직전까지 밤늦도록 술과 음식을 즐겼고 이렇다 할 치명적인 질병도 없었기 때문에, 나이에 비해 건강하고 체력도 좋았다고 할 수 있다.

1960년대 안보 투쟁의 투사이자 좌파 활동가였던 니시베 씨의 전환점은 언제였을까? 그의 저작 중 내가 가장 좋아한 것은 『신기루 속으로』蜃気楼の中へ(日本評論社, 1979)다. 그는 국제문화회관이 창설한 '신진 사회과학자를 위한 니토베 펠로우십'을 받아 2년간 미국과 영국에 체류했다. 나도 받은 바 있는 이 장학금은 일본인이 쉽게 해외로 나갈 수 없던 시대에 일본 사회과학자들이 세계에 눈을 뜨는 데 큰 공헌을 했다. 부제처럼 30대가 되어 '뒤늦은 아메리카 체험'「遅ればせのアメリカ体験」을 한 저자의 영미체류기는 청아한 서정미로 가득했다. 미국으로 건너가기 전 집필한 『소시오이코노믹스』ソシオ·エコノミックス(中央公論社, 1975)도 '경제인'(호모 이코노

미쿠스) 가설에 기초한 근대 경제학을 근본적으로 비판한 책이었다. 아오키 마사히코青木昌彦와 함께 경제학계의 신예로 장래가 촉망되던 이 경제학자는, 귀국 후 정치적·사회적 시국 발언을 하는 보수파 논객으로 변모해 갔다.

니시베 씨가 보수파를 자임하기 시작한 것은 『대중에 대한 반역』大衆への反逆(文藝春秋, 1983) 무렵부터였던가? 오르테가 이 가세트Jose Ortega y Gasset에 의거해 쓴 이 책은 대중사회론의 두 계보인 엘리트적 대중사회론과 비엘리트적 대중사회론 중 명백히 전자에 속하는 것으로, 버블 경제에 빠져 있던 당시 일본 대중사회에 대한 불만을 숨김없이 드러내고 있었다.

1988년에는 '나카자와 문제'가 발생했다. 당시 뉴아카데미즘의 스타로 주목받던 인류학자 나카자와 신이치中沢新一 씨를 도쿄대 교양학부 조교수로 채용하는 안이 니시베 씨가 위원으로 있던 인사위원회에서 승인되었음에도 불구하고 교수회에서 부결되는 전대미문의 상황이 벌어진 것이다. 니시베 씨는 인사위원회에 대한 불신임에 항의하며 도쿄대 교수직을 사임했다. 사건과 관련된 같은 대학 교수들이 각자 자기변호에 열을 올리면서 '나카자와 문제'는 별안간 세간을 떠들썩하게 했다. 그로부터 몇 년 후 있었던 나의 도쿄대 채용 인사에서는 그와 같은 '우에노 문제'가 다시 발

생하지 않도록 관계자분들이 신경을 곤두세웠던 기억이 난
다. 그는 이런 경우에도 미련 없이 거취를 정리하는 모습이
돋보였다.

1990년대 들어 '새로운 역사 교과서를 만드는 모임'에
참여하거나 핵무장을 용인하는 헌법 개정안을 제시하는 등
내 입장에서는 용납할 수 없는 언행과 발언이 이어지면서
나는 그의 글을 읽는 걸 그만두었다. 열정적이나 논리의 비
약과 일방적으로 단정하는 표현이 많은 특유의 문체에도 질
려.버렸다. 그러고 보니 1987년부터 1988년에 걸쳐 '아그네
스 논쟁'*이 벌어졌을 때 남성 논단도 이 문제에 뛰어들었는
데, 그중에는 니시베 씨도 있었다. '사랑하는 아이를 잠시도
떼어 놓고 싶지 않아 데리고 다니는 게 괜찮으면 나는 사랑
하는 애완동물을 데리고 다녀도 되는 거냐'며 어처구니없는
말로 훼방을 놓은 적도 있다.

그런 니시베 씨의 부고를 들었다. 자살이라고 한다.

* 1987년 티브이 프로그램 녹화장에 자신의 아기를 데려온
가수 아그네스 찬에게 '민폐다' '프로답지 못하다'는 비난이
쏟아지며 촉발된 논쟁으로, 당시 남녀고용기회균등법 시행
등 여성의 사회 진출 증가와 맞물리면서 워킹맘의 상황과
일·육아 양립의 문제가 조명받는 계기가 되었다. 논쟁 당시
우에노 지즈코는 『아사히신문』 지면을 통해 아그네스 찬을
지지했다.

'브루투스, 너마저……' 하는 기분이 들었다. 에토 준江藤淳 씨의 자결이 떠올랐다. 한겨울 얼어붙은 강에 몸을 던지는, 오금이 굳어 버릴 것 같은 그 선명하고 강렬한 자결에 남성 지식인들은 숙연해져 말을 삼킬 수밖에 없었을 것이다.

하지만, 그렇지만, 하고 싶은 말이 있다. 생전에 그다지 접점이 없던 나는 그의 죽음에 침묵을 지킬 생각이었지만, 편집부(격월간 『표현자 크라이테리온』表現者 criterion)로부터 원고를 의뢰받은 것을 계기로 여기 적어 두려 한다. 전후 일본 남성 지식인의 계보 속에 니시베 씨의 자살을 놓으니 공통점이 너무나 많다고 느꼈기 때문이다. 북아메리카 체험 후 일본의 전통과 보수주의로 회귀한 점, 대중을 우매한 존재로 바라보는 관점에 입각한 고고한 엘리트주의, 노화와 쇠퇴에 대한 거부감, 아내를 먼저 떠나보낸 비탄과 그로 인해 여의치 못한 삶, 언론인으로서의 한계와 생산성 저하에 대한 자각, 본인이 분투해 왔던 사회 현실에 대한 깊은 실망과 분노. 이런저런 이유로 추한 노년을 보이느니 차라리 단번에 자살하는 쪽을 택하는 모습…… 이 얼마나 '남자다운'가! 몇몇 추도문에 '멋있다'는 표현이 있었지만, 내게는 약함을 인정하지 못하는 남자의 나약함이 드러난 것으로 보인다.

이런 인간상을 '근대적 개인'이라고 부르지 않았던가. 그리고 그것과 싸워 온 것은 다름 아닌 니시베 씨 자신 아니었던가. 그런데도 니시베 씨는 일관성 있는 '근대적 개인'으로서 죽음을 선택했다. 망자를 질책할 생각은 없다. 하지만 그의 죽음을 영웅시하는 것만은 멈췄으면 한다.

내 가슴에 명멸하는 것은 죽음을 선택할 수밖에 없었던 니시베 씨의 공허함과 깊은 절망이다. 나는 그게 애처롭다.

나카이 씨는 '신의 나라'로 갔을까?

나카이 히사오1934~2022 추도문

밸런타인데이에 초콜릿을 전할 만큼, 내가 무척 좋아하던 아저씨가 세 분 계셨다. 그중 한 분이 나카이 히사오中井久夫 씨다.

나카이 씨를 처음 만난 것은 이와나미 쇼텐 출판사 회의실이었다. 시리즈 『변모하는 가족』変貌する家族 전8권(1991~92)을 출간하면서 쓰루미 순스케, 나카이 히사오, 나카무라 다쓰야中村達也, 미야타 노보루宮田登, 야마다 다이치山田太一 같은 쟁쟁한 편집위원들 사이에 신출내기 여성인 우에노를 추가한 것은 담당 편집자였던 다카무라 고지高村幸治 씨의 기획이었다. 나는 아직 40대 초반이었다. 열띤 토론이 오가는 편집회의는 언제나 흥미진진하고 즐거웠다. 이런 학교 아닌 학교에서 얼마나 많은 것을 배웠던가.

나카이 씨에 대해서는 그전부터 알고 있었다. 사회가 이상異常이나 일탈에 어떻게 대처하는지에 관심을 가지고 있던 나는 문화정신의학을 조금씩 살펴보고 있었다. 당시 정신의학의 주류는 조현병 연구였고 나카이 씨는 그 선두

주자 중 하나였다. 도쿄대출판부가 1972년부터 15년에 걸쳐 발간한『분열증의 정신병리』分裂病の精神病理라는 총 16권짜리 시리즈가 있었는데, 당시 나는 어디에도 마음을 붙이지 못한 채 거기에 실린 정신질환 사례들을 묵묵히 읽고 있었다. 이후 내가 단일 사례에 불과한 극한의 일탈적 사례라 해도 전형적 사례로 분석할 수 있다는 확신을 갖게 된 것은 그 경험을 통해서였다. 또한 조현병이 내인성이 아니라 관계의 병이라는 것, 환자에게는 그 나름의 합리성이 있다는 것을 배웠다. 가족 치료와 반反정신의학의 시대였다. 이상으로 불타던 젊은 정신과 의사들이 개방 병동 운동에 나서고 있었다.■

　이런 상황 속에서 전해 들은 나카이 씨의 평판은 이미 카리스마 넘치는 것이었다. 호출을 받고 급성기 환자 곁으로 달려간다. 때로는 환자에게 맞아 부상을 입기도 하는 위험한 업무다. 이내 환자는 지쳐 잠이 들고 그는 잠든 환자를

■ 1960, 70년대 일본 정신의학계에서는 정신질환을 환자
개인의 문제로 보고 약물 치료를 중심으로 했던 기존
정신의학을 비판하며, 가족이나 환경의 영향 등 사회적
맥락을 중시하는 방향으로 변화가 일어나기 시작했다. 주로
환자에 대한 격리, 억제를 위주로 하는 치료 문화를
비판하고 사회 복귀를 목표로 각종 소집단 활동이나 재활
치료를 중시하는 식으로의 변화를 꾀했다.

곁에서 가만히 지켜본다. 그의 호흡이 점점 환자의 호흡과 동기화된다. 나는 이렇게 전설처럼 전해지는 임상 현장의 에피소드를 듣고서 그가 공감 능력이 무섭도록 뛰어난 치료자임을 알 수 있었다. 만약 내가 환자가 된다면 이 사람이 주치의가 되어 주면 좋겠다고 생각했다.

그러다 얼마 지나지 않아 저서가 나올 때마다 서로 책을 주고받는 관계가 되었다. 나는 밸런타인 초콜릿도 함께 보냈다. 그의 글을 읽으며 희대의 에세이스트임을 느꼈다. 시인이라는 것도 알게 되었다. 그리스어에 능통해 그리스 시인 카바피스의 시집을 번역했고 이 시집을 내게도 보내 주셨는데, 원문을 모르는 내게는 마치 나카이 씨 자신의 시집처럼 느껴졌다.

정신과 의사와 친해지면서 알게 된 것은, 치료자라는 존재의 위치였다.

나카이 씨는 이렇게 말한다.

의사로 하여금 의학을 선택하게 만들고, 특정 과를 선택하게 만들고, 특정 질환을 전공하게 만드는 것에는 이성과 계산과 우연 외에도 어둠의 친화력이 있는 것 같다. '의사는 신기하게도 자신이 전공한 질환에 걸린다'는 '징크스'까지 있다. …… 일반적으로 의사의 마음속에는

병에 대한 편애와 두려움이 숨어 있다(『나카이 히사오 전집 1권, 1964~1983 일하는 환자』中井久夫集 1, 1964~1983 働く患者, みすず書房, 2017).

그러고 보니 정신과를 전공한 의사들 중에는 정신질환에 대한 친화성이나 공감 능력이 높은 사람들이 많다. 근대과학이 '중립적·객관적'이라는 것은 신화에 불과하다. 나는 내 전공인 사회학에서 자리를 찾지 못하고 따분한 학문이라 생각하고 있었는데, 여성학을 만나고 눈을 덮고 있던 비늘이 벗겨졌다. 나 자신을 연구 대상으로 삼으면 된다는 생각이 들었기 때문이다.

그러나 치료자와 환자의 관계는 압도적으로 비대칭적이다. 치료자는 환자에게 관심을 기울이지만 환자는 치료자에게 관심을 두지 않는다. 물론 환자는 자신을 대하는 치료자의 태도에 예민하며, 가차 없는 시선을 보낸다. 치료자는 항상 환자에게 시험당하지만, 그렇다고 해서 환자처럼 자기를 다 내보일 것을 요구받지는 않는다.

이런 비대칭적 관계는 사회학자와 사회의 관계를 닮았다. 사회학자는 사회 속 일탈이나 병리에 대해 편집증적이라도 해도 좋을 정도의 관심을 쏟는다. 그러나 사회는 사회학자에게 조금도 관심을 주지 않는다. 사회학자는 말하자면 사회 부적응자이자, 로버트 E. 파크Robert Ezra Park가 말한 '경계인'margianl man으로, 그런 위치에서 사회를 바라본다. 사회학자 중에 유태인이 많은 것은 우연이 아니다. 사회학자에게 사회는 병을 고칠 생각은 않고 제멋대로 구는 환자처럼 보인다. 물론 이 비유는 내가 정신의학을 탐닉하면서 얻은 것이다.

나카이 씨가 1996년 주디스 허먼Judith Lewis Herman의 『심적 외상과 회복』心的外傷と回復(みすず書房, 원서는 1992년 출간)을 번역 출간한 것은 일본의 정신의학과 젠더 연구에 있어 행운이었다고 생각한다. PTSD라는 개념은 앨런 영Alan Young의 『PTSD의 의료인류학』PTSDの医療人類学(나카이 히사오 옮김, みすず書房, 2001, 원서는 1995년 출간) 등을 통해 베트남 귀환 병사의 후유장애로 겨우 알려지게 되었는데, PTSD가 이렇게 남성 병사의 문제로 정치화되기 전까지 딸에 대한 성적 학대 같은 문제는 가족이라는 어둠에 갇혀 완전히 비가시화되어 있었다. 가족 내 친밀한 관계, 특히 딸에 대한 친부의 성적 학대는 정신분석학 초기에 프로이트에 의해 이미 알려져 있었음에도 불구하고 19세기 빈의 부르주아사회에서는 있어서는 안 될 수치스러운 사건으로 봉인되었고, 심지어 프로이트 본인은 그것을 '환자의 망상'으로 일축했다. 이런 태도가 훗날 '허위 기억 증후군'이라는 논쟁적인 개념을 낳

았고, 이 때문에 성적 학대로 인한 PTSD에 대한 인식이 한 세기가량 지체되었다는 사실은 잘 알려져 있다. 성적 학대는 재해나 전투처럼 단기간에 일어나는 사건이 아니라 일상화된 경험이다. 바로 그런 이유로 피해자 측의 공모 가능성('근친상간'이라는 개념은 여기서 탄생했다)이 문제가 되었는데, 비대칭적인 권력관계 속에서 딸에게는 선택지가 없는 것이나 다름없었다. PTSD 개념은 이후 가정 내 성적 학대뿐만 아니라 성폭력 피해 전반으로 확대되었다.

1995년 1월에는 한신·아와지 대지진이, 3월에는 옴진리교의 지하철 사린가스 사건이 발생했다. PTSD라는 개념은 이 두 가지 불행한 사건으로 인해 단번에 일본 사회에 퍼져 나갔다. 게다가 한신·아와지 대지진은 나카이 씨가 근무하는 고베 대학교 근처에서 발생했다. 나카이 씨는 "지진이 날 지목했다"라고까지 말한다(『'쇼와'를 보내다』「昭和」を送る, みすず書房, 2013). 고베대 정신의학교실은 즉시 나카이 씨를 리더로 해서 '마음 돌봄'에 대응하는 의료팀을 꾸렸다. 재해 PTSD에 정신과 의료팀이 나선 것은 이때가 처음이지 않았을까. 이 경험은 이후 니가타현 주에쓰 지진과 동일본 대지진까지 그대로 이어졌다.

PTSD는 1980년 미국 DSM-III(『정신질환의 진단 및 통계 편람』 3판)에서 처음으로 인정되었다. DSM 분류는 병인론病因論

을 배제한 증상 분류임에도 PTSD만은 예외였다. 왜냐하면 외상성 장애는 병인이 본인에게 있는 것이 아니라 외부에 있는 것이 명백한 케이스이기 때문이다. 여성의 성적 피해가 심각한 PTSD를 가져온다고 했을 때, 그 원인은 100퍼센트 외부에 있는 것이지 여성 자신에게 있는 게 아니다. 이처럼 PTSD 개념은 그 책임을 피해 여성의 외부, 즉 남성의 가해성에 귀속시키는 시각을 제공함으로써 비대칭적인 젠더 권력 구조에 대한 문제 제기를 가능하게 한다. 허먼의 번역자가 나카이 씨 같은 정신의학의 권위자가 아니었다면 성폭력 피해자가 겪는 PTSD에 대한 인식이 이 정도로 영향력을 갖지 못했을 수 있다는 점에서 그의 번역은 큰 공헌이었다.

나카이 씨가 대학을 퇴직하고 몇 년 후 고베시 교외에 있는 시설로 거처를 옮겼다는 소식을 들었다.

왜? 그렇게나 많은 제자들을 키워 내고 그들의 존경을 받던 분이?

그곳은 가정적인 소규모 그룹홈이라고 들었다. 인지증에 걸린 나카이 씨 부인이 이미 입주해 있던 시설에 나카이 씨도 함께 입주하셨다는 것을 알게 됐다. 그렇다면 더더욱, 주변에 인지증 환자들만 있는 곳에서 나카이 씨의 말동

무가 되어 줄 사람이 있을까?

가만히 있을 수가 없어서 친구에게 물어 시설로 면회를 갔다. 코로나19 이전의 일이다. 나카이 씨는 휠체어를 타고 면회실까지 나와 주셨다. 변함없이 매력적인 미소, 명석한 말투였다.

내게 가장 충격적이었던 것은 나카이 씨가 가톨릭으로 개종한 사실이었다. 그 나카이 씨가? 인생의 마지막에 신에게 구원을 청한다고?!

곧바로 떠오른 것은 가토 슈이치 씨였다. 가토 씨도 말년에 가톨릭으로 개종하셨다. 설마, '괴력난신'은 입에 올리지 않는 그토록 명석한 근대 합리주의자가?

내가 경애해 마지않는 분들이 인생 막바지에 신을 선택한다는 게 도저히 납득되지 않았다. 그래서 대놓고 물어봤다.

"나카이 선생님, 저는 충격이에요. 선생님께 신이란 무엇인가요?"

대답은 예상 밖이었다. 그는 조용한 목소리로 이렇게 대답했다.

"그러게. 편리한 존재지."

인간을 절망에 빠뜨리는 것도, 인간을 구원하는 것도 똑같이 인간 아닌가? 정신의학이라는 과학을 전공한 이 걸

출한 전문가도 결국 신에게 구원을 청한 걸까? 신만이 구원을 줄 수 있다고 느낀 걸까?

그렇다고 하기엔 경건한 신앙고백과는 거리가 먼 대답이었다.

나카이 씨는 '신의 나라'로 갔을까? 그게 아니라면…….

정신질환은 인간이라는 존재의 수수께끼로 남아 있고, 그 수수께끼를 다루는 치료자들은 다음 세대에도 계속 탄생하고 있다. 치료자란 의료인과 종교인의 경계에서 아슬아슬 줄타기를 하고 있는 사람이 아닐까?

나카이 씨는 큰 '수수께끼'를 남기고 떠났다.

전후 최고의 여성 니힐리스트

도미오카 다에코1935~2023 추도문

'전후 최대의 여성 니힐리스트.' 도미오카 다에코富岡多惠子 씨를 이렇게 부른 적이 있다. 여자는 니힐리스트가 되지 않는다고? 될 수 없다고? 그런 건 없다. 도미오카 씨를 보면 된다. 동거도 결혼도 했지만 결국 아이를 낳지 않았다. 단독자單独者로서의 삶을 관철했다.

그 도미오카 씨가 87세에 '노쇠'로 사망하다니. 도무지 믿기지 않는다. 여성의 평균수명이 87.57세이고 90세까지 사는 비율이 52퍼센트인 오늘날 '노쇠'란 천수를 다해 사인을 특정할 수 없다는 의미다. 투병 중이라는 말은 듣지 못했다.

아직 우먼리브*도 페미니즘도 없던 시절. 스스로를 페미니스트로 칭하지는 않았지만 여자의 언어를 우리에게 제

* 여성해방운동을 뜻하는 Women's liberation movement의 일본식 표현으로, '리브'로 줄여 쓰기도 한다. 1970년 10월 4일 『아사히신문』에서 처음 썼으며, 주로 제2물결 페미니즘을 가리킨다.

공한 몇 안 되는 여성 작가들이 있었다. 그중 한 명이 도미오카 씨다. 내 앞에 나타나 내 영혼을 사로잡은, 내 피가 되고 살이 된 말들. 그런 언어를 구사한 선배들을 모아 『'여자'의 사상』〈おんな〉の思想(集英社インターナショナル, 2013년 / 集英社文庫, 2016)˙에 실었다. 그 안에 포함된 다섯 명의 일본 여성이 모리사키 가즈에, 이시무레 미치코, 미즈타 노리코水田宗子, 다나카 미쓰, 도미오카 다에코다. '우리는 당신을 잊지 않겠습니다'라는 부제를 덧붙였는데, 40대 여성들의 경우 이 가운데 아는 사람은 이시무레 미치코뿐이라는 반응이었다. 도미오카 씨를 기억하는 독자들이 얼마 남지 않은 것이다.

도미오카 씨는 자신을 리브로 칭하지 않았지만 리브의 동반자였다. 일본의 리브가 우생보호법 개악 저지로 최고조에 달했던 1972년, 그녀는 『나의 여자 혁명』わたしのオンナ革命(大和書房)으로 리브에 대한 공감을 드러냈다. 1984년작 『등나무 옷에 삼베 이불』藤の衣に麻の衾(中央公論社)에서는 "여자가 아이를 낳는 건 어른이 되어도 '달리 할 일이 없어서'"라고 일갈했다. 지금 같았으면 필시 어마어마한 악플에 시달

<hr>

˙ 국내에는 『여자들의 사상: 뜨겁게 생각하고 거침없이 행동하라』(조승미·최은영 옮김, 현실문화, 2015)로 소개됐다.

렸을 것이다. 아이를 낳은 여자가 이렇게 말했다면 그나마 나았겠으나 아이를 낳지 않은 여자가 이런 말을 입에 올리는 것은 금기였다. 예리하고 냉정하게, 게다가 오사카 사람다운 솔직함으로, 가차없이 진실을 말했다. 그러면서도 수줍음이 많은 사람이기도 했다.

도미오카 씨는 시인으로 출발했다. 가미가타 이야기*와 구비문학 전통을 계승한 '목소리 시인'으로 현대시에 새 바람을 일으켜, 훗날 이토 히로미伊藤比呂美 등 젊은 여성 시인들에게 영향을 미쳤다. 널리 사람들 입에 오르내리며 시는 유행가를 더 이상 질투할 필요가 없음을 보여 주었다. 이후 '노래와 이별'하고 산문으로 전향해 1973년 『식물제』植物祭(中央公論社), 1974년 『명도의 가족』冥途の家族(講談社)으로 잇따라 문학상을 수상하며 '여류 작가'로서의 입지를 다졌다. 그 후 쓴 『추구』芻狗(講談社, 1980)로 젊은 남성을 유혹하는 중년 여성의 단독자로서의 섹슈얼리티를 그렸고, 『파도치는

* 간사이 지방에서 발전한 전통 구연 예술로 가족애 같은 인간의 정이나 우스꽝스러운 이야기를 다루는 라쿠고落語, 역사적 사건을 소재로 한 고단講談 등이 여기에 속하며 일본 만담의 원류이기도 하다. 가미가타上方는 간사이 지방을 가리키는 옛 지명으로 '위쪽'을 뜻하는데, 이는 에도시대 천황의 거처가 교토에 있던 데서 유래한다.

땅』波うつ土地(講談社, 1983)에서는 개발로 해체돼 가는 자연을 배경으로 모성의 붕괴를 그려, 가토 노리히로加藤典洋의 『아메리카의 그림자』アメリカの影(河出書房新社, 1985)에 큰 영향을 끼쳤다.

가부키, 조루리 등 가타리모노에도 정통했는데, 시노다 마사히로篠田正浩 감독의 1969년작 〈동반 자살〉心中天網島에서는 시노다 감독, 다케미쓰 도루武満徹와 공동으로 시나리오를 집필해 지카마쓰 동반 자살물[*]에 놀랄 만한 재해석을 가미했다. 원작은 지물상 지혜治兵衛가 소네자키지치曾根崎新地의 유녀 고하루에게 마음을 빼앗겨 돈을 쏟아붓고 동반 자살로 치닫는다는 내용의 인형 조루리다. 영화는 이를 아내인 오상과 유녀 고하루 사이의 '여자의 의리'가 우유부단한 남편 지혜를 동반 자살로 몰고 가는 내용으로 전복시켜, 오늘날 말하는 '여자의 능동성'이 강한 인상을 남기는 작품이다. 시노다 감독의 아내인 이와시타 시마岩下志麻가 오상과 고하루를 1인 2역으로 연기한 것도 두 사람이 분신 같은 존재임을 상징한 것이었다. 도미오카 씨 저서 중에는 『지카마

[*] 에도시대 극작가 지카마쓰 몬자에몬近松門左衛門의 인형 조루리 및 가부키 작품 중 연인들의 동반 자살을 소재로 한 작품군을 일컫는다.

쓰 조루리에 대한 개인적 생각』近松浄瑠璃私考(筑摩書房, 1979)이라는 책이 있는데, 그중 '소네자키 동반 자살'에 대한 해석도 참신하다. 사기로 돈을 잃고 진퇴양난에 빠진 간장 도매상 점원 도쿠베가 연인인 유녀 오하쓰와 동반 자살을 하는 내용인데, 도미오카 씨는 이를 오히려 유녀 신분에서 벗어나기 위해 저승길을 택한 오하쓰가 도쿠베에게 죽음에 대한 결단을 강요하는 것으로 해석해 여기서도 '여자의 능동성'을 부각시켰다. 지금으로 치면 페미니즘 비평의 진면목이 유감없이 드러난 것이다.

도미오카 씨는 페미니즘의 여성 본질주의에 대해서도 비판했다.

"성차별로부터의 진정한 해방은, 여성이라면 무조건 '평화'의 편에 서야 한다는 식의 단순한 평화주의를 용납하지 않는 것이다."

일본 페미니스트들 사이에서 벌어진 '여성 병사 논쟁'에 앞서 제시된 날카로운 지적이었다.

그 도미오카 씨가 심리학자 오구라 지카코小倉千加子 씨, 그리고 사회학자인 나와 공저로 낸 것이 『남류문학론』男流文学論(筑摩書房, 1992/ちくま文庫, 1997)[최고은 옮김, 버터북스, 2024]이다. 나는 『개정판 일본의 페미니즘 11: 페미니즘 문학비평』新編 日本のフェミニズム11 フェミニズム文学批評(岩波書店, 2009)에 도미오카 씨의 에세이 「사어가 될 말」死語となる言葉을 수록했는데, 그 '사어가 될 말'이란 바로 요시모토 다카아키吉本隆明가 경솔하게 사용한 '여류'라는 단어였다. '여류 문학'이 존재한다면 너희들은 기껏해야 '남류문학'에 불과하다는, 문단이라는 호수에 돌을 던지는 것과 같은 무모한 시도였다. 저명한 '남류' 작가의 작품을 '재미없다'고 하면 '너는 문학을 몰라'라는 말을 듣던 시대였다.

이 기획을 편집자에게서 처음 들었을 때 곧바로 믿기가 어려웠다. 도미오카 씨의 입으로 직접 이야기를 듣지 않으면 답을 줄 수 없다고 말했다. 페미니즘 비평의 여명기였다. 아무도 하지 않는다면 우리가 해야겠다고 생각했지만, 오구라 씨와 나는 문단의 아웃사이더여서 무슨 말을 해도 상대해 주지 않을 것이고 대신 상처도 받지 않을 것이었다. 하지만 도미오카 씨는 달랐다. 도미오카 씨는 고노 다에코河野多惠子 씨에 이어 『아사히신문』 문예 시평의 두 번째 여성 필자가 된 사람이었다. 작가로서뿐만 아니라 비평가로서도 명성이 높았다. 그런 그녀에게 위험부담이 되진 않을까, 나는 우려했다.

예상대로 『남류문학론』은 주목을 받았다. 남성 평론가들의 반응은 당황과 분노였는데, 그중에서도 특히 쓰게 데루히코柘植光彦의 서평에 폭소를 터뜨렸다. 그의 평은 이랬다.

"대학원 수준의 도미오카 씨, 벼락치기 공부이긴 하나 예습을 잘 해온 대학생 느낌의 우에노 씨, 예습 부족으로 즉흥적으로 떠오르는 말만 늘어놓는 고등학생 같은 오구라 씨."

그 후 이 책은 예측 불허의 문학평론가 사이토 미나코斎藤美奈子 씨에게 일본 문학사에 남을 '사건'이라는 평가를 받긴 했지만, '이 남자는 여자를 몰라', '여자는 이런 존재가 아냐'라는 말만 늘어놓는 아마추어적인 '우물가 수다'로 끝났다는 평도 있었다. 그러나 이 책의 논의는 그렇게 나이브하지도 조잡하지도 않다. 담당 편집자 후지모토 유카리藤本由香里(현 메이지대 교수) 씨는 국회도서관을 다니며 대상 작품에 대한 동시대 서평과 평론을 매번 한 박스씩 보내왔다. 우리는 사전에 치밀한 준비를 하고 참여했던 것이다.

이후 도미오카 씨는 『나카 간스케의 사랑』中勘助の恋(創元社, 1993), 『샤쿠초우쿠 노트』釋迢空ノート(岩波書店, 2000),＊『사

﹡ 도미오카는 『나카 간스케의 사랑』에서 유년기를
청아하게 그려 낸 『은수저』로 유명한 나카 간스케가 친구의
딸인 다섯 살 소녀에게 품었던 애정을 페미니즘 관점에서
재해석했다. 또 민속학자 오리쿠치 노부오의 시인으로서의
생애(시를 발표할 때는 법명인 샤쿠초우쿠를 필명으로
사용했다)를 재조명한 『샤쿠초우쿠 노트』에서는 그가 시를
통해 동성에 대한 사랑을 노골적으로 드러냈음에도 문단,

이카쿠의 감정』西鶴の感情(講談社, 2004)* 등의 평전으로 요미우리문학상, 마이니치출판문화상, 오사라기지로상 등 큰 상을 연이어 수상했다. 모두 섹슈얼리티를 깊이 파고든 대담한 작품이었지만, 나는 그녀가 소설의 세계로 돌아오지 않는 것을 아쉬워하고 있었다. 도미오카 씨의 소설을 더 읽고 싶다는 욕망을 누를 수 없었기 때문이다.

전후 문학사에서 유일무이한 존재인 도미오카 다에코 씨. 그녀는 우리가 잊어서는 안 되는 작가다.

학계, 독자 모두가 이를 못 본 척했다면서 남성들의 동성연대에 기초한 동성애 혐오를 비판했다. 더 자세한 내용은 『여자들의 사상』, 130-134쪽을 참고할 것.
* 일생이 거의 알려지지 않았던 에도시대 작가 이하라 사이카쿠의 삶을 그가 쓴 작품들의 행간과 동시대 유녀 평판기 등에서 끌어내 당대의 시공간 속에서 생생하게 재현해 낸 작품으로 평전 문학의 새 지평을 열었다는 평가를 받았다.

우리는 당신을 잊지 않겠습니다

모리사키 가즈에1927~2022 추도문

모리사키 가즈에 씨가 세상을 떠났다.

예전에 『모리사키 가즈에 컬렉션: 정신사 여행』森崎和江 コレクション精神史の旅 전5권(2008~09, 藤原書店)이 출간되었을 때 다음과 같은 추천사를 쓴 적이 있다.

아직 리브도 페미니즘도 없던 시절.
여자가 여자의 경험을 이야기하는, 여자만의 언어가 너무나도 간절했다. 그때 거미줄처럼 하늘에서 내려온 것이 모리사키 씨가 자아낸 언어였다. 젠더, 섹슈얼리티, 포스트콜로니얼리즘(탈식민주의)……
최근에야 외래어로 알려지게 된 모든 지식이, 자기만의 언어로 발화되며 생명을 이어 가고 있다.

그녀에게는 남자가 만든 학문도, 외국에서 수입한 학문도 필요 없었다.
이 사람에게서 얼마나 많은 영향을 받았던가. 식민지

배자로서 조선 땅에서 조선 사람의 손에 길러진 것에 대한 원죄 의식.* 식민지 조선 남자들의 시선 강간 같은 눈길을 받으며 여자임을 자각하게 된 경험. 여자는 전시에 호국 영령이 될 수 없다는 굴욕을 맛본 경험. 임신 중이던 어느 날 문득 '나'라는 1인칭을 더 이상 쓰지 못하게 된 경험. 출산해 아이와 별개의 몸이 되자마자 "너는 누구의 것도 아닌 오직 너만의 것이야"라고 갓난아기에게 외쳤던 일. 완경 후의 성을 "아이를 낳지 않아도 되는 평온한 성"으로 여긴 일. ……여자가 자신의 경험을 이토록 섬세하고 날카롭게 표현한 적이 있었던가.

식민지 조선에서 태어나 타향이었던 일본에서 패전을 맞았을 때, 지금까지 들었던 남자들의 말을 일절 믿지 않기로 결심했다. '여자란 무엇인가'라는 문제를 마주하며 '여자란 어떤 존재인가'를 세상에 전하기 위해 글을 썼다. 식민지배자였던 역사를 마주하며 '일본이란 무엇인가'를 탐구했다.

'여자란 무엇인가' '일본이란 무엇인가'를 생각할 때 모리사키 씨가 씨름했던 수많은 말들이 내 앞에 있었다. 그것

---

* 모리사키는 1927년 대구에서 태어나 열일곱 살이 되던 1944년 대학 진학을 위해 일본으로 건너갈 때까지 줄곧 식민지 조선에 살았다.

이 얼마나 큰 구원이었던가.

일본 리브 이전에 모리사키라는 여성이 혼자서 맨손으로 고군분투해 왔다는 사실을 알고 얼마나 큰 용기를 얻었던가.

아주 젊었을 때의 일이다.

미지의 인물이었던 모리사키 씨 앞으로 장문의 편지를 썼다. 들고만 다니다 결국 부치진 못했다. 남자와의 갈등으로 괴로워하던 때였다.

그 무렵, 나와 같은 세대 여성들 중에는 부른 배를 감싸 안고 지쿠호에 있는 모리사키 씨네 집을 찾아간 이도 있었다. 예고도 없이 찾아온 그녀들을 모리사키 씨는 묵묵히 받아 주고, 먹여 주고, 재워 주었다. 아드님의 이야기에 따르면, 집에는 항상 낯선 사람들이 있었다고 한다.

젊은 여성들은 갈 곳을 잃고 헤매고 있었다.

"나도 갈 곳을 찾지 못했어"라고 모리사키 씨는 말한다.

그로부터 20년 후 1990년이 되어서야 나는 처음으로 모리사키 씨와 직접 만날 수 있었다.

이제 막 창간된 『뉴 페미니즘 리뷰』ニュー・フェミニズム・レビュー(学陽書房) 제1호 "연애 테크놀로지" 특집의 책임 편집자로서 권두에 실릴 대담을 맡았던 것이다. 그것도 「못다 꾼 꿈: 짝환상対幻想*에 관하여」라는 제목으로.

대담 서두에서 나는 '모리사키 씨의 평전을 쓰고 싶고 쓸 사람은 나밖에 없다'는 발언을 했다. 그렇게 말해 두면 다른 사람을 견제할 수 있을 거라 생각했다. 그 후 우치다 세이코內田聖子 씨의 평전 『모리사키 가즈에』森崎和江(言視舍, 2015)가 나왔지만, 물론 나는 만족하지 않는다. 우치다 씨는 먼저 다니가와 간谷川雁에 매료되었고, 이후 다니가와의 파트너였던 모리사키를 만났다. 그래서인지 자기 몸속을 깎아 내는 듯한 절실함이 없다. 모리사키 씨의 평전은 아직 아무도 쓰지 않았다고 생각한다. 나도 쓰지 못할 것 같은데, 앞으로 과연 누가 쓸 수 있을까?

평전은 쓰지 못했지만, 이후 『'여자'의 사상: 우리는 당신을 잊지 않겠습니다』의 한 챕터를 모리사키 씨에게 할애

■ 사상가 요시모토 다카아키가 1968년 출간한 『공동환상론』에서 제시한 개념이다. 요시모토는 국가가 실체 없는 관념의 집합체일 뿐이며 구성원들이 만들어 낸 환상이라고 보았으며, 이는 당시 전공투 세대의 열광적인 지지를 받았다. 그는 인간관계를 자기 환상, 짝환상, 공동환상으로 분류했는데, 그중 짝환상은 인간의 사적인 관계(가족, 친구, 연인 등), 주로 남녀 한 쌍 사이에 성립되는 것으로 제시된다. 이 대담에서 우에노 지즈코는, 짝환상 개념이 사적인 관계를 공적인 관계만큼이나 중요한 것으로 사고한다는 점에서 성정치적 의의를 갖는다고 보고 있다.

했다. "나의 피가 되고 살이 된 말들"을 얻은 독서 경험을 기록하는 데 모리사키 씨를 빼놓을 순 없었다. 전모를 논하는 것은 포기하고, 책 한 권을 택했다. 『제3의 성』第三の性(三一書房, 1965)이 그것이다. 이 책에서 그녀는 임신 중이던 어느 날, 무심코 쓰던 '나'라는 1인칭을 더 이상 사용할 수 없게 된 경험을 이야기한다.

이 경험은 그녀의 다른 저작에서도 다음과 같이 반복적으로 언급된다.

어느 날 친구와 한담을 나누고 있었습니다. 나는 임신 5개월째에 접어들고 있었습니다.

웃으면서 이야기하던 나는 문득 "난 말야……"라고 말하려다가 '나'라는 1인칭을 쓰지 못하게 되었습니다. …… '나'라는 말의 개념, 그 개념어에 담긴 인간의 생태가 임산부인 나와 너무도 동떨어져 있음을 실감하고서 비로소 처음으로 여자의 고독을 알게 되었습니다. 그것은 백년, 이백년의 고독이 아니었습니다. 내가 죽은 뒤에도 계속될 것이라는 생각이 들었습니다. 언어의 바다 속에서의 고독입니다(『생명, 공명하다』いのち、響きあう, 藤原書店, 1998).

나는 그것을 '낳음_産의 사상'이라고 불렀다. 그리고 깨달았다. 남자들이 키워 온 사상은 모두 '죽음의 사상' 또는 '죽기 위한 사상'이라는 것을. 아이를 배는 것도 낳는 것도 동물적 본성으로 여겨져 왔다. [그러나] 여자는 그저 가축처럼 묵묵히 새끼를 배고 출산을 해온 것이 아니다. [여자에겐] 언어가 없다. 언어가 압도적으로 부족하다. 왜냐하면 여자를 에워싸고 있는 '언어의 바다'는 전부 남자의 말뿐이었으니까. 모리사키 씨는 그것을 여자의 역사적 '고독'이라 불렀다.

남자들이 '나는'이라고 할 때 그 완결된 개체로서의 '단독적인 나'를 가리켜, 그녀는 '일대주의'—代主義*라고 말한다. 우리는 이런 대화를 나누었다.

우에노 …… '낳음'의 사상이란 게 없다, 없다면 누군가가 만들 필요가 있다, 그걸 만드는 건 누구일까, 나도 그 일익을 담당해야 하는 걸까, 라고 생각한 적도 있습니다만.

모리사키 네, 담당해야죠.

우에노 그렇지만 지금 저는 아이를 낳지 않는 여자가 돼

* 다음 세대에 대한 고려 없이 자기 세대(—代)만 생각하는 태도를 말한다.

서…….

이렇게 말했을 때의 일이다. 모리사키 씨가 갑자기 격앙된 목소리로 말했다.

모리사키 그런 건 상관없죠! 제가 그런 말을 하고 있는 게 아니잖아요. 그런 식이면, 남자들은 죄다 똑같은 핑계를 대면서 도망가 버릴 거예요. 그런 거랑은 다르다고요. 그런 게 아니라, 그러니까 남자와 함께 하고 싶은 건 짝밖에 없어요. 짝환상이 어디에 의거하고 있냐면, 그런 식으로 짝이 됨으로써 다음 세대의 새로운 생명에 구체적으로 연결될 수 있다는 거잖아요. '아이를 낳지 않았으니 짝을 사상思想으로 감각하지 못할 수 있다'고 말하면 저 화낼 거예요. 울어요. 그런 거랑은 다르다고요.

그때 모리사키 씨의 말투를 나는 지금도 기억하고 있다. "그건 사상의 문제군요. 경험의 문제가 아닌 거네요." 이렇게 답한 내게 모리사키 씨는 "여자들의 사상의 약함, 요컨대 언어화의 빈약함"이라고 지적했다.

나 한 사람이 낳든 안 낳든 생명은 계속된다. 내가 죽은 뒤에도 세상은 남는다.

나중에 나는 그것을 '살아남기 위한 사상'이라고 불렀다. 그리고 그것을 오랜 교원 생활의 대미를 장식하는 마지막 강의의 제목으로 삼았다.

그 강의에서 나는 이렇게 말했다.

이런 말을 한 사람이 있습니다. "살기 위해서는 사상이 필요하지 않다. 죽기 위해 사상이 필요하다." 하지만 우리 인간의 잘못은 죽기 위한 사상만 만들어 왔다는 점 아닐까요?

우리는 바로 살아남기 위해, 언어와 사상을 필요로 합니다(『살아남기 위한 사상』 개정판生き延びるための思想 新版, 岩波現代文庫, 2012).

내 말의 배후에는 모리사키 씨의 목소리가 잔향으로 울려 퍼지고 있다.

나는 강연을 이렇게 마무리했다.

저는 저보다 앞서 걸어온 여자들로부터 그 언어와 사상을 넘겨받았습니다. 저보다 앞선 여자들에게서 받은 것을 여러분께 넘겨야 할 시기가 제게도 찾아왔습니다. …… 바통이라는 건, 받아 줄 사람이 없으면 그 자리에 떨어지고 맙니다. 저는 이전 여자들에게서 받은 것을 여러분께 이렇게 넘겨드리고자 합니다.

제 마지막 말은 이것입니다.

…… 모쪼록 받아 주세요.

같은 노래를, 다른 목소리로, 몇 번이고, 언제까지나 이어 불러야 한다. 왜냐하면 나는, 우리는, 확실히 넘겨받았으니까.

아이를 낳은 후 그녀는 두 아이를 데리고 시댁을 나왔다. 미쓰이미이케三井三池 탄광 투쟁*의 조직가 다니가와 간과 함께 살기 위해서. 성애와 사상을 조금의 눈속임도 없이 연결하기 위해서.

"우리 아이를 낳자"는 다니가와의 제안을 거절하며 그

---

* 석탄 산업 사양화와 대량 해고를 배경으로 1959년부터 후쿠오카의 미쓰이 탄광 미이케 광업소에서 일어난 노동쟁의. 당시 경영자 측과 타협한 노조 지도부에 반대하며 '다이쇼 탄광'을 거점으로 노동자들이 조직한 자립 집단이 '다이쇼행동대'이며, 그 중심인물이 다니가와 간이었다. "다수결을 부정한다", "연대를 구하되 고립을 두려워하지 않는다" 같은 원칙을 내세우며 당이나 노조 같은 기성 조직의 통제를 극복하고자 했다. 이 같은 조직 원리는 전공투에 큰 영향을 끼쳤다.

녀는 이렇게 말한다.

"이미 우리에겐 두 아이가 있잖아."

누가 낳았든 아이는 아이다. 그리고 태어난 순간부터 "너는 오직 너만의 것", 누구의 것도 아니다. 그녀는 '지금 우리는 두 아이를 키우고 있으니 그걸로 충분하지 않은가. 그러니 너는 아버지가 돼라'라고 남자에게 요구했다.

그러나 탄광 투쟁이 한창일 때, 육탄전도 불사하던 다이쇼행동대의 남성 노동자가 동료 여성 노동자를 강간 살해하는 사건이 발생한다. 경찰과의 대치로 긴장이 고조된 가운데, 리더인 다니가와는 조직을 방어하기 위해 사건을 은폐하고 가해자를 제명하는 것으로 마무리한다.[*]

"여자를 어떻게 안아야 할지 모르는 노동자는 본질적으로 노동자를 목 졸라 죽이고 있는 거야. 그걸 감추고서 뭐가 가족이야." "여자에 관한 건 투쟁과 별개라고 생각하겠지."(『비소유의 소유』非所有の所有, 現代思潮社, 1963) 이 같은 모리사키 씨의 필사적인 호소는 다니가와에게 가닿지 않는다. '고작 강간 따위……' '큰일 앞의 작은 일'로 취급되며 여자의 목소리는 묻혀 버린다.

[*] 피해자 여성은 다이쇼행동대 대원의 동생이었고, 피해자 여성의 오빠 역시 사건의 여파로 자살했다.

몸은 정직하다. 이때부터 그녀는 다니가와에게 몸이 열리지 않게 된다. 미쓰이미이케 투쟁이 패배한 후, 다니가와는 도쿄로 떠났다. 내게는 다니가와가 '성을 둘러싼 투쟁'의 현장을 견디지 못하고 도망친 것으로 보인다. 다니가와가 아니더라도, 그녀가 몸과 마음을 모두 건 이 대결에서 과연 어떤 남자가 도망치지 않고 이를 막아 낼 수 있었겠는가.

대담의 주제는 '짝환상에 관하여'였다. 나는 대담에서 요시모토 다카아키吉本隆明가 『공동환상론』共同幻想論(河出書房新社, 1968)에서 제시한 '짝환상' 개념에 대해 "성이 정치에 필적하는 문제라는 것이 '짝환상' 관념이 제기한 충격"이었다고 말한다. 모리사키 씨는 요시모토가 '짝환상'이라는 말을 만들어 낸 것은 "고마운" 일이라며, 덕분에 자신이 "여성해방은 짝의 해방이라는 생각에 몰두하게" 되었다고 말한다. '짝의 해방'이란, 지금 말로 하면 '남녀 관계의 해방'이라고 해야 할 것이다. 그리고 '짝으로 살아 달라'고 남자에게 요구하는 것은 "남자의 전열에서 이탈해 달라는 요구"와 같았다.

대담에는 "못다 꾼 꿈"이라는 제목이 붙었다. 난 겨우 꿈에서 깨어나려 하고 있었다. '그것은 못다 꾼 꿈, 불가능한 꿈이었을지도 모른다'라고 술회하는 내게 모리사키 씨는 동의하며 이렇게 말했다.

모리사키 자유로워지고 싶어서. 짝은 자유로워지기 위한 방편이었을지도 몰라요. 저한테는요.

목숨을 걸고 짝의 사상을 삶으로 살아 내고자 했던 사람이 이렇게 말하는 걸 듣고 나는 충격을 받았지만 이제는 알겠다. '아무렴, 짝인 것보다 자유가 더 중요했던 거지'라고 말이다.

내가 관여하고 있는 NPO 여성행동네트워크의 웹사이트에 있는 '미니컴 도서관'에 모리사키 씨의 동의를 얻어 『무명통신』無名通信을 수록하게 된 것은 나의 자랑이다. 1959년에 창간된 『무명통신』은 모리사키 씨가 편집한 미니컴 잡지다.* '무명'이라는 이름에는 '어머니, 아내, 주부'라는 여자에게 할당된 지정석을 모두 반납하고 싶다는 마음이 담겨 있다.

* 미니컴은 '미니 커뮤니케이션'mini-communication의 약어로, 불특정 다수를 대상으로 하는 매스커뮤니케이션과는 달리 특정 소수를 대상으로 친밀한 관계를 유지하는 데 목적을 둔 정보 전달 방식 또는 그 매체를 뜻한다. 모리사키는 다니가와 간과 함께 관여하던 노동운동 단체 '서클무라' 내부의 남성 중심주의를 비판하며 1959년부터 여성들만의 잡지 『무명통신』을 발간하기 시작했고, 이는 1961년 7월까지 2년간 지속됐다.

그 창간사를 보면 이렇다.

우리는 여자에게 덧씌워진 이름을 반납합니다. 무명으로 돌아가고 싶습니다. 왜냐하면 우리는 온갖 이름으로 불리고 있기 때문입니다. 어머니, 아내, 주부, 부인, 딸, 처녀...... 라고(『무명통신』 1호).

리브의 여자들이 '부인'婦人도 '여성'女性도 거부하고 아무것도 걸치지 않은 '여자'女라는 호칭을 선택하게 된 일련의 과정이 있었는데, 이보다 앞서 존재했던 선구적인 목소리가 여기서 울려 퍼지고 있다.

1976년 이전까지만 해도 일부 독자들에게만 알려져 있던 모리사키 씨는 『가라유키상』からゆきさん(朝日新聞社, 1976/ 朝日文庫, 1996)으로 큰 반향을 일으켰다. 그전까지는 자기만의 언어를 더듬어 찾는 듯 다소 생경한 표현이 많았는데, 이 책은 누구나 이해할 수 있는 친절한 문체로 되어 있었다. 나는 모리사키 씨의 문체가 바뀌었음을 느꼈다. 문체의 변화로 독자층이 넓어졌다. 나아가 1993년에는 『매춘 왕국의 여자들』買春王国の女たち(宝島社)을 출간했다.

남녀 관계의 왜곡은 '매춘'에서 전형적으로 드러난다. '짝의 해방'을 지향했던 그녀가 작금의 '성노동은 노동이다'

라는 피상적인 논의를 들었다면 어떻게 반응했을까?

분명 '여자를 안는 법도 모르는 남자는 본질적으로 인간을 목 졸라 죽이고 있는 것'이라고 말할 것이다. '여자의 해방과 자유를 말할 때, 서로를 범하지 않는 성의 공간을 현실에서 만들 수 있을까'라는 물음을 계속 던졌던 사람이니까. 성노동론은 리얼리즘에 기반을 두고 있다. 그러나 현실을 추인追認하기보다는 여성해방의 이상을 놓지 않는 편이 낫다. 이상을 놓는 순간 모든 사상은 타락하기 때문이다. 성노동을 부정한다고 해서 그 여성들을 차별하는 것이 아니다. 모리사키 씨만큼 가라유키였던 여성들에게 깊은 연민과 경의를 표한 사람은 없다.

모리사키 씨는 건강하다고 할 수 없는 몸을 이끌고 섬으로, 바다로, 반도로 전국의 변방을 찾아다녔다. 그녀는 떠돌아다니는 사람들, 주변부 사람들에게 관심을 가졌다. 탄광촌에서 만난 지하의 삶을 사는 광부들과 거기 사는 여자들도 유랑하는 사람들이었다. 그리고 그 속에서 일본의 본모습을 찾고자 했다. 부드러움과 강인함, 살아남는 지혜가 그들 안에 있었다.

모리사키 씨는 만년을 시설에서 지냈다. 인지증이었다고 한다. 그토록 훌륭한 사람이, 하고 말문이 막혔다. 아드님이 보낸 편지엔 이렇게 적혀 있었다.

"어머니는 지금 '모리사키 가즈에'에서도 내려와 평온하게 지내고 계십니다."

대담 중 본인이 과거에 한 발언을 기억하지 못하는 모리사키 씨에게 나는 이렇게 말했다.

"제가 기억하고 있어요. 제가 당신을 기억하는 한 당신은 계속 살아 있는 거예요."

『'여자'의 사상』의 부제 '우리는 당신을 잊지 않겠습니다'는 여기서 나온 것이다.

모리사키 씨, 당신이 일본 근대 사상사에 남긴 거대한 발자취를 우리는 기억하고 있습니다. 설령 그것을 남자들이 '사상'이라고 부르지 않는다 해도, 그것은 분명 여자의 언어로 자아낸 독자적인 사상입니다. 모리사키 씨, 우리보다 앞서 걸어 주셔서 정말 고마워요.

나는, 우리는, 당신을 잊지 않겠습니다.

눈속임을 허락하지 않는 엄격함

니시카와 유코1937~2024 추도문

유코 씨.

이렇게 이름을 소리 내 부르니 그녀의 부재가 사무친다. 이 사람이 사라지면…… 이라고 상상하는 것만으로 가슴이 조여드는 느낌이다. 유코 씨는 내게 그런 사람 중 하나였다.

지난 몇 년 동안 밖에 좀 나가 보자고 해도 몸 상태가 좋지 않아 힘들다고 하셨다.

'언젠가는……' 하면서 각오는 하고 있었지만 결국 그날이 오고 말았다.

곤란할 때, 판단이 망설여질 때 '유코 씨라면 어떤 식으로 생각하려나' 떠올리곤 했다. 온화하지만 신랄한 말투, 인간에 대한 예리한 관찰력, 끈질기게 원점을 벗어나지 않는 사고…… 이 사람과의 대화를 얼마나 즐겼던가.

니시카와 유코西川祐子 씨와는 1980년대 교토에 있던 부인문제연구회婦人問題研究会에서 처음 자리를 함께 했다. 주가쿠 아키코寿岳章子 씨, 와키타 하루코脇田晴子 씨, 시미즈 요시

코清水好子 씨 등 간사이 지방의 유명한 여성 연구자 선배들
과 인연을 맺게 된 것도 이 자리에서였다. 당시 이제 막 커
리어를 시작한 30대 사회학자였던 나는 선배 여성들의 경
험을 귀담아 듣고 싶어 일부러 나보다 연배가 높은 여성들
의 모임에 나갔다.

그 연구회에서 어느 날 유코 씨가 '페미니즘'에 대해 발
표할 기회가 있었다. 아직 10대였던가, 자신의 외동딸 무기
코麦子를 그 자리에 데리고 나타났다. 발표 첫머리에 유코 씨
가 한 말이 잊히지 않는다.

"오늘은 저를 가장 혹독하게 비판해 줄 사람을 데려왔
습니다."

눈속임을 허락하지 않는, 자기 자신에게 엄격한 사람
이었다.

유코 씨와는 여행의 추억이 많다.

가장 먼저 떠오르는 것은 미국 워싱턴 DC에서 열린 아
시아학회에 동행했던 기억이다. 그때 오기노 미호荻野美穂 씨
도 함께였다. 중국 연구자 가케이 구미코筧久美子 씨가 이끄
는 여성 연구자 그룹과 함께 중국 각지를 다닌 적도 있다.
내가 독일에 있을 때는 마침 유코 씨가 엑상프로방스에서

해외 연수 중이어서 그곳으로 놀러 가 둘이서 생굴을 사먹은 적도 있다. 아와지시마에 새로 생긴 호텔에 가보고 싶어 함께 가자고 했을 때도 그녀는 흔쾌히 함께해 주었고, 우리는 봄날의 아와지시마에서 맛있는 생선 요리를 즐겼다.

어느 여행에서든 유코 씨는 호기심을 가득 품고 뒷골목으로 들어가 현지인들과 어울렸고 그러다 스케치북을 꺼내 그림을 그렸다. '아니 어느새?' 하고 놀랄 정도로 빠른 솜씨였다.

유작이 된 발자크의 『'인간희극' 총서: 황금 눈의 여인』「人間喜劇」総序·金色の眼の娘(岩波文庫, 2024)이 유족의 인사말과 함께 도착했다. 장문의 후기에는 이런 문장이 있었다. 박사 논문에서 발자크를 다룬 유코 씨가 "발자크 전문 연구자가 되지 못한" 것은 "발자크론을 강의하는 대학 연구직에 있지 않았던 기간이 길었고, 그러는 동안 자신의 발자크론을 소비할 독자를 확보하거나 창출하기 어려웠"기 때문이라는 내용이었다. 그 결과, 유코 씨는 "자신이 그때그때 안고 있는 삶의 문제를 같은 문제를 안고 있는 동료들과 함께 고민하면서 여성사, 여성학, 젠더론 그리고 생활사 연구를 표방하는 등 점점 분야를 넘나드는 횡단형 연구자가 되었다."

학문적 커리어가 순탄했던 남편 나가오 씨와 달리 아내인 유코 씨는 부당한 대우를 받았다. 오사카대 언어문화부 프랑스어 담당 교수로 채용이 내정돼 있었음에도 불구하고, 이미 전 직장을 사직한 유코 씨의 임용이 대학 측 사정으로 연기되면서 유코 씨의 커리어는 갑자기 공중에 붕 떠버렸다. 법정에서 밀실 인사의 부당함을 호소해 승소한 것은 유코 씨의 투쟁의 산물이었다. 그 온화한 여성에게서 어떻게 그런 투지가 나왔을까 싶지만, 훗날 유코 씨는 재판 투쟁에 대해 "재밌었다"고 말하곤 했다. 그러나 그때 임용되었다면 우리는 한 명의 뛰어난 불문학자를 얻는 대신, 일본 여성사·여성학 연구의 선구자 한 명을 잃었을 것이다. 이 사건 덕분에 우리는 평전부터 문학비평, 생활사, 점령 연구 등 유코 씨의 다양한 작품을 만날 수 있었다.▪

▪ 그녀는 프랑스·일본의 근·현대문학 외에도 여성사, 가족 모델, 주거 문학사, 전후 생활사 등 다양한 연구 활동을 펼쳤다. 주요 작품으로는 여성 전기 3부작(다카구미 이쓰에, 기시다 도시코, 히구치 이치요)을 비롯해 다음과 같은 것들이 있다.

『고도의 점령: 생활사로 본 교토 1945~1952』古都の占領: 生活史からみる京都 1945~1952에서는 전후 미군 점령기 교토 시민들의 일상사를 각종 공식 문서와 일기나 편지, 증언 등 1차 자료를 바탕으로 재구성했다. 『세입 주택과 자가 주택의 문학사: '나'라는 그릇의 이야기』借家と持ち家の文学史: 「私」のうつわの物語에서는 일본 근현대 문학작품들을 '집'과 '가족'을 키워드로 읽으며, 문학사를 재구성했다. 남성 작가들은 '집짓기'와 '집 지키기'에 대해, 여성 작가들은

유작이 된 발자크 번역본의 「옮긴이 후기」 날짜는 '2023년 여름'으로 되어 있다. 유코 씨는 교토의 여름을 견디기 힘들어 하셨다. 그해 가을 쓰러져 오랜 투병 끝에 세상을 떠났다. 마지막 힘을 짜내 발자크 연구라는 원점으로 돌아간 것이리라.

이 사람과 동시대를 살 수 있어서 정말 '다행'이라고 생각되는 사람이 인생에 몇 명 있다. 유코 씨는 분명 그중 한 사람이다.

유코 씨, 나와 함께해 준 시간을 잊지 않을게요.

'가출'에 대해 써왔다는 점을 지적하며, 전통적인 가족 형태가 해체되고, 핵가족화를 거처, 1인 가구가 증가하기까지의 과정을 문학을 통해 추적한다. 『일기를 쓴다는 것: 국민교육 장치와 그 이탈』日記をつづるということ: 国民教育装置とその逸脱에서는 히구치 이치요의 일기부터 가계부, 내면 일기, 전쟁 일기, 블로그까지 다양한 일기 유형을 검토하면서, 국민교육의 일환으로 장려된 일기가 국가적 의도에서 벗어나게 되는 과정을 꼼꼼히 그려 냈다.

여자의 자유를 위해 일상에서 싸우다

다나카 미쓰1943~2024 추도문

다나카 미쓰 씨가 세상을 떠났다.

그녀는 '일본 우먼리브의 기수'라고 불렸다. 지금도 우먼리브가 서양으로부터 들어와 일본에 '상륙했다'고 생각하는 사람들이 있다. 그런 일본 리브에 독자적인 배경이 있음을 환기하고, 차용된 음성이 아니라 고유의 육성을 부여한 이가 바로 미쓰 씨였다. 1970년 10월 21일, 국제반전의날에 뿌려진 서명 없는 전단지 「변소로부터의 해방」은 미쓰 씨가 쓴 일본 리브의 기념비적 선언문이었다. 여자를 '변소', 즉 남자의 성욕 처리기˙로 삼는 여성 착취는 반세기가 지난 오늘날에도 사라지지 않았다. 아내·어머니와 창녀, 황군의 어머니와 '위안부'라는, 분열과 대립 또한 사라지지 않았다.

리브는 해방liberation, 즉 자유로워지는 것이다. 여성해

˙ '변소'는 당시 일본의 남학생들이 실제 쓰던 은어였을 뿐만 아니라 식민 지배 시기 '위안부'를 가리키는 은어이기도 했다.

방은 무엇보다도 남자들이 여자에게 부여한 지정석으로부터의 자유를 추구했다. 동시대 남자들이 '혁명'이라는 비일상을 추구하며 일상을 희생시키려 들 때, 리브의 여자들은 남자들을 일상으로 다시 끌어내려 그곳을 '전장'으로 삼았다. 폭탄 테러나 총격전보다 '지금·여기 아기 기저귀를 누가 갈 것인가'가 삶에서 훨씬 더 절실하고 중요한 과제라며 맞섰다. 이 질문에 답할 수 있는 남자들이 있었을까?

엘리트 남성들이 '자기부정'을 외칠 때, 어린 시절 겪은 성적 학대로 인해 "부정할 만한 자아 따위 없다"며 자기긍정을 외쳤다. 연합적군의 은신처에 갔다가 돌아왔다. "나가타 히로코永田洋子는 바로 나"라고 선언하고 연합적군 재판 방청을 위해 발걸음을 옮겼다.▪ 임신중지권을 요구하면서

▪ 1970년, 무장 혁명을 목적으로 적군파와 혁명좌파가
결합해 결성한 연합적군은 산속으로 들어가 군사훈련을
하던 중 내부 숙청으로 열네 명을 살해한다. 그중에는
'혁명에 생산적이지 못하다'는 이유로 살해된 임산부가
있었는데, 이를 주도한 사람 중 하나가 나가타 히로코다.
나가타 히로코의 초대로 연합적군 은신처를 방문한 적이
있던 다나카 미쓰는 이 사건으로 큰 충격을 받았다. 다나카
미쓰는 연합적군 내에서 나가타의 처지 ― 생산성을
이유로 동지를 처단할 만큼 남성보다 더 철저히 혁명
정신으로 무장된 전사이자 혁명운동 지도자의 연인이었던
― 가 남성 중심 사회에 놓인 여성들의 처지와 같다는

자신을 '자식 죽인 여자'라고 불렀다.* 미군에게 살해된 오키나와 소녀의 사진을 보고는 "이 아이는 오키나와다"라며 본토 여성인 자신에게 책임을 지웠다. 이렇게 그녀는 피해와 가해가 착종된 일본 여자로서의 모순과 갈등을 떠안으며 '혼란'을 감당했다.

사상은 인격화될 때 살아 있는 목소리가 된다. 일본의 우먼리브가 뭐냐고 물었을 때 '다나카 미쓰야'라고 대답할 수 있다는 게 자랑스럽다. 물론 그녀 혼자만이 아니다. 그녀 이전에 있었던 여자들, 그리고 그녀의 뒤를 이은 여자들이 만들어 낸 물결이 훗날 '페미니즘의 제2물결'이라 불리게 되었다.

싱글맘이 되어 생업으로 침구사를 하면서 눈길과 손길 닿는 대로 여자들의 몸을 풀어 주고, 그녀들의 있는 그대로를 받아 주었다. 큰 목표보다 '주변의 일들'에 세심하게 마음을 쏟았다. 나는 그녀의 환자 중 하나였다.

점에서 '나가타 히로코는 바로 나'라고 선언했다.
* 일본에는 형법상 낙태죄가 존재하는데, 그 예외로 '우생상의 이유'와 '경제적 이유'를 인정하고 있었다. 하지만 저출산 문제가 대두하자 일본 국회는 '경제적 이유'를 삭제하는 개정안을 냈고, 우먼리브 운동은 1972년 이 같은 우생보호법 개악안을 저지하는 투쟁으로 정점에 달했다.

미쓰 씨는 찬사와 비난이 엇갈리는 사람이다. 리브를 다룰 때 그녀만 스포트라이트를 받는 것을 달가워하지 않는 사람도 있고, 그녀의 화법 때문에 오해를 산 경우도 있다. 언젠가 그녀는 "내가 죽으면 누가 무슨 말을 할지 대략 예상이 되네" 하면서 지나가는 말로 이렇게 이야기했다.

"우에노 씨, 오래 사는 것도 재주야." 이러쿵저러쿵 하는 이 사람 저 사람 하나씩 다 죽은 다음에 천천히 죽으면 돼, 하며 깔깔 웃었다.

미쓰 씨, 당신의 관은 아직 덮이지 않았어요. 당신은 아직 '과거의 사람'이 되면 안 돼요. 우리에겐 아직 당신의 육성이 필요하니까요.

어디에도 기대지 않고 끝까지 사유하다

쓰루미 슌스케 1922~2015 추도문

쓰루미 씨가 결국 돌아가셨다. 언젠가는 이런 날이 오리라 각오하고 있었지만, 그 상실감은 이루 말할 수 없다.

지방에 살면서 지적으로 조숙했던 고등학생 시절부터 『사상의 과학』思想の科学[*] 독자였던 내게 쓰루미 씨는 멀리서부터 자체 발광하는 길잡이 별이었다.

대학에 합격해 교토로 왔을 때, 쓰루미 씨를 만나고 싶어서 도시샤대 연구실을 찾아갔다. '쓰루미 슌스케'라는 명패가 붙은 문 너머에 진짜 쓰루미 씨가 있다고 생각하니 심장이 요동쳤던 기억이 난다. 쭈뼛거리며 문을 두드렸다. 똑

[*] 쓰루미 슌스케가 1946년 6인의 동인들과 함께 창간한 월간 사상지로, 이후 1949년 사상의과학연구회 발족으로 이어졌다. 사상의과학연구회는 '사람들의 사상을 경험과학적으로 연구하는' 다학제적 연구회를 표방하며 미국 사상사, 전향, 점령 등에 대한 공동 연구를 진행했고, 저명한 연구자와 평론가를 배출하며 학계와 논단의 등용문 역할을 하기도 했다. 잡지는 1996년 휴간에 들어갔지만 연구회 활동은 지금도 계속되고 있다.

똑, 똑똑똑. 대답이 없었다. 쓰루미 씨는 부재중이었다. 미리 면담 약속을 잡고 가는 요령조차 없던 열여덟 살이었다.

너무 큰 실망감에 힘이 쫙 빠졌던 그날로부터 십여 년이 흘렀다. 20대 후반이 되어 『사상의 과학』 교토 독자 모임인 '이에노카이'家の会에 초대받기 전까지 쓰루미 씨를 직접 뵐 기회가 없었다. 그만큼 쓰루미 씨는 내게 거대한 존재였다.

『사상의 과학』은 이미 없어졌고, 쓰루미 씨는 이제 세상에 없다. 지금의 고등학생들이 불쌍하다. 쓰루미 씨는 이 사람이 동시대에 살고 있어서 다행이라고 진심으로 생각하게 되는 사람 중 한 명이었다.

쓰루미 슌스케. 리버럴이라는 말은 이 사람을 위해 존재한다고 생각된다. 어떤 주의 주장에도 기대지 않고 끝까지 자신의 머리와 자신의 말로 생각했다.

무슨 일이 생길 때마다 '쓰루미 씨라면 이럴 때 어떻게 행동할까' 생각하지 않을 수 없는 분이었다. 철학부터 만화까지 평이한 언어로 풀어냈다. 좌담의 명수였다.

항상 기분 좋게, 인내심 있게, 어떤 상대도 대등하게 대했다. 여성과 아이들 편이었다. 그를 흠모하는 사람들이 끊이지 않았지만 학파도 당파도 만들지 않았다.

그는 철학자이자 사상가일 뿐 아니라, 희대의 편집자이

자 조직가였다. 『사상의 과학』은 매체를 넘어 운동이었다.

이 사람의 손으로 키워 낸 인재는 셀 수 없을 정도다. 독학으로 공부한 영화평론가 사토 다다오佐藤忠男, '지렁이 학교'▪의 다카하시 사치코高橋幸子, 『여자와 칼』女と刀(光文社, 1966; 思想の科学社, 1988)의 나카무라 기이코中村きい子, 작가 겸 편집자 구로카와 소黒川創, 비평가 가토 노리히로加藤典洋, 그리고 나도 그중 하나였다. 이렇게 말할 수 있는 행운을 누려 기쁘다. 내 멋대로 쓰루미 씨를 스승 삼아 오랜 기간 많은 배움을 얻었는데 시간이 흘러 '쓰루미 학교'의 한 귀퉁이를 차지할 수 있었으니 말이다.

베트남전쟁 당시에는 '베트남에 평화를! 시민연합'(베평련)과 JATEC(반전탈영미군지원 일본기술위원회)를 조직했다. '베평련'에 '알라딘의 램프에서 태어난 거인' 오다 마코토小田実

▪ 1980년대 교토의 한 단지에서 다카하시 사치코가 운영한 대안 학교로 기성 교육에 대한 주부들의 성토에서 시작되었다. 학습 교습소로 출발했으나 이후 대안 교육으로 노선을 전환해 반원전 운동가를 초청하기도 하고 이웃 아저씨·아주머니의 어린 시절 이야기를 듣거나 우동 면 만드는 법을 배우는 등, '뒷골목 체험 학습'을 실천했다. 7년간 이어진 지렁이 학교의 활동 리포트가 『사상의 과학』에 실리면서 배움에 대해 다시 생각해 보는 계기를 제공한 것으로 평가받는다.

씨를 끌어들인 것은 쓰루미 씨였다.

가토 슈이치 씨 등과 함께 '9조 모임'*의 발기인으로도 나섰다. 임종을 앞두고, 2015년의 위헌적 안보법제**의 향방을 어떤 마음으로 바라보셨을까?

1996년 『사상의 과학』이 휴간에 들어가고 십수 년 후, 그 의미를 회고하는 심포지엄이 도쿄에서 열렸다. 병약한 몸을 이끌고 양옆으로 사모님과 아드님의 부축을 받으며 교토에서 와주셨다. 그때의 연설도 너무나 쓰루미 씨다운 연설이었는데, 『사상의 과학』의 자랑은 "50년 동안 제명된 사람이 단 한 명도 없었다는 점"이라고 말씀하셨다. 사회정의를 추구하는 온갖 운동이 사소한 차이를 이유로 서로를 배제하는 행태에 몸소 경종을 울린 것이다.

2004년, 역사사회학자 오구마 에이지小熊英二 씨와 함

* 일본 헌법 제9조(전쟁 포기와 전력 보유 금지 조항)의 개정을 막기 위해 2004년에 오에 겐자부로를 비롯한 지식인과 문화인 9인이 결성한 시민단체. 일본 및 전 세계 평화운동의 중요한 축으로 자리 잡았으며, 지역과 분야별로 수천 개의 관련 조직이 자발적으로 활동하고 있다.

** 2015년 9월 19일 국회를 통과한 평화안전보장법제平和安全保障法制는 집단적 자위권 행사를 부분적으로 허용하는 법으로, 일본 헌법 제9조의 평화주의와 충돌한다는 위헌 논란을 불러일으켰다.

께 사흘에 걸쳐 쓰루미 씨를 인터뷰해『전쟁이 남긴 것』戰爭
が遺したもの(新曜社)을 출간했을 때를 잊을 수가 없다. "무엇이
든 물어보세요" 하며 쓰루미 씨는 우리에게 몸과 마음을 열
어 주셨고, 어떤 직설적인 질문에도 대답을 피하지 않았다.
어쩔 수 없이 추궁하는 모양새가 되었을 때는 말문이 막혀
위를 올려다보기도 하셨다. 그 성실함에 나는 감동 받았다.
제목을 생각해 낸 것은 나였지만, 이야기를 나누면서 쓰루
미 씨에게 '전쟁이 남긴 것'의 그림자가 얼마나 짙은지 깨달
았기 때문이다.

　인터뷰 마지막 날 쓰루미 씨가 사주시는 식사를 함께
한 후, 나는 이런 기회는 두 번 다시 오지 않을 거라는 이별
의 예감이 들어 혼자 울었다.

　쓰루미 씨는 이제 없다. 이미 노년이 되었는데도 마음
의 여유가 없는 나에게, '언제까지나 내게 기대지 말고 자네
발로 걸어가게'라고 저세상에서 말씀하시는 것 같다.

이로카와 씨, 고마워요
이로카와 다이키치 1925~2021 추도문

와시다 기요카즈鷲田清一 씨가 『아사히신문』에 장기 연재 중인 칼럼 「그때그때의 말」折々のことば[*] 2137회에 내 문장이 처음으로 소개되었다.

"내 안의 좋은 것을 키우고 싶다면, 손익을 따지는 관계에서 떨어져 있는 편이 좋습니다."

이 문장을 쓴 계기가 된 사람은 이로카와 다이키치色川大吉 씨다. 내 안에서 가장 '좋은 것'을 끌어내 주신 그분이 칼럼이 나온 다음날인 2021년 9월 7일, 미명에 돌아가셨다. 이 날짜에 게재된 것은 기막힌 우연이라 할 만하다.

2018년 실내에서 넘어져 대퇴골이 골절된 후, 3년 반 동안 휠체어 생활을 해야 했던 그를 돌본 것은 나였다. 병원

[*] 2020년 9월부터 지금까지 매일 아침 발행되고 있는 『아사히신문』의 장수 칼럼으로, 철학자 와시다 기요카즈가 다양한 장르의 글이나 발언 중 마음에 와닿는 말을 골라 그 말을 곱씹으며 얻은 통찰을 풀어낸다.

도 시설도 안 가겠다, 이대로 집에서 지내고 싶다는 말에 그가 정말 좋아하던 야쓰가타케남쪽 산기슭에 위치한 산장에서 마지막을 지켜 주었다.

그것이 가능했던 것은 이로카와 씨 자신이 '손익을 따지지 않는' 관계를 이어 왔기 때문이다.

어느 매체에서 "매력적인 남성이란?"이라는 질문을 받고 "손해라는 걸 알고도 손해를 감수할 줄 아는 사람"이라고 대답한 적이 있다.

그때 내가 염두에 둔 사람도 이로카와 씨였다. '메이지 100년'으로 온 나라가 들떠 있을 때 '민권 100년'을 외치며 전국을 돌아다녔고, 오다 마코토 씨와 함께 '일본은 이대로 괜찮은가 시민연합'의 공동대표를 맡았다. 만년에 "여러 가지 일을 해왔지만 헛수고였어"라고 쓸쓸히 술회할 때의 그 서글픈 목소리를 잊을 수가 없다.

내가 이로카와 씨에 대해 처음 언급한 것은 1989년 『아사히신문』에 연재한 에세이 「미드나잇 콜」 중에서 "부피가 크지 않은 남자"라는 글이었다.

'좋아하는 남성은?'이라는 질문에 나는 바로 '이로카와 다이키치 씨'라고 대답해 버렸다. 이로카와 씨는 체구도 작고 풍채도 변변찮은 초로의 역사학자다(죄송합니다). 겉으로 보기엔 세련되지도 멋있지도 않다. 그런데 웃는 얼굴이 멋지다. 상대의 마음을 꿰뚫어 보는 듯한 슬픈 눈빛으로, 얼굴을 찡그리며 환히 웃는다.

나중에 이로카와 씨를 아는 어떤 분한테서 "내가 아는 이로카와 씨는 '부피가 크지 않은 남자'가 아니라 '부피가 큰' 거대한 존재였어요"라는 말을 들었다. 그러고 보니 논적이나 마음에 들지 않는 상대에게는 말도 못 붙일 정도로 가혹하게 대하는 것을 목격하고 등골이 오싹해진 적도 있다.

같은 에세이에 나는 이렇게 썼다.

나는 이 사람을 만나 사회과학이 윤리적인 학문임을, 카나리아가 잊고 있던 노래를 떠올리듯 떠올렸다.

이로카와 씨는 전쟁 때 이야기, 성장 과정, 역사적 사건 등 많은 이야기를 들려주었다. 내가 역사 연구로 방향을 틀고 헌법을 논하게 된 것은 그의 영향이다. 내가 선택을 망설일 때 그는 서슴지 않고 등을 떠밀어 주었다.

도쿄제국대학교 출신이지만 도쿄대를 싫어한 이로카와 씨는, 도쿄대에서 이직 제의가 들어왔을 때의 이야기를 들려주었다. 그는 도쿄경제대학교라는 사립대에서 정년을 채우며 한 번도 이직하지 않았다. 역사학과도 없고 역사 전공 대학원도 없는 경제 계열 대학에서 제자를 키우기 어려웠을 텐데도 도쿄대의 제의를 거절했다. 이유인즉 '아무리 목이 말라도 도천盜泉의 물은 마시지 않는다'는 것이었다. 관의 녹을 먹지 않겠다는 결의였다. 자신이 한 말 그대로, 천황제는 물론 일본 사회를 매섭게 비판했다. 그 때문인지 퇴직 후 어떤 관직도 제안받지 못했고, 수많은 업적에도 불구하고 서훈 이야기도 나오지 않았다.

2019년, 내가 도쿄대로부터 입학식 내빈 축사를 요청받았을 때의 일이다. 너무 예상치 못한 일이어서 무슨 실없는 농담인가 싶어 거절할 생각으로 이로카와 씨에게 "있지, 도쿄대에서 이런 제안이 왔어" 했더니 뜻밖의 반응이 돌아왔다.

"망설이지 말고 받아."

"어? 도쿄대 싫어하는 거 아니었어?"라고 물었더니 돌아온 대답은 이랬다.

"네가 그 자리에서 축사를 하면 일본 전역의 여성들이 용기를 얻을 거야."

진지한 표정이었다. 그리고 정말 그렇게 되었다.

이로카와 씨가 떠난 지금도 '이럴 때 그 사람이라면 뭐라고 했을까' 하는 생각을 한다.

이로카와 씨는 자기 안에 있는 '가장 좋은 것'을 내게 내어 주셨다. 어디를 갈 때도, 무언가를 할 때도 '가장 좋은 것'을 나와 함께 나누는 배려심 넘치는 사람이었다.

이로카와 씨는 한 인간으로서 너무나도 훌륭한 사람이었다. 게다가 소년 같은 순수함과 정직함을 지니고 있었다. 또 산다는 것의 슬픔과 고독을 잘 아는 어른다운 남자이기도 했다. 감성이 풍부해서 드라마를 보며 울거나 지기의 죽음에 통곡하는 모습을 내게 보이기도 했다.

이로카와 씨는 나를 다른 사람에게 소개할 때 이렇게 말씀하셨다.

"내 절친입니다."

파트너라고 불리고 싶지는 않다. 가족 같은 사이와도 다르다.

이로카와 씨는 나보다 스물세 살 연상이다. 태어난 시대도 자란 사회도 다르다. 전쟁 때 이야기는 아무리 들어도 외국 이야기 같아서 이해가 되지 않는다. 이문화라고 해도 좋을 정도다. 하지만 한 인간으로서 품고 있는 고독과 긍지, 다정함은 사무치게 느꼈다.

다른 에세이에서 이렇게 쓴 적도 있다.

"별과 별이 문득 멈춰 서서 서로의 빛에 넋을 잃은 듯한" 그런 사이라고.

이로카와 씨와 나의 관계는 그런 것이었는지도 모르겠다. 태양이 비추는 달도, 달을 비추는 태양도 아니다. 별은 하나하나 스스로 고독하게 빛을 뿜는다. 저러다 부딪히겠다 싶을 만큼 가까워졌다가 서로를 녹여 버리기 전에 멀어진다.

이 사람의 만년을 함께 보낼 수 있었던 것은 내게 귀한 행운이었다. 많은 분들이 "이로카와 씨의 만년이 이렇게 풍성하고 행복했던 건 우에노 씨 덕분이야"라고 말씀해 주신다. 하지만 나 역시 못지않게 행복했다.

신앙이 없는 이로카와 씨에게는 신도 부처도 없다. 영혼도 내세도 없다. 무덤은 필요 없다, 이로카와가家의 가족묘에 봉안할 필요 없이 그냥 뿌려 달라, 해서 원하는 대로 해주었다. '역사의 무덤 파는 사람'을 자처하며 남의 무덤을 찾아다녔던 사람이, 인연 있는 사람들이 제를 지낼 수 있는 묘비 하나 만들지 않는다는 것은 모순일지도 모르겠다. 하지만 '저세상에서 만나자' 같은 위로의 말도 없이 떠나 버리는 것이 이로카와 씨다운 고결함이었다.

사람은 죽어 가는 존재다. 내게 남은 건 그저 상실의 아픔뿐이다.

이로카와 씨, 고마워요. 그리고…… 잘 가요.

음악에 장조와 단조가 있다는 것은 잘 알고 있을 것이다. 영어로 말하면 메이저와 마이너. '노트'에는 조調라는 의미가 있다.

"우에노 씨, 어떻게 그렇게 항상 활기차고 생기가 넘치세요?"라는 질문을 받곤 한다. "비결을 알려 주세요"라고도 한다.

"뭐, 간단해요. 그렇지 않은 부분을 보여 주지 않을 뿐이죠"라고 답한다.

그렇지 않은 부분. 내 안에서 천천히 마이너노트로 흐르는 시간. 그것을 길어 올려 살며시 내미는 듯한 에세이를 써보고 싶었다.

아니, 정확히 말하면 한 편집자가 그런 에세이를 읽고 싶다고 내게 말했다. NHK출판의 고미나토 마사히코小湊雅彦 씨다. 그와는 이전에 『혼자 있는 오후에』ひとりの午後に"라는 에세이집을 낸 적이 있다.

지금까지 나는 여러 매체에서 요청이 있을 때마다 시

국 발언을 해왔고, 앞으로도 그럴 것이다. 문자 그대로 『시국 발언!』時局発言!(WAVE 出版, 2017)이라는 제목의 저서도 있다. 사회의 부조리에 분노하고, 재난에 휘말린 사람들의 처지에 가슴 아파하고, 정부의 무대책에 분개하고, 세상의 무관심을 한탄했다. 그것이 나의 역할이라고 생각했다. 시국 발언은 시국이 바뀌면 쓸모가 없어진다. 그렇듯 나의 말도 한번 쓰고 버려질 운명이라고 느꼈다.

그러나 그런 얼굴 뒤에는 작은 목소리가 웅크리고 있었다.

이 편집자는 그것을 놓치지 않았다. 내게 에세이집을 내고 싶다고 했다. 여기저기 흩어져 있는 에세이와 칼럼이 너무 많은데 이것들을 엮으면 어떠냐고 했다. 그랬더니 "아뇨, 제가 읽고 싶은 건 그런 게 아니고요……"라는 반응이 돌아왔다.

저자에게 편집자는 최초의 독자다. 이 책은 그런 까다로운 '첫 독자'를 향해 쓴 마이너노트로 연주한 에세이집이다. 이 첫 독자를 통해, 나직한 혼잣말이 당신에게도 닿게 된 것이다.

■ 국내에는 『느낌을 팝니다: 사회학자의 오롯한 일인 생활법』(나일등 옮김, 마음산책, 2016)으로 소개됐다.

NHK출판이 발행하는 웹진에 《마이너노트로》라는 제목으로 연재한 에세이에다 다른 매체에 기고했던 글을 더했다. 출간에 맞춰 고쳐 쓴 것도 있다.

'나'라는 곡曲을 만든 「바소 콘티누오」basso continuo로 시작해, 조를 바꾼 「인테르메조」intermezzo가 끼어들고, 「리타르단도」ritardando로 천천히 하강하다, 마지막으로 「녹턴」nocturne에서 여러 만가挽歌가 울려 퍼진다.

어느새 인생의 많은 부분이 과거가 되었다. 어느새 많은 사람을 떠나보냈다.

언젠가 나 또한 배웅을 받는 쪽이 되려나?

나를 위해 누군가가 만가를 불러 줄까?

내리막길의 풍경은 왠지 모르게 정겹다. 이미 알고 있는 것 같은 기분이 든다.

예전부터 석양을 좋아했다. 내가 본 것과 같은 석양을 나 이전에도 누군가가 보았고, 나 이후에도 다른 누군가가 볼 것이다. 그때 '이게 바로 그 석양이구나' 하고 알아차려 주면 좋겠다.

그런 당신에게 이 마이너노트가 조용히 가닿기를 기도하며.

가을의 문턱에서
우에노 지즈코

이 책의 번역을 제안 받았을 때 처음 든 생각은 나도 이런 '메이저 작가'의 책을 다 번역해 보는구나, 였다. 게다가 '메이저 작가의 마이너한 면모'를 들여다볼 수 있는 책이라니, 맡지 않을 이유가 없었다. 우에노 지즈코는 인문사회과학에 조금이라도 관심이 있는 사람이라면 모를 수가 없는 이름. 2000년대에 20대를 보낸 나에겐 『내셔널리즘과 젠더』라는 걸출한 학술서로, 『여성 혐오를 혐오한다』라는 탁월한 사회 문화 비평서로 기억되는 '동아시아 여성 지성계의 왕언니' 같은 인물이다. 그리고 이 책에는 앞서 언급한 두 책과 달리 그녀의 아주 개인적인(그래서 다른 결로 매우 정치적인) 이야기가 담겨 있다.

그러나 번역을 시작하고 처음 맞닥뜨린 감정은 약간의 당혹감이었다. 그 당혹감의 원천은 그녀의 서술이나 생각이 아니라 그녀에 대한 나의 양가감정이었다. 이 책의 전반부에 담겨 있는 어린 시절과 청년 시절에 대한 술회는, 그녀와 나 사이에 35년이라는 시차만큼이나 제국(공산화 저지를 위한 병참기지로서 처벌 대신 보호를 받은 전범국)과 식민지(대리전의 전장이 되어 열전과 냉전으로 망가진 피해국), 경제 부흥기(생산적 산업자본주의)와 만성적 경기침체기(약탈적 금융자본주의), 엘리트 중산층의 후예와 이농한 도시 하층민의 후예라는 건널 수 없는 간극이 있음을 절감하게 만들었다.

그녀는 나보다 한참 먼저 그리고 더 오랜 세월 여성으로서의 굴욕("여자는 '크리스마스 케이크' ... 스물네 살까지는 팔리지만 스물다섯이 넘으면 가격이 폭락한다")(40)과 좌절("지코쨩은 ... 참한 새색시가 돼야지")(47)을 겪으며 평생에 걸쳐 그것에 온몸으로 저항했고, 나는 그녀와 같은 선배들 덕분에 직접적이고 노골적인 성차별에서 조금은 자유로운 시대를 살며 보다 미시적인 차별과 성정치에 집중할 수 있었다. 그럼에도 이런 연속성보다 단절(간극)이 더 크게 느껴지다니. 어쩌면 내가 압축적인 고도성장이 남긴 부스러기를 까치밥처럼 쪼아 먹은 게 전부인 80년대생이어서, 그리고 누구 못지않게 비딱하고 되바라진 성정이어서 그런 건지도 모르겠다.

그럼에도 나는 결국 이 책에 매혹되고 압도당할 수밖에 없었다. 바로 이 책 전체를 관통하고 있는 '몸'과 '늙음'(나아가 '죽음')에 대한 감각 때문이다. 이 감각은 저자와 나 사이에 자리한 아득한 간극을 즉각 상쇄하고도 남았다. 그리고 이것은 여성에 국한되지 않고 만인에게로 논의를 확장시킬 수 있는 하나의 물꼬가 되기도 한다. 왜냐하면 늙음/죽음은 시기의 차이가 있을 뿐 몸을 갖고 태어난 사람이라면 누구나 감각할 수밖에 없는 엄연한 실제이기 때문이다. 물이 위에서 아래로 흐르는 것이 당연하듯 어느 누구도 피할 수 없는 것. 이 준엄한 자연의 법칙 앞에서 계급, 젠더, 민족은 속절없이 무너진다.

이런 신체성corporality에 대한 감각은 취약성vulnerability에 대한 감수성으로 곧장 나아간다. 저자는 에세이 곳곳에서 약한 모습을 보이는 것being vulnerable의 덕(힘)을 언급하고 있다. 때로는 "경험의 계승"과 "공감"을 거절했던 자신의 모습(140)으로, 때로는 "저런 사람들과 함께 있"어야 한다는 사실에 분노하는 인지증 환자의 모습(194)으로, 때로는 "약함을 인정하지 못하는 남자의 나약함"(247)으로. 또한 저자는 취약성의 순간을 포착하는 데 그치지 않고 그동안 잘 알려지지 않았던 자신의 면모를 에세이로 써내려감으로써 '취약성 드러내기'를 직접 수행한다. 그녀를 어느 정도 안다고 생각했던 사람들이 '그 우에노 지즈코가 이런 생각을 한다고?'라며 반문할 법한, 그런 마이너한 모습을 스스로 드러낸다. 미성숙한 연인이었던 과거의 자신("무지와 성마름, 오만함 때문에 상처를 주기도 하고 받기도 했던 사이")(210)을 떠올리거나, 문제의식이 제대로 영글기 전 아무 생각 없이 얼결에 했던 말과 행동

("얼마나 많은 외설적인 노래를 남자들과 어울려 불렀던 걸까?")(94)을 곱씹기도 하고, 출산 여부를 공격 무기로 꺼내 들 지경까지 상대를 몰아붙인 것에 대한 후회("내가 먼저 상대를 코너로 몰았고 그런 내게 필사적으로 반격하느라 해서는 안 될 말을 뱉게 한 것")(172)와 지레 위축된 모습("그렇지만 지금 저는 아이를 낳지 않는 여자가 돼서……")(271)을 보였다 대선배에게 혼쭐이 난 경험도 나지막한 목소리로 읊조린다.

어쩌면 백발의 노인이 되어도 한 치의 흐트러짐 없이 서슬이 퍼럴 것 같은 이미지(사람들의 기대)를 배반하는 이 은은하고 담백한 어조야말로 취약성 자체일지 모르겠다. '모르셨죠? 저 실은 이런 모습도 있답니다. 제게 실망하신대도 괜찮아요. 이것도 저니까요.' 이 책을 관통하고 있는 마이너 노트의 주선율은 ('남자다운 죽음'으로 생을 마감한 니시베 스스무의 것과 같은) 남성성에서는 결코 찾아볼 수 없는, '약함을 인정할 줄 아는 강인함'의 표출이다. 그러한 표출을 저자는 이 책을 통해 느리게 마이너노트로 수행하고 있는 것이다. 자신의 못난 부분을 있는 그대로 내보일 수 있는 용기와 그것이 과거의 나든 현재의 나든 그대로 껴안고 다독임으로써 얻는 자유함. 이것만큼 덕으로 가득 찬, 강력한 자유가 또 있을까. 단언컨대 이 책의 가장 큰 미덕이자 매력은 '신체성(몸, 늙음, 죽음)에 뿌리를 두고 있는 취약성에 대한 감수성'("여의치 않은 신체라는 타자를 껴안은 채, 우리는 계단을 하나씩 하나씩 내려가야 한다")(196)이며, 그 때문에 이 책의 한국어판 역자가 되었다는 사실이 더없이 기쁘고 자랑스럽다.

저자가 살아온 세월의 절반 정도밖에 살아 보지 못한 사람으로서 아직은 그녀가 통절하게 느끼는 것의 반의반도 모르지만, 그럼에도 번역을 하며 마음 한구석이 아려 오고 눈물이 찔끔 나기도 했던 것은 나의 가장 친한 친구이자 주 양육자였던 할머니 덕분일 것이다. 그녀는 나를 직접 낳지는 않았지만, 자신의 생명이 다하는 순간까지 만 38년 동안 나를 품어 준 자궁이자 본향이었다. 저자처럼 비출산 여성인 내가 일대주의一代主義에 머물지 않고 낳음과 짝을 사상으로 감각할 수 있었던 것은 모두 그녀 덕분이다.

나는 할머니 덕분에 늙음과 죽음을 예습했다. 그녀가 아니었다면, 내가 그녀의 노년을 함께 겪지 않았다면, 나는 그것을 나와 무관한 것으로 여기며 무심하게 살거나 막연한 불안감에 사로잡혀 회피하려 들었을 것이다. 아직 이동에 문제가 없고 걸음이 빠른 편인 나는 신호가 절반을 지날 쯤 횡단보도를 다 건너 버린다. 하지만 나는 알고 있다. 움직임이 여의치 않은不如意 노인들에게 그 파란불이 얼마나 짧은지를. 저 차들이 나를 기다려 줄까, 혹시 경적이라도 빵 울리면 어쩌지, 빨리 못 건너면 민폐인데 몸이 말을 안 들어서

미칠 것 같은 그 심정을. 거동이 여의치 않기 때문에 우울증은 노인에게 기저질환 같은 것임을. 노인을 당연하다는 듯 무색無色, 무취無趣, 무욕無欲의 존재로 상정하는 것은 오만하고 섣부른 짓임을. 나의 할머니는 이렇게 죽는 순간까지 나에게 '겪음'과 '앎'을 나누어 주었다. 만약 이 책의 한국어판이 좋은 번역이라면 절반은 나의 할머니의 공일 것이다.

나머지 절반도 언급해야겠다. 번역자에게는 이전에 했던 번역이 곧 이력서이자 포트폴리오인데, 그런 의미에서 나의 이전 작업과 인연을 먼저 언급하고 싶다. 편역 한 권, 공역 한 권, 단독 번역 한 권, 이렇게 세 권의 책을 함께 낸 도서출판 난장의 이재원 대표님께 감사를 전한다. 그 궤적 덕분에 이 책을 내 생각과 내 말투로 빚어내는 특권을 누리게 되었다. 또한 오래전 세미나에서 책 한 권 같이 읽은 게 전부인데도 역자를 찾고 있는 출판사에 나를 추천해 주신 김정한 선생님께, 그리고 더 거슬러 올라가 내가 번역을 업으로 삼기 훨씬 전부터 후마니타스와의 느슨한 연결고리가 되어 준 최미정 선배에게도 감사를 전하고 싶다. 끝으로 아주 가끔씩 외도하듯 번역 일을 하고 있는 나를 믿고 책을 맡겨 주신 후마니타스에 감사드린다. 내가 지치지 않고 이 작업을 끝까지 마무리할 수 있도록 든든한 페이스메이커가 되어 준 이진실 편집팀장님께, 그리고 바쁘신 와중에도 제3

의 눈이 되어 원고를 살펴 주신 안중철 공동대표님께 감사
를 전한다.

한평생 여자들의 계주가 끊기지 않도록 잇고 붙잡고
일으켜 온 우에노 지즈코가 이 책을 바통처럼 건네고 있다.
많은 여자들이, 많은 신체들이 이 바통을 건네받으면 좋겠
다. 손에 꼭 쥐고 지면의 중력과 그것에 반발하는 근육을 느
끼며 계속 앞으로 나아갔으면 좋겠다.

봄의 노크 소리가 들리던 어느 날
행신동에서

느리게 마이너노트로

1판 1쇄. 2026년 4월 6일

지은이. 우에노 지즈코 ⸱ 옮긴이. 은혜

펴낸이. 정민용·안중철

편집. 이진실·윤상훈

펴낸 곳. 후마니타스(주)
등록. 2002년 2월 19일 제2002-000481호
주소. 서울시 마포구 신촌로14안길 17, 2층
(04057)

전화. 02-739-9929, 9930
메일. humanitasbooks@gmail.com
인쇄. 천일 031-955-8083
제본. 일진제책 031-908-1407

블로그. blog.naver.com/humabook
소셜미디어. f ⓘ /humanitasbook

값 19,800원
ISBN 978-89-6437-499-3 03830